에놀라 홈즈 시리즈 7
검은색 사륜마차

ENOLA HOLMES AND THE BLACK BAROUCHE
Copyright © Nancy Springer, 2021
All rights reserved.

Korean translation copyright © 2022 by BOOKRECIPE
Korean translation rights arranged with Jean V. Naggar Literary Agency, Inc.,
New York through The Danny Hong Agency, Seoul

이 책의 한국어판 저작권은 대니홍 에이전시를 통한 저작권사와의 독점 계약으로 북레시피에 있습니다. 저작권법에 의해 한국 내에서 보호를 받는 저작물이므로 무단전재와 복제를 금합니다.

일곱 번째 사건

검은색 사륜마차

낸시 스프링어 지음
김진희 옮김

북레시피

〈에놀라 홈즈 시리즈〉 전7권

『사라진 후작 *The Case of the Missing Marquess*』(1권)

『왼손잡이 숙녀 *The Case of the Left-Handed Lady*』(2권)

『기묘한 꽃다발 *The Case of the Bizarre Bouquets*』(3권)

『별난 분홍색 부채 *The Case of the Peculiar Pink Fan*』(4권)

『비밀의 크리놀린 *The Case of the Cryptic Crinoline*』(5권)

『집시여 안녕 *The Case of the Gypsy Goodbye*』(6권)

『검은색 사륜마차 *Enola Holmes and the Black Barouche*』(7권)

검은색 사륜마차

1889년 셜록 홈즈의 프롤로그
·
7

1장	2장	3장	4장	5장
·	·	·	·	·
20	33	47	61	75

6장	7장	8장	9장	10장
·	·	·	·	·
84	99	115	126	138

11장	12장	13장	14장	15장
·	·	·	·	·
150	160	174	186	198

16장	17장	18장	19장	20장
·	·	·	·	·
209	221	232	245	257

셜록 홈즈의 에필로그
·
273

옮긴이의 글
·
285

1889년 셜록 홈즈의 프롤로그

세계 최초 사립 탐정으로서 내 뛰어난 경력을 아는 이들이라면 나와 똑 닮은 홈즈 가의 또 다른 인물인 여동생 에놀라가 최근 세간의 이목을 끌며 런던 현장에 돌연 나타난 사실을 모르지 않을 것이다. 이 과정에서 공공연히 대중의 시선을 사로잡는 에놀라를 두고 적잖은 사람이 창피하고 개탄스럽게 여겼고, 혹자는 내가 왜 이런 에놀라를 단속하지 못하는지 의문을 품기도 했다. 고로 난 이 기회를 빌려 기쁜 마음으로 내가 에놀라 유도리아 하다사 홈즈를 대해온 방식에 대해 논리적이고 냉정하게 전하고자 한다.

그간 제기된 모든 감상적인 의혹에서 한시바삐 벗어나고자 내겐 에놀라의 어린 시절에 대한 기억이 전무하다는 사실을 밝혀둔다. 정말로 난 1888년 7월까지 에놀라의 존재에 대해 거의 알지 못했다. 에놀라가 태어난 1874년에는 나만의 연구에 힘쓰느라 막 집을 떠나 혼자 살려던 때였다. 사실 그때는 에놀라의 출생에 따른 불쾌하기 짝이 없는 가정불화로 서둘러 집을 떠나오던 상황이었다. 그 후 몇 년간은 그저 지저분하고 미성숙한 인간의 표본을 만난 신사라면 으레 느낄 만한 귀찮은 마음으로만 가끔 에놀라를 만났을 뿐이다. 아버지의 장례식 때도 아직 에놀라는 네 살배기 철부지에 불과했던 터라 제대로 된 대화를 나눈 기억이 없다.

내가 에놀라를 다시 만나게 된 건 그로부터 십 년이 흐른 1888년 7월의 어느 날이었다.

그것도 예사로운 만남은 아니었다. 에놀라의 엄마 — 우리의 어머니 — 가 뜻밖에도 원인 모를 이유로 사라지면서 어린 에놀라가 런던에서 형 마이크로프트와 나를 집으로 불러들인 것이다. 우리가 탄 기차가 목적지로 들어섰을 때 기차 승강장에서 우리를 기다리던 에놀라의 모습은 딱 봐도 막 날기 시작한 아기 황새가 따로 없는 모습이었다. 열네 살짜리 소녀치곤 놀랄 만큼 큰 키에 깡마른 몸, 잘 가려지지도 않는 망토에 장갑과 모자는 또 어따 팔아 치워 먹었나 싶은 차림이랄까. 실제로 바람이 불자 에놀라의 머리카락은 갈까마귀 둥지처럼 부스스해졌다. 막상 에놀라가 형과 내게

"홈즈 씨, 저, 홈즈 씨?"라고 말을 걸기 전까진 한낱 거리의 부랑아로만 보이던 그 아이가 설마 에놀라일 거라곤 상상도 못 했다. 날뛰는 망아지처럼 예의와는 담쌓은 듯한 에놀라는 형의 질문에 어리둥절해 보였고, 실제로 우리가 조상 대대로 물려받은 펀델 홀에 도착할 무렵엔 우리 여동생이 일반 여성보다 훨씬 지능이 떨어진 건 아닐까 하는 생각마저 들었다.

일단 펀델 홀에 도착한 마이크로프트와 나는 어머니가 납치된 게 아니라 서프러지스트(Suffragist. 1860년대부터 시작된 여성 참정권 운동에 참여해 국회 선거법 개정이나 평등법안 입법 등을 통해 여성 권리의 향상을 위해 노력한 운동가 집단-역주)답게 스스로 집을 떠나 잠적했다는 결론에 다다랐다. 사실 어머니는 아이도 다 키우고 나이도 들어 딱히 집에서 할 일도 없는 데다 누구도 못 말릴 자신만의 선택을 할 분이라 우리는 그 일에 크게 상심하지 않았다. 하지만 에놀라에 대해선 뭔가 조치를 취해야 했고 에놀라를 구하기엔 아직 늦지 않았다고 믿었다. 그렇게 우리는 에놀라의 터무니없는 반항은 나 몰라라 한 채 결국 에놀라도 여느 여성처럼 결혼하길 바라는 마음에서 훌륭한 예비 신부 학교(부유층 처녀들이 상류 사회 사교술 등을 익히는 사립학교-역주)에 입학하도록 손을 써놓았다.

그 후 형과 나는 의무를 다했다고 여기고 런던으로 돌아갔다.

하지만 우리의 여동생은 학교에 가기는커녕 가는 길에 용케도 사라져버렸다.

감히 어찌 이런 일을 벌인단 말인가, 배은망덕한 에놀라!

그 후 며칠간, 세계 최고의 탐정 나 셜록 홈즈는 추정컨대 소년으로 변장한 가출한 어리석은 소녀를 추적하는 데 온갖 기술을 동원했지만 에놀라의 흔적은 찾을 수 없었다. 그 후 매우 유감스럽게도 런던 경찰청의 레스트레이드 경감이 내게 에놀라의 소식을 알려왔다.

그때 에놀라는 미망인으로 변장한 상태였다.

맙소사, 미망인이라니! 그 순간 난 처음으로 내가 에놀라를 과소평가해왔다는 사실을 깨달았다. 미망인으로 변장해 제 얼굴을 완전히 감춘 것도 모자라 제 나이보다 십 년 이상은 들어 보이는 외모로 아무도 다가올 엄두를 못 내게 하다니! 그걸 볼 때 에놀라의 두뇌 용량(에놀라 홈즈 1권 『사라진 후작』에서 셜록 홈즈는 오랜만에 만난 여동생 에놀라를 두고 '아직 두뇌 용량이 작은 어린 소녀'라는 표현을 쓰곤 함-역주)은 적어도 중간 정도는 족히 되는 듯했다.

하지만 에놀라는 그만큼 눈에 띄기도 했다. 난 에놀라를 런던까지 추적했고 그때까진 설마 에놀라가 런던에 올 만큼 무모하리라곤 예상치 못했다. 그러던 중 런던 경찰청에서 미망인 복장을 한 어떤 소녀의 도움으로 납치범들로부터 구출되었다는 한 귀족 청년과 마주쳤다! 이 청년은 이제 그 소녀가 코안경을 쓴 독신녀 변장을 하고 있다고 알려주었다.

나는 위험한 런던에서 에놀라를 구하기 위해 한층 더 노력했다. 하지만 신문에 광고를 내고 싶어도 불행히도 내 외모는 에놀라와 딴판이었고, 그렇다고 평소 찍어둔 에놀라의 사진이 있는 것도 아니었다. 하지만 내겐 어머니가 에놀라에게 준 매우 흥미롭고 의미심장한 암호 소책자가 있었다. 그래서 그 두 사람이 『팰맬 가제트』지의 인사 광고란을 통해 비밀리에 연락을 주고받은 걸 알고 난 어머니 행세를 하며 에놀라에게 만나자는 메시지를 남겼다. 하지만 어쩐 일인지 에놀라는 이런 내 계략을 간파했다. 내가 불시에 에놀라를 덮치기 위해 왕립박물관에서 기다리는 동안 이미 에놀라는 내 아파트에 침입해 그 소책자를 훔쳐 간 것이다! 가을 추위에 떨고 있던 불쌍한 행상인 어쩌고 하는 집주인의 얘기를 듣고 나서야 내가 당시 왕립박물관으로 가기 위해 집을 나서다 마주친 행상인이 바로 에놀라였다는 사실을 깨달았다!

이제 난 어린 에놀라가 정말로 궁핍한 생활을 하고 있는 건 아닌지 염려하는 마음으로 빈민가에 대한 수색에 집중했다. 그러다가 어느 추운 겨울밤, 빈민가에서 검은색 수녀복을 입고 가난한 사람들을 돌보던 말 못 하는 '거리의 수녀'를 만났다. 실제로 그녀는 내게 비스킷을 건네주기도 했다. 그로부터 얼마 지나지 않아 그 수녀는 한 기절한 숙녀를 내 품에 안기며 그 여성에게 해를 가한 악당의 정체를 간략히 일러주기도 했다. 그때 '벙어리'인 줄로만 알았던 수녀의 목소리를 듣는 순간, 난 엄청난 충격 속에서 그녀가 내 여동생이라는 걸 직감했다! 그때 난 에놀라를 붙잡으려고 했지만, 에놀라는 단도로 날 막은 뒤 유유히 밤의 어둠 속으로 사라졌다. 런던의 경찰들도 에놀라를 못 찾기는 매한가지였다. 그런데 그렇게 에놀라를 놓친 채 돌아온 나는 집에서 에놀라가 버리고 간 수녀복을 발견했다! 참으로 배짱 있고 대담하고 태연하게도 내가 찾는 내내 에놀라는 줄곧 내 방에 숨어 있었다!

그뿐만이 아니었다. 에놀라는 이 숙녀를 구하기 위해 단도를 써서 악랄한 악당에게 맹공을 펼치기도 했다. 분명 내 여동생 에놀라는 자신을 돌볼 만한 능력이 있는 아이였다. 하지만 빌어먹을, 난 이 소녀가 런던 거리에서 제멋대로 크도록 내버려 둘 순 없었다. 나로선 에놀라를 구해야만 했다. 그러나 그렇게 최선을 다했건만 겨울이 지나고 봄이 오도록 에놀라의 흔적은 눈 씻고 찾아봐도 발견할 수 없었다.

그리고 나서는 내 소중한 친구 왓슨 박사의 영문 모를 실종에 온 신경이 사로잡혔다. 일주일 동안 난 먹지도 자지도 않았고, 그건 형 마이크로프트도 마찬가지였다. 하지만 왓슨의 행적은 묘연하기만 했다. 사실, 왓슨을 구한 건 우리가 아니라 에놀라였다! 신문에 난 메시지는 곧장 우리를 불쌍한 왓슨에게로 이끌었다. 그때 왓슨은 정신병원에 감금되어 있었고, 그 메시지엔 E. H. 곧 에놀라 홈즈의 서명이 적혀 있었다.

이 일로 무척 콧대가 꺾이면서도 난 도대체 에놀라가 어떻게 이런 위업을 이뤄냈는지 전혀 알지 못했다.

모르는 건 그뿐만이 아니었다. 에놀라가 런던 어디에 살았으며, 생계는 어떻게 꾸렸는지도 전혀 알지 못했다. 하지만 친애하는 독자가 지금 기억해줬으면 하는 건 일전에 에놀라가 내 품에 떠안겼던 그 기절한 숙녀다. 왓슨이 돌아온 직후, 그녀는 강제 결혼 책략에 휘말린 희생자가 되었고, 나는 또다시 그 숙녀를 구하는 일에 몰두했다. 이 일엔 그 숙녀가 포로로 잡혀 있다고 보기에 충분한 저택을 몰래 방문하는 일도 포함

되었다. 그때 난 온통 검은 차림에 얼굴도 검게 칠한 후 뒷마당으로 슬그머니 들어갔지만 벼랑 같은 곳에서 그만 발을 헛디디고 말았다. 순간 꽤 깊은 도랑 바닥에 굴러떨어지며 발목을 심하게 다쳤다.

당시 난 발목뿐 아니라 자존심도 상했다. 과연 누가 도심 한복판에서 '은장(정원의 경관을 해치지 않도록 경계 도랑을 파서 만든 울타리-역주)'과 마주칠 걸 예상할 수 있었을까! 결국 난 그곳의 한 은장 도랑에 갇혔고 기어 올라갈 수도 없었다. 그때는 이미 발목이 너무 부은 상태라 신발을 벗기 위해 불편한 바위에 앉아 주머니칼로 신발 끈을 잘라야 했다. 칠흑 같은 어둠 속에서 그 짓을 하느라 갖은 애를 쓰고 있으려니 나도 모르게 나지막한 욕설이 튀어나왔다.

그때 머리 위에서 독특한 음색을 지닌 한 소녀의 조롱하는 목소리가 들려왔다. "참 가관이네요."

순간 입이 다물어지지 않았다. 너무 충격을 받아 한동안 목이 졸린 느낌이 든 후에야 숨을 내쉴 수 있었다. "에놀라?"

그렇다, 바로 에놀라였다. 내게 붕대와 브랜디 병을 내려준 뒤, 황당하게도 에놀라는 밧줄을 이로 물고 언뜻 오르기에 불가능해 보이는 나무를 기어올랐다. 그러고는 나무에 고정시킨 밧줄을 타고 마치 커다란 원숭이라도 되는 듯 내가 갇힌 은장 도랑의 맞은편으로 쿵 소리를 내며 착지했다. 내가 은장 바닥에서 빠져나올 수 있도록 에놀라가 밧줄을 던져줄 줄 알았다. 그런데 웬걸, 에놀라는 혼자 힘으로 방에 갇힌 숙녀를 구해낸답시고 제 갈 길을 갈 참이었다. 그 토지의 영주가 나타나 총을 쏘지 않았더라면, 아마 난 지금까지도 그 구덩이에 갇혀 있는 신세였을 것이다! 하지만 잠시 후 결국 에놀라는 내가 도랑에서 나와 울타리를 넘어 달아날 수 있도록 도와주었다. 발을 다쳐 걸을 수도 없던 난 에놀라의 어깨에 기대어 절뚝거리며 갔다. 드디어 안전한 곳에 이르자 문득 에놀라를 보내줘야 할 것 같은 마음이 들었다. 물론, 확신컨대, 마이크로프트 형이라면 이런 내 마음을 결코 용납하거나 이해할 수도 없었겠지만, 내게 도움을 준 에놀라에 대한 감사 표시와 함께 신사도를 보여야겠다는 생각으로 그 아이를 보내줄 수밖에 없었다. 나와 악수를 한 후 에놀라는 황무지의 야생 조랑말처럼 약간 머뭇거리다가 이내 갈기같이 길고 숱 많은 머리카락을 흩날리며 자유를 향해 달아났다. 그나마 당시 난 에놀라가 바지가 아닌 치마를 입었다는 사실에 안도감을 느꼈다.

이틀 뒤 에놀라는 그 불행한 아가씨를 강제 결혼에서 구해낸 다음 내게 돌봐줄 것을 요청했다. 그 후로 난 더 이상 에놀라를 보지 못했다. 그다음 달 우연히 플로렌스 나이팅게일의 집에 갔다가 만나게 된 것을 빼면 말이다. 그때 에놀라는 학자로 위장하기 위해 안경과 남성스러운 모자를 쓰고 칠흑같이 검은 장갑에 어두운 톤의 폭 좁은 드레스를 입고 있었지만 난 내 오랜 명성에 걸맞게 즉시 에놀라를 알아봤다. 당시 에놀라는 도망쳤다. 난 그 애를 그 집 꼭대기까지 쫓아갔지만 결국 창문으로 탈출한 에놀라는 커다란 오크 나무 밑에서 토끼처럼 달아나버렸다.

순간 화도 났지만 절로 감탄이 이는 가운데 나는 플로렌스 나이팅게일 씨가 내게 의뢰한 일에 착수했다. 바로 터퍼라는 이름의 실종된 여성을 찾는 일이었다. 조사를 마친 다음 날 밤, 나는 잔뜩 굽은 허리에 회색빛 턱수염을 기른 가련한 노인 변장을 하고는 마치 값나가는 물건이라도 찾는 양 배수로를 살피며 커다란 저택 주변을 어슬렁거렸다. 그런데 그때 놀랍게도 차림새는 소박하나 틀림없는 귀족 부인으로 보이는 한 여성이 내 앞을 가로질러 성큼성큼 걸어가더니 현관문의 쇠고리를 날쌔게 두드렸다. 맙소사, 에놀라였다! 말릴 틈도 없이 에놀라는 어느새 그 위험한 집 안으로 들어가버렸고, 나는 창문으로라도 에놀라를 지켜보기 위해 최선을 다했다. 정말로 에놀라의 안전이 걱정되었던 난 에놀라가 안내를 받고 위층으로 올라갔을 때 그 저택의 측면으로 올라갔다. 그러고는 덩굴에 매달려 안을 들여다보려고 얼굴을 유리에 바짝 댄 순간, 에놀라가 날 똑바로 쳐다보며 윙크를 날렸다! 난 너무 놀라 하마터면 손을 놓쳐 떨어질 뻔했다. 그 후 늘 그렇듯 개탄스럽게도 에놀라는 날 한발 앞질렀다. 현관문이 벌컥 열리고 내가 주짓수로 악당의 주의를 끄느라 정신없는 틈을 타 뒷길로 유유히 사라져버린 것이다. 물론 도망가던 그 애 옆엔 터퍼 부인도 함께였다. 이어 에놀라는 안전을 위해 터퍼 부인을 나이팅게일 집에 대피시켰다.

다음 날, 보청기에 외치며 대화하던 모습을 통해 난 그 나이 든 불쌍한 청각장애인 터퍼 부인이 에놀라의 집주인이라는 사실을 짜 맞출 수 있었고, 다소 흥분된 맘으로 에놀라가 나이팅게일 저택에 있는 그녀를 방문할지도 모른다고 추측했다. 이후 나는 레지날드 녀석과 함께 에놀라를 기다리며 잠복했다. 매일같이 수십 명의 사람이 나이팅게일의 집에 드나들었고, 난 거의 무표정한 얼굴의 여동생을 찾느라 정교한 진청색 의상을 입은 꽤 사랑스러운 숙녀 따윈 거들떠보지도 않았다. 하지만 그때 여동생이 오랫동안 키워온 콜리종 반려견 레지날드가 낑낑거리며 목에 매어둔 끈을 잡아당겼다! 내가 그 끈을 놓아주자 다음 순간 놀랍게도 '그녀'가 인도에 주저앉아 울다 웃기를 반복하며 녀석을 반기는 것 아닌가! 그때 자신을 내려다보고 있던 나를 발견한 에놀라는 미소 띤 얼굴로 기꺼이 내가 내민 손을 잡고 일어섰다. 아마도 에놀라는 내가 더 이상 자신을 '깔보지' 않는다는 걸 눈치챈 모양이었다.

고로 우리는 재회했다. 그렇다고 문제가 없었던 건 아니다. 에놀라는 그날 또 나를 따돌렸다. 하지만 우리는 계속 연락을 취했고, 불과 며칠 후 나는 용케도 가장 숙녀답게 분장한 에놀라를 형 마이크로프트가 탄 택시로 데려왔다. 그때 형은 내심 여동생에 대해 놀라움을 금치 못하고 함께 저녁 시간을 보내며 런던 항구 도시의 미궁에서 실종된 공작부인을 찾는 일을 도운 뒤 내가 이미 도달한 것과 같은 결론에 도달했다.

에놀라는 보호가 필요 없었다.

에놀라는 예비 신부 학교도 필요 없었다.

에놀라는 결혼도 필요 없었다. 혹시 그 아이와 결혼하겠다고 하는 어리바리한 남자가 있다면 그저 하늘이 보살펴주길 바랄 뿐이다.

다음 날, 에놀라의 열다섯 번째 생일날, 우리 셋은 내가 사는 베이커가 221번지에서 차와 케이크를 먹었다. 그러고는 최근 받은 편지를 통해 마침내 어머니가 도망친 이유를 알게 됐다. 여생이 얼마 남지 않았던 어머니는 사회의 요구를 벗어나 남은 시간을 자유롭게 보낸 뒤 죽음을 맞이했다. 당시 에놀라는 조금 눈물을 흘린 뒤 애써 미소 지었지만 그 미소엔 여러 미묘한 감정이 담겨 있었다. 그도 그럴 것이 에놀라의 엄마는 떠났지만 이제 에놀라 곁엔 오빠들이 있었기 때문이다. 마이크로프트는 이미 에놀라와 화해한 상태였고 나는 에놀라에 대해 정이 점점 깊어지고 있었다. 그렇게 모든 일이 순조롭게만 흘러갔다.

하지만 이런 만족감에 빠져 있느라 난 마치 눈먼 사람처럼 이후 에놀라가 내 사건 중 하나에 불쑥 끼어들리란 걸 전혀 예상치 못하고 있었다……

1장

1889년 여름, 오빠들과 화해한 나는 시골에 있는 내 어린 시절 고향 펀델을 방문해 콜리종 개 레지날드와 함께 매우 행복한 8월을 보냈다. 그 후 런던에 있는 전문 여성 클럽의 꽤 안전하면서도 다소 엄격한 내 방으로 돌아온 나는 폭 좁은 고어드스커트(허리는 꼭 맞고 밑은 넓게 펴지도록 삼각형의 옷감을 여러 장 잇대어 만든 스커트-역주)에 어깨 부분이 약간 부푼 얇은 비단 재질의 살구색 새 드레스를 산 뒤 그 누구도 아닌 바로 호리호리한 내 모습으로 변장했다! 때마침 '모래시계 몸매'가 한물간 스타일이 되면서 셜록과 마이크로프트의 눈에 띄지 않기 위해 착용하던 가슴 강화제와 엉덩이 보정기는 더 이상 필요하지 않았다! 이제 진정한 에놀라 홈즈의 모습으로 다시 오빠들을 만날 걸 생각하니 너무나도 기대가 되었다.

하지만 하루가 지나 한 주가 되고, 한 주가 지나 두 주가 되고, 8월이 지나 9월이 된 후에도 여전히 오빠들은 깜깜무소식이었다.

기분이 우울해졌다. 다시 한번 내 이름 에놀라Enola를 거꾸로 읽을 때 '홀로alone'가 되는 운명처럼 난 완전 외톨이가 됐다. 살구색의 얇은 비단 재질에 어울리는 모자를 사고 싶단 생각이 들다가도, 그런 즐거운 생각을 떠올려본다 한들 우울한 마음에서 벗어날 순 없었다. 그래서 상점을 두루 돌아다니기에 좋은 어느 화창한 오후에도, 난 전문 여성 클럽의 응접실에서 맥빠진 채 앉아 있었다. 그런데 그때 한 하녀가 내게 놋쇠로 만든 쟁반에 놓인 쪽지 한 장을 건네며 말했다.
"어떤 신사분이 문 앞에서 아가씨의 답장을 기다리겠답니다."

친애하는 독자 여러분도 알다시피 남성들은 전문 여성 클럽 안에 들어올 수 없었다.

그렇다고 그동안 날 데리러 온 신사들이 있었던 것도 아니었다. 고로 그 쪽지는 오빠 중 한 명, 그러니까 틀림없이 셜록에게서 온 것이어야 했다. 마이크로프트는 평소 자신의 영향권인 팰맬가의 하숙집, 화이트홀(런던에서 관공서가 모여 있는 거리-역주)의 관공서, 그리고 디오게네스 클럽('셜록 홈즈' 시리즈에서 마이크로프트 홈즈가 사치를 멀리하고 검소하게 생활하며 사회의 법과 관습에 매이지 않고 자신의 명령만 따르며 단순한 생활을 하던 그리스 철학자 이름을 따서 창립한 클럽으로, 사람 만나는 일을 싫어하고 자기만의 시간을 갖기 원하는 사람들이 모이는 모임-역주)을 벗어날 일이 거의 없었기 때문이다. 하여 쪽지를 펼쳐 읽을 무렵 내 심장은 무척 거칠게 방망이질 쳤다. 하지만 웬걸, 그 서명은 처음 보는 것이었다.

제기랄. 그건 왓슨 박사에게서 온 쪽지였다. 쪽지엔 이렇게 적혀 있었다.

에놀라 양에게

제가 이렇게 에놀라 양에게 도움을 청하는 건 셜록이 알면 참 유감으로 여길 텐데요. 하지만 친구이자 의료 조언자로서 셜록의 심각한 상태는 알릴 수밖에 없을 것 같군요. 에놀라 양은 모르시겠지만 셜록은 걸핏하면 우울증에 걸리곤 한답니다. 물론 셜록은 이렇게 끼어드는 저를 크게 책망할 거예요. 하지만 전 에놀라 양이 저와 함께 셜록을 좀 만나러 가주셨으면 합니다. 그게 셜록에게 더 좋은 영향을 끼칠 걸 믿기 때문이죠. 그럼 답변 기다리겠습니다.

당신의 벗,
의학박사 존 왓슨

쪽지를 읽자 다시 심장이 방망이질 치기 시작했다. 셜록 오빠가 심각한 상태라고? 도대체 무슨 말이지?

아무래도 지금 당장 가봐야 할 듯싶었다.

나는 그 자리에서 벌떡 일어나 하녀에게 "그 신사분에게 곧 나가겠다고 말씀드려주세요."라고 말한 뒤 방으로 달려가 최신 부츠를 신었다. 안에서만 신는 섬세한 실크 슬리퍼를 신고 나갔다간 거리에서 너덜너덜해질 게 뻔했기 때문이다. 이어 내게 어울리는 괜찮은 장갑 한 벌을 챙기고 난감한 머리카락을 매만져 모자를 쓴 뒤 양산을 집어 들었다. 사교계 여성이라면 으레 양산이나 부채, 혹은 예쁜 손수건 하나쯤은 들고 다녀야 했기 때문이다. 아마 지금쯤 친애하는 독자는 틀림없이 내가 사교계의 젊은 여성으로 보이는 걸 무척이나 즐기고 있다는 걸 이미 눈치챘을 것이다.

그러고 보니 내친김에 드레스도 갈아입고 싶은 마음이 굴뚝같았지만 애써 그 마음을 억눌렀다. 햇볕 쬐는 포장도로에서 필요 이상 오래 왓슨 박사를 기다리게 하느니 지금 입은 광택 나는 빳빳한 견직물 재질의 땡땡이 스위스 드레스 차림으로 가는 게 더 현명한 처

사라고 확신했기 때문이다.

서둘러 전문 여성 클럽의 정문을 나서자, 그 선량한 의사가 이륜마차와 함께 날 기다리고 있었다. 내가 마차에 오르도록 도운 뒤 박사는 통상적인 몇 마디 인사말을 건네고 내 옆자리에 앉아 마부에게 베이커가로 가달라고 요청했다.

물론 이후 난 왓슨 박사에게 잘 지내시는지, 부인께서도 안녕하신지 같은 일상적인 질문도 건네야 했다. 왓슨 박사는 내가 무척 좋아하는 사람이라 내 따뜻한 목소리에서 애정의 마음을 느낄 수 있길 바랐기 때문이다. 만약 박사를 그렇게 좋아하지 않았다면, 아마 난 무례하게도 그런 안부 따윈 훌쩍 건너뛰었을 것이다. 오빠에게 대체 무슨 일이 일어난 건지 알고 싶어 안달이 난 상태였기 때문이다.

"셜록 오빠는요? 오빠의 증상이 심각하다고 보시는 이유는 뭔가요?"

그 선량한 의사는 갈색 눈동자에 근심 섞인 눈초리를 내비치며 한숨을 쉬었다. "지난 열흘 동안 홈즈는 *프린세스 앨리스호 참사*(1878년 템스강을 오가던 증기 여객선 프린세스 앨리스호가 석탄 운반선 바이웰 캐슬호와 충돌 후 침몰해 수많은 사상자를 낸 참사-역주)로 도난당한 해군 기밀문서와 희귀종 말레이시아 거미 사건에 관해 놀랄 만큼 밤낮없이 몰입했어요. 그렇게 온종일 쉬지도 않고 혹사하다 보니 예상치 못하게 자신의 한계점에 다다랐고, 그 사건을 해결한 지금 셜록은 그 어느 때보다 깊은 우울증에 빠져 있답니다. 온 나라의 지도자들이 의회 회관에 모여 셜록의 사건 해결을 칭송하는 이 승리의 순간에도 셜록은 숙소에 틀어박혀 식음을 전폐한 상태거든요. 실은 오늘 아침도 갖은 애를 쓰며 설득한 후에야 셜록을 깨울 수 있었답니다." 시종일관 마차 객실 바닥에 시선을 떨군 채 얘기하던 박사가 이제 더는 고통을 감추지 않겠다는 듯 시선을 위로 올리며 진중한 눈빛으로 말했다. "셜록에게 이제 수염도 깎고 옷도 좀 차려입으라고 권했지만 소용없었어요. 그냥 말 한마디 없이 절 밀어내더군요. 고개를 홱 돌린 채 제 말 따윈 무시해버리면서요."

이륜마차는 베이커가 221번지 앞에서 멈춰 섰다. 하지만 우리가 내리고 마차가 덜컹거리며 떠난 뒤 난 왓슨 박사에게 "아무래도 뭘 할 수 있을지 감을 좀 잡은 후에 올라가야겠어요."라고 말하고는 인도에 그대로 서 있었다.

"우울증에 대해선 좀 아시나요?"

"정확히는 몰라요." 난 괜스레 웃어 보이려다가 도리어 얼굴을 찡그리고 말했다. "다만 저도 그런 어두운 성향이 좀 있었어요. 아무래도 집안 내력인 것 같아요. 제게 그런 성향이 생긴 건 분노 때문이었던 듯한데, 개인적으론 적당히 화를 내며 그 분노를 씻어내는 게 가장 좋은 치료법인 것 같아요. 어떤가요, 동의하시나요?"

왓슨은 내 말에 약간 당황한 듯 보였지만, "어떤 감정이든 표출하는 게 분명 호전된 모습이긴 하죠."라고 소신 있게 답했다.

"그렇다면 제 생각엔, 이제 친애하는 박사님은 그냥 볼일을 보러 가시는 게 어떨까 싶어요. 셜록 오빠는 저 혼자 만나보는 게 좋을 것 같아서요."

정감 있고 참을성 있는 집주인 허드슨 부인이 날 위해 오빠의 하숙집 문을 열어주며 미소 띤 얼굴로 윙크를 보냈다.

오빠의 숙소로 들어서자 어둠의 형태로 드러난 우울증의 현장에 발을 들인 느낌이 물씬 풍겼다. 창문 위로 드리워진 긴 커튼과 불 꺼진 램프가 셜록의 거실을 어둡고 어스름한 레테(그리스 신화에 등장하는 강으로 생전의 모든 걸 잊게 한다는 망각의 강-역주)로 만들어놓는 바람에 소파에 축 늘어져 있는 오빠 따윈 보이지도 않았다. 아니, 거기에 비스듬히 기대 있는 기다랗고, 특징 없고, 미동 없는 형체는 그나마 눈에 들어왔다.

"맙소사, 여긴 어두워도 너무 어둡네요!" 블라인드를 젖히기 위해 방을 가로질러 가며 내가 잔소리를 늘어놓았다. 블라인드를 젖히자 햇살이 쏟아져 들어왔다. 고개를 돌려 오빠를 다시 바라보았다. 잠옷 위 회색 가운 차림의 오빠는 소파에 누워 양다리를 쭉 뻗은 채 발목을 꼬고 있었다. 윗부분이 천으로 된 실내화를 신은 오빠의 앙상한 맨 발목이 이상하게도 연약해 보였다. 옆쪽 바닥에 수북이 쌓인 신문은 틀림없이 신실한 왓슨이 기분 전환을 위해 가져다 놓은 듯했는데 손댄 흔적이라곤 하나도 없었다. 소파의 팔걸이 부분에 등을 기대고 누운 셜록은 기다란 두 손을 한가로이 무릎에 걸쳐놓은 상태였다. 순간 셜록이 내 쪽으로 고개를 돌렸지만 초점 없는 멍한 시선은 나를 바라보고 있는 것 같지 않았다. 문득 오빠의 예리한 평소 눈빛이 그리웠다. 창백한 피부에 면도도 하지 않은 오빠의 얼굴은 수척해 보였다.

"사랑하는 오빠, 왜 그렇게 멍하니 어둠 속에 누워 있나요?" 나는 오빠가 귀찮아하든 말든 거들먹대며 말했다. "이렇게 의기소침해 있으니 치료가 필요하겠네요, 안 그래요? 자, 그럼 함께 해결해보죠." 나는 장갑과 양산을 한쪽으로 치워놓고 셜록의 책상에서 꽤 비싼 메모장과 연필을 가져왔다. 그러고는 식탁 의자를 가져와 소파 옆에 놓은 뒤 의자에 앉아 까칠한 털로 뒤덮인 셜록의 얼굴을 가만히 바라보며 진지하게 고개를 끄덕였다. "여기가 정신병원이라면 오빠의 분노를 없애주기 위해 오빠에게 클로랄 수화물(물과 클로랄을 화합한 최면 진정제-역주)과 헬레보레(미나리아재빗과의 상록 식물로 뿌리에 들어 있는 사포닌이 강심제 및 이뇨제로 쓰이는 독초의 하나-역주)를 줄 거예요." 내가 말했다. "하지만 일단 나쁜 생각을 몰아내는 일부터 시작하는 게 어떨까 싶어요." 나는 무릎에 메모장을 올려놓고 휘갈겨 쓰기 시작하며 혼잣말을 하듯 중얼거렸다.

"아편팅크(아편으로 만든 약물-역주), 벨라도나(자주색 꽃이 피고 까만 열매가 열리는 독초-역주), 안티몬(합금을 만드는 데 흔히 쓰이는 금속 원소-역주), 모두 때아닌 죽음을 초래하지만 않는다면 효과 좋은 재료들이죠…… 분명 왓슨 박사님도 뭔가를 추천해줄 거예요. 아니면 땀을 내서 우울증을 고칠 수도 있어요, 오빠!" 그러면서 광적으로 반짝이는 시선으로 오빠를 쳐다봤다. 분명 과장된 감성에 젖은 그 모습은 단지 오빠의 반응을 구하는 수준을 넘어 기필코 환자를 돕기로 작정한 열정적인 여성처럼 보였을 것이다. 나는 내 기괴한 목록으로 시선을 돌려 항목을 추가했다. 땀. 터키식 목욕. 아니, 찬물에 담가볼까! "토닉(진·보드카 등에 섞어 마시는 탄산음료-역주), 땀 목욕, 얼음물은 어때요?" 내가 재잘거렸다. "아니면……" 그러고는 마치 벼락을 맞고 천재적인 생각이 떠오르기라도 한 양 상체를 꼿꼿이 세웠다. "아니면 그 새로운 전기 목욕 중 하나는 어때요! 들어봤나요, 셜록 오빠? 사람을 물속에 넣고 전기를 통과시킨다는 이야기요……."

맙소사! 셜록이 끼어들었다! "날 좀 내버려 두렴. 안 그랬다간 네가 전기 맛을 보게 될 테니."

내게 꽂힌 셜록의 폭풍우 같은 눈빛에 난 활짝 웃었다. "전기벨트도 최신 제품 상점에서 살 수 있어요. 내가 하나 가져다드릴 테니 기분이 나아질 때까지 입으시든지요."

"당장 여기서 나가렴. 날 좀 내버려 둬, 에놀라!"

"오빠를 어둠 속에서 벌레나 먹는 두더지 상태로 내버려 두라고요? 아뇨, 친애하는 오빠, 오빠를 돌보는 건 내 임무이자 의무예요."

"빌어먹을!" 오빠가 똑바로 앉아 소파를 와락 움켜잡더니 언성을 높였다. 바라던 바였다. "날 좀 내버려 둬!" 오빠가 소리쳤다. "대체…… 나더러 어쩌라는 거니?"

"아, 그게 좋겠네요!" 내가 오빠를 보며 히죽 웃었다. "직류 통전 치료(전류가 흐를 때 나타나는 화학적 효과를 임상적으로 적용하는 전기 치료-역주)야말로 오빠가 스스로를 치료하기 위해 할 일이네요. 전기벨트와 함께 말이죠. 겨자씨 연고도 몇 개 사다 드릴게요. 때로는 겨자씨 연고가 반대 자극을 줘서 우울증을 완화하기도 한단 말을 들었거든요……."

"너 정말 짜증 나게 할래? 이제 좀 *나가주겠니*?"

내가 부드러운 목소리로 말했다. "오빠가 옷을 입고 먹는 걸 보기 전까진 안 돼요, 사랑하는 오빠."

오빠는 날 외면했다. "됐다."

"셜록 오빠……."

"됐다니깐." 오빠는 변함없이 단조로운 어조로 거절하고는 다시 소파로 돌아갔다. "됐고, 너야말로 그 휘황찬란한 모자나 쓰고 썩 꺼지렴. 난 좀 내버려 두고."

"셜록 오빠." 나는 오빠를 도발하기보단 구슬리는 어조로 채근했다.

오빠는 대답하지 않았다. 몸을 구부려 살짝 엿보니 오빠는 눈을 감고 있었다. 그렇게라도 날 무시하는 편이 낫다고 생각한 모양이다.

나는 의자에 앉아 한숨지었다. 비록 포기하지 않겠노라고 마음먹었지만, 다음엔 뭘 해야 할지 전혀 감이 오지 않았기 때문이다. 더는 어쩔 도리가 없었다. 추측건대 현재로선 고집스럽게 여기 남아 있는 것 외엔 달리 방도가 없었다.

그래서 난 그 자리에 앉았다.

그렇게 침묵에 귀를 기울이며 딱히 다음에 뭘 하고, 뭘 말할지 생각해내지 못한 채 시간만 보내고 있었다. 긴장한 얼굴로 미동 하나 없이 누워 있는 셜록은 여전히 잠들지 않았다. 오빠는 거의 숨도 쉬지 않는 듯했다. 방 안이 어찌나 적막하던지 벽난로 위로 똑딱거리는 시계 소리가 오빠의 인기척보다도, 베이커가 자갈길 위로 덜컹거리는 마차 소음보다 더 크게 들릴 정도였다. 잠시 후 현관에서 울리는 벨 소리와 현관으로 나가는 허드슨 부인의 점잖은 발소리가 들려왔지만 거기까지 신경 쓸 경황은 없었다. 그런데 조금 뒤 이번에는 계단을 올라오는 부인의 발소리가 들려왔다! 허드슨 부인이 평소처럼 활기찬 모습으로 안으로 들어오더니 소파에 꼼짝 않고 누워 있는 셜록에게 말했다.

"홈즈 씨, 웬 젊은 여성이 셜록 씨를 뵈러 왔어요. 잔뜩 창백한 얼굴로 떨고 있는 모습이 무슨 심각한 문제로 이성을 잃고 온 듯해요. 돌아가라고 해봐야 아마 소용없을 거예요. 방문객은 사양하겠다고 한 건 알겠는데……."

순간 셜록이 눈을 뜨고 허드슨 부인을 노려보자 부인이 말을 멈췄다. 마치 단도 같은 셜록의 매서운 눈초리는 말보다 더 명쾌한 대답이었다.

"하지만 그 아가씨를 거리로 다시 내몰 순 없잖아요." 허드슨 부인이 진심으로 안쓰러워하며 호소했다.

나는 일어서서 허드슨 부인에게 걸어갔다. "오빠는 신경 쓰지 마세요, 허드슨 부인." 그러고는 부인의 쟁반에서 명함을 꺼내 들었다. "그분을 올려보내주세요. 홈즈 씨의 여동생과 동료가 기꺼이 도와줄 거라고 전해주시고요."

2장

명함에는 특이한 필체로 '레티샤 글러버'란 글자가 적혀 있었다. 인쇄소에서 찍은 게 아닌 손수 타이프로 친 글자였다. 아울러 그 작고 뻣뻣한 직사각형 종이의 네 귀퉁이에 보이는 십자 뜨기 같은 XxXxXxX 문양도 역시 타이프로 친 것이었다.

내가 이 특이한 명함을 여전히 감탄의 눈으로 바라보고 있을 때 계단을 뛰어오르는 가벼운 발소리가 들렸다. 이윽고 문이 획 열리며 홈즈의 의뢰인, 아니 내 의뢰인이 나타났다. 오빠는 눈을 감고 글러버 양은 거들떠보지도 않은 채 다시 무생물 흉내를 내기 시작했다. 하지만 난 손을 내밀며 흥미롭게 그녀를 훑어보았다. 지금껏 난 이렇게 젊고 아름다운 얼굴에 그토록 슬픔과 근심이 뒤섞인 모습을 본 일이 없다. 게다가,

맙소사, 그녀는 나보다 고작 몇 살 위인 듯했다. 눈은 울어서 벌겋게 부은 상태였지만 그녀는 턱을 들고 입술을 꽉 다문 채 힘주어 내 손을 잡고 악수했다.

"플로시가 그렇게 사라질 리 없어요." 글러버 양의 경직된 목소리가 감정에 겨워 떨려왔다. "처음엔 온종일 울었지만, 지난밤 뜬눈으로 지새우며 곰곰이 생각해보니 더는 믿기지 않더라고요. 언니와 전 쌍둥이예요. 쌍둥이들은 공감적 유대감을 나눈다는 얘기를 들어보셨을 텐데요. 만약 언니가 세상을 떠났다면 바로 상실감이 느껴졌을 거예요."

"글러버 양, 일단 좀 앉아서 제가 어떤 도움을 드릴 수 있을지 말씀해주세요." 나는 그녀가 창가 옆의 편안한 의자에 앉도록 손짓했다. 그때 방을 가로지르던 글러버 양이 호기심 어린 눈으로 소파 위에 반듯이 누운 오빠를 쳐다봤고, 나는 미소를 지었다. "장담컨대, 글러버 양, 긴장증적인 증상을 보이고 있는 제 오빠에겐 신경 쓸 필요 없어요. 이 상태론 남에게 해코지도 못 할뿐더러, 자신을 똑 닮은 유목(물 위에 떠서 흘러가는 나무-역주) 같은 청각장애인이라 아무 말도 못 들을 테니까요."

"청각장애인이라고요?" 그녀가 옆쪽 바닥에 손가방을 내려놓고 앉으며 물었다.

"그런 시늉을 하고 있는 셈이죠." 나는 글러버 양을 마주 보며 앉았다. 우리는 셜록을 등지고 있었고, 물론 나는 그녀를 은근슬쩍 머리끝에서 발끝까지 찬찬히 살펴봤다. 그녀는 일하는 여성이 흔히 하고 다니는 싸구려 보석과 모조 장식으로 치장하기보단 폭 좁은 치마 위로 남성 셔츠 같은 모양의 상의와 조끼, 크라바트(넥타이처럼 매는 남성용 스카프-역주)를 착용하고 있었다. 하지만 그 크라바트엔 발랄한 페이즐리(깃털이 휘어진 모양, 눈물 모양 또는 올챙이 모양을 모티브로 한 페르시아의 전통 디자인-역주) 무늬가 있었고, 조끼는 밝은 청색이었으며, 셔츠는 부드러운 실크로 만든 크림색이었다. 또 소박하게 쪽진 머리에는 그에 어울리는 남색 무명 벨벳의 간소한 중절모가 씌워 있었다. 그리고 뭐라 설명하긴 힘들지만 그녀의 말투와 태도에선 중산층 특유의 느낌이 물씬 풍겼다. 그게 아니었다면 난 아마 그녀를 괴팍한 서프러지스트 귀족으로 여겼을 것이다.

"글러버 양, 옷차림을 보아하니 평범한 아가씨는 아니신 듯한데요. 생계를 위해 일하고는 있지만 뭐랄까 꽤 독립적이고 품위 있어 보인다고 할까요."

"전 타이피스트인 제 일에 큰 자부심을 느끼고 있어요." 글러버 양이 대답했다. '그럼, 그렇지, 그 명함!'

순간 그 생각이 떠올랐다. 내가 고개를 끄덕이자, 그녀가 미소 띤 얼굴로 말을 이었다. "제 성을 보면 아시겠지만 제 선조는 보잘것없는 장갑 제조업자였고 저희 가족은 무역으로 생계를 유지했답니다. 하지만 언니와 전……."

언니 이야기가 나오기 무섭게 글러버 양의 목이 메어왔다. "언니요?" 나는 부드럽게 장단을 맞추며 말을 유도했다.

"제 쌍둥이 언니, 플로시요." 글러버 양이 흐느끼더니 눈에 띄게 감정을 억제하려는 몸짓을 취하며 말을 멈췄다. 그러고는 잠시 후 목소리가 떨리지 않을 만큼 되자 다시 말을 이었다. "언니와 전 그런 계급 차별에 대해선 잘 모르고 컸어요. 태어날 때부터 부모님은 저희가 교육과 문화의 혜택을 전부 누리며 살 수 있도록 해주셨거든요. 플로시, 그러니까 원래 이름은 펄리시티인데 우리가 플로시라고 부르는 언니는 마치 하늘로 날아간 종달새처럼 예술에 푹 빠져서 나비처럼 춤추고, 나이팅게일처럼 노래하곤 했죠. 하지만 전 수학이 더 편했고, 계산용 자는 제 절친이었죠". 글러버 양이 매혹적인 미소를 지으며 계속해서 말했다. "전 독신녀로 살아오면서 타이피스트와 회계업무로 생계를 유지하고 있어요. 하지만 펄리시티는 마치 결혼 생활의 행복을 위해 태어난 사람 같았죠. 일찍이 저희 부모님이 세상을 떠나실 때도 당신의 딸이 던헨치 백작의 아내라는 사실에 매우 기뻐하셨죠."

"저도 플로시가 결혼한 지 2년이 넘도록 거의 만나 보질 못해 끔찍이 보고 싶긴 했지만 플로시의 일이 잘 풀려서 매우 기뻤어요. 부모님이 돌아가신 후 전 더 외로웠지만 플로시가 잘 지낼 거란 생각에 만족했어요. 아니, 적어도 어제까진 그랬죠."

"어제는 무슨 일이 있었던 거죠?" 말을 잇기 힘든 듯 머뭇거리는 글러버 양에게 나는 질문을 해가며 말을 유도했다.

그녀는 말 대신, 아니 실제로 더 이상은 말하기 힘든 듯, 허리를 굽혀 손가방에서 편지 한 통을 꺼낸 뒤 내게 건넸다.

그 편지는 런던 근교 중에서도 소박하지만 나름의 수준을 갖춘 구역인 케직 테라스 19번지에 사는 레티샤 글러버 양에게 온 것으로 은색 밀랍으로 봉인되어 있었다. 그 짙은 크림색 래그 페이퍼(넝마 펄프로 만드는 고급지-역주)를 펼치자 레터헤드(편지 윗부분에 주소, 이름 따위가 인쇄된 부분-역주)를 읽기도 전에 이미 지위가 높은 사람에게서 온 편지란 걸 알 수 있었다.

덴헨치 백작, 캐도건 버 러드클리프 2세,
덴헨치 파크 홀
쓰리핀치스
서리주

짙은 파란색 잉크로 큼직하게 쓴 글씨체로 볼 때 남자의 필체가 분명해 보이는 이 편지엔 아래와 같은 내용이 담겨 있었다.

친애하는 티쉬에게

이렇게 나쁜 소식을 전하게 되어 정말 유감입니다. 이 소식을 어찌 전해야 할지 난감하지만 있는 그대로 그냥 전하겠습니다. 플로시의 병세가 갑자기 위독해지는 바람에 플로시가 유명을 달리했습니다. 질병의 감염을 우려해 플로시의 유해는 매장하는 대신 화장을 택했고요. 아무래도 저제가 플로시의 가장 가까운 혈육이라 플로시의 유골은 이 편지와 함께 저제에게 보냅니다. 틀림없이 저처럼 저제도 큰 비탄에 빠지겠지만 언니에 대한 추억이 저제를 위로하길 기도하겠습니다.

1889년 8월 31일,

캐디

 나는 일단 편지의 내용을 살펴본 뒤 천천히 그리고 일부러 소리 내어 읽었다. 혹시라도 내가 일말의 미묘한 뉘앙스를 놓쳤거나 혹은 지금 내가 생각하는 것처럼 그냥 별다른 고민 없이 아무렇게나 써서 보내온 건 아닌지 파악하고 싶었기 때문이다.

 나는 편지를 다시 접어 레티샤 글러버 양에게 돌려주었고, 우리는 서로를 응시했다. 그녀는 아주 창백해 보였다.

 "전 그 편지 내용이 도무지 믿기지 않았어요." 그녀가 말했다.

 "네, 특히 세부 내용이 좀 부족한 것 같군요." 내가 맞장구쳤다. "언니가 세상을 떠난 정확한 경위는 무엇이고, 시간은 언제였는지? 의사는 없었는지, 혹은 의사가 언니의 병명을 알려주진 않았는지? 언니의 마지막 유언은 무엇이었는지? 언니가 당신에게 메시지를 전달하진 않았는지? 언니가 임종할 때 누구랑 함께였는지? 그리고 '정말 유감입니다'란 말이 과연 상심한 남편의 말이라고 할 수 있는지? 그냥 이 편지 내용은 하나같이 새빨간 거짓말로 보이는군요."

글러버 양이 더할 나위 없이 공감하며 고개를 끄덕였다. "게다가 왜 전 어떤 전보도 받지 못했을까요? 플로시가 중병을 앓는 순간 상식적으로 그 전보는 제게 보내졌어야 하는 거잖아요."

"맞아요."

"그리고 장례식은 없나요? 그 대신 화장이라뇨?" 글러버 양의 목소리에 드러난 충격이 고스란히 내 마음에 전달되었다. 일부 급진적인 사회 개혁가는 화장을 매장보다 위생적인 방법으로 옹호하기도 했다. 하지만 이에 대한 여론은 여전히 싸늘했고 이는 일반적인 관행과도 거리가 먼 것이었다.

"아내에 대한 백작의 묘사도 꽤 이상한 것 같아요." 나는 계속 그녀의 말에 호응했다.

순간 억눌렸던 감정이 흐트러지기 시작한 듯 글러버 양이 울부짖었다. "그런데 캐디의 말이 사실이 아니라면 왜 그런 글을 쓴 걸까요?"

나는 의자에 기대어 팔걸이에 팔꿈치를 얹은 뒤 첨탑 모양으로 손가락을 모으며 말했다. "당신의 언니와 이 '캐디'란 사람에 관해 전부 말해주세요. 그러니까 더 적절한 호칭인 서리주(런던의 남서부에 있는 근교 지역으로 사우스이스트 잉글랜드에 소속된 주-역주)의 던헨치 백작, 캐도건 버 러드클리프 2세와 런던에서 온 중산층 여성이 어떻게 결혼에 골인하게 된 거죠?"

"플로시는 대단히 재능 있고 아름다운……." 레티샤 글러버 양이 괴로움에 머뭇거렸다. 내가 그런 그녀에게서 이야기를 끄집어내려고 애쓰는 동안, 허드슨 부인이 샌드위치와 차를 쟁반에 내왔다. 아무래도 셜록의 상태가 좀 나아졌는지 보려고 겸사겸사 온 듯했다. 전반적으로, 글러버 양의 이야기는 자주 끊겼고, 이런 연유로 난 친애하는 독자를 위해 아래와 같이 요약해보려고 한다.

열여섯 번째 생일 직후, 펄리시티 글러버는 한 은행원의 세 아이를 돌보는 가정교사 자리를 제안받았다. 그 은행원은 사교계의 고위층 인사였는데 가정교사인 그녀의 미모와 실력은 그 집을 찾아오는 손님들에게 단연 눈에 띄었다. 그만큼 그녀는 피아노를 치거나 아이들을 위해 노래를 불러달라는 요청도 자주 받았다. (이 시점에서 밝혀둘 게 있는데 만약 슬픔으로 괴로워하는 모습이 아닌, 미소 띤 얼굴에 근사하게 차려입은 모습으로 나타났다면 내 의뢰인은 꽤 미인이라 할 만한 외모였다. 펄리시티 글러버와 그녀의 쌍둥이 여동생은 취향과 재능만 달랐을 뿐 생김새는 똑같았기 때문이다.) 그 사랑스러운 펄리시티 '플로시' 글러버는 어느새 린덜리 후작의 아이들, 곧 이제 반바지를 졸업할 나이의 아들들과 긴 드레스에 올린 머리를 할 나이의 딸들에게도 사회 예술과 예의범절을 가르치게 되었다. 그러다 보니 펠리시티는 자주 그들 가족 및 손님들과도 식사하는 자리를 가졌다. 물론 그때 펠리시티의 야회복은 같이 식사하는 여성들이 입는 그런 고급스러운 야회복은 아닌 듯했다. 하지만 그 이름(영어로 '펠리시티Felicity'는 '더할 나위 없는 행복'이란 뜻의 단어-역주)에 걸맞게 행복한 영혼인 그녀의 아름다운 외모와 마음은 이내 젊은 영주들의 눈길을 사로잡았다.

이처럼 플로시는 꽤 인기가 많았던 터라 막상 신분의 차이가 큰 던헨치 백작의 구애를 받았을 때도 일종의 지나가는 스캔들로만 잠시 사람들의 입에 오르내릴 뿐이었다. 애처롭게도 서른 살의 나이에 두 아이를 잃은 홀아비가 된 던헨치 백작, 캐도건 버 러드클리프 2세는 영국에서 가장 인기 있는 독신남 중 하나로 잘생기고 매력적인 데다 작위도 있고 돈도 많았다. 던헨치 경이 열여덟 살의 펠리시티 글러버에게 청혼을 한 뒤 그녀가 승낙했을 때, 아마 딸의 사교계 진출을 준비하던 상류층 가정들에선 틀림없이 대성통곡하며 이를 갈았을 것이다.

또한 결혼식은 신부 측 가족의 재정에 큰 부담을 주었고, 추측건대 이것이 몇 달 후 신부 부모의 때아닌 죽음에 영향을 미쳤을지도 모르겠다. 하지만 둘의 결혼 생활은 어느 모로 보나 행복했다.

"플로시는 제게 자주 편지도 하고 방문을 권하기도 했어요." 글러버 양이 이야기를 끝맺으며 말했다. "그렇지만 전 던헨치 홀에 직면할 용기가 없었어요." 태어나서 처음처럼 치장도 하고 꾸며도 봤지만 제 언니의 결혼식에서조차 공작새 사이에 낀 갈까마귀가 된 기분이었거든요."

"그런데 언니는 즐거운 내용의 편지도 자주 보냈나요?"

"그럼요! 그런데 이렇게 예고도 없이…… 이런." 그녀는 슬픔과 분노가 목구멍에 차오르는 듯했다.

"이런 비통한 소식을 정말 특이한 편지로 보내온 거군요. 글러버 양, 형부가 이런 편지를 보낼 만한 사람인가요? 형부는 어떤 사람인가요?"

"이젠 정말 아는 게 하나도 없다는 생각이 들기 시작하네요."

"그렇다면 전엔 어떻게 생각하셨죠?"

"형부가 악행을 저지른 걸 본 적이 없으니 틀림없이 좋은 사람이려니 했어요. 형부는 미소 띤 잘생긴 얼굴에 예의 바른 사람이었어요. 이제야 그동안 제가 모든 걸 수박 겉핥기식으로만 봤다는 걸 깨닫게 되네요. 전

암호만큼이나 형부를 잘 모르고 있었어요. 마치 대수학 문제의 변수 X만큼이나 형부는 통 속을 모를 사람이에요."

난 그 말에 동의하면서도 내가 캐도건 러드클리프의 필적에서 유추한 내용은 말하지 않기로 했다. 추측건대 백작은 놀랄 만큼 오만한(과시하기 좋아하는) 사람이자, 고집 센(요컨대, 옹고집인) 사람, 지혜보단 행동이 앞서는(무대포로 밀고 나가는) 사람이었다. 대신에 나는 화제를 바꾸어 "그런데 유골을 언급하셨잖아요."라고 말했다.

레티샤 글러버 양이 고개를 끄덕이며 한 번 더 손가방에서 골판지 상자를 꺼낸 후 상자 안에 있는 작지만 매우 우아한 유골함을 내게 건넸다. 아마도 설화 석고(흰빛의 작고 치밀한 알맹이 덩어리로 된 석고-역주)나 미색의 옥과 같은 옅은 색 석재로 만든 유골함인 듯했다. 나는 그 유골함의 덮개를 열어 비좁은 주둥이 아래쪽으로 눈을 가늘게 뜨고 들여다봤다. 하지만 보이는 건 아무것도 없었다.

"안에 든 내용물은 확인해보셨나요?"

명백히 겁에 질린 듯한 표정으로 글러버 양이 고개를 내저었다.

"그럼 같이 좀 확인해봐야겠군요." 나는 방을 가로질

러 셜록의 책상으로 갔다. 글러버 양에게 잠시 마음을 추스를 시간도 줄 요량이었다. 그러고는 백지 한 장을 편 뒤 그 위에 조심스레 유골함을 기울여 유골을 조금 쏟았다.

유골을 들여다보는데 도대체 내가 뭘 기대한 건지 사뭇 궁금해졌다. '온전한 치아 세트?' 난 화장 경험은 커녕 불에 탄 이 유골이 인간인지 아닌지 구분할 수 있는 지식도 없지 않은가!

"뼛가루로 보이는 하얀색 가루가 들어 있네요." 내가 자신 없는 목소리로 말했다.

"참 내." 그때 언짢은 듯한 남자의 목소리가 들려왔다. 뜻밖이지만 반가운 목소리. 그 언짢은 남자, 곧 셜록이 소파에서 일어나 방을 가로질러 와서는 카펫 슬리퍼로 바닥을 딱딱 때리며 날 쏘아보고 서 있었다.

이내 유골을 집어 든 셜록이 현미경 쪽으로 향했다. 그러고는 가급적 가장 밝은 빛을 비추려는 듯 가스램프를 켠 뒤 유골 견본을 유리 슬라이드 위에 올려놓았다. 셜록은 그 위에 물 한 방울을 떨어뜨린 후 커버 유리를 덮었다. 이어 약간 얼빠진 모습으로 가운을 질질 끌며 높은 스툴(등받이와 팔걸이가 없는 의자-역주)에 앉더니 유리 슬라이드를 현미경의 평평한 판에 올려놓고 잘 고정한 뒤 렌즈를 들여다보았다. 다음 순간 초점

손잡이를 돌려 좀 더 들여다보던 셜록이 빗질도 안 한 부스스한 머리를 들어 올려 바로 레티샤 글러버 양에게 말했다.

"당신의 언니가 갈색 피부에 털로 뒤덮인 몰골이 아닌 한, 이건 당신 언니의 유골이 아니에요."

3장

레티샤 글러버 양은 말없이 앉아 눈물을 참으려는 모습이 역력했다. 아마도 안도감과 경악스러운 마음이 뒤섞인 듯했다.

셜록은 그녀를 성큼성큼 지나 현관문을 열고 소리쳤다. "허드슨 부인, 뜨거운 물 좀 가져다주세요!" 그러고는 별다른 말 없이 침실로 사라졌다.

나는 글러버 양의 마음을 달래줄 요량으로 그녀 쪽으로 의자를 바싹 당긴 후 라벤더 향이 나는 앙증맞은 손수건을 건네며 뭔가 친절한 말로 운을 띄우려고 노력했다. 하지만 그러면 그럴수록 어딘가 무례하고 어색한 분위기만 자아냈다.

"상황이 너무 혼란스럽다 보니 머리가 터질 지경일 거예요."

그녀가 얼굴에 손수건을 댄 채 내 말에 연신 고개를 끄덕였다.

나는 "일단 목록을 만든 다음 문제를 해결할 수 있을지 한번 보시죠."라고 말하고는 메모장의 새 페이지로 넘겨 한 줄 한 줄 크게 읽어가며 다음과 같이 썼다.

- 유골은 아마 큰 개의 유골일 것이다.
  그렇담 이제 플로시가 살아 있다고 가정할 수 있을까?
- 그런데 왜 캐도건 러드클리프는 처제를 속이려고 했을까?
- 캐도건 러드클리프는 처제 외에 얼마나 많은 사람을 속였을까?
  그리고 다시 말하지만 그 이유는 무엇일까?
- 만약 캐도건 러드클리프가 아내의 실종에 관한 음모에 연루되었다면 그 목적은 무엇일까?
- 캐도건 러드클리프의 첫 번째 아내는 어쩌다 죽게 된 걸까?
- 아직 플로시가 살아 있다면 지금 어디에 있으며 신변에는 무슨 일이 일어난 걸까?
- 이 모든 건 어떻게 다 알아낼 수 있을까?

나는 그 마지막 질문을 한동안 응시했다.

그때 뜻밖에도 침착해진 어투로 글러버 양이 말했다. "아무래도 캐디에게 편지를 써야겠어요. '캐드(cad. '비열한 놈'이란 뜻-역주)'는 그 인간에게 딱 맞는 별명이죠. 이젠 진짜 그 인간이 비열한 놈으로 보이기 시작하네요."

"하지만 그런 분노에 휩싸여 편지를 쓰긴 어려울 텐데요."

"아뇨, 전 멀쩡해요. 아무래도 호칭은 '친애하는 캐디', 서명은 제 이름인 '티쉬'로 해서 그자가 주장하는 언니의 죽음에 관해 자세히 물어봐야겠어요."

"훌륭하군요." 불쑥 끼어든 오빠의 목소리에 우리는 고개를 돌렸다. 침실을 나온 오빠는 씻고, 면도하고, 빗질한 모습에 나무랄 데 없이 완벽한 외출용 트위드 정장(간간이 다른 색깔의 올이 섞여 있는 두꺼운 모직 천으로 만든 정장-역주) 차림으로 우리 쪽으로 걸어왔다. 그러고는 우리를 유심히 살피며 내 무릎 쪽의 목록을 읽기 위해 약간 고개를 숙인 후 동의한다는 듯 고개를 끄덕였다. 오빠는 "결국 내가 그 답들을 어떻게 알아내는지가 관건이겠군. 누구의 의심도 사지 않고 말이야."라며 평소 거들먹거리던 딱 그 모습으로 말했다.

"우리가요." 내가 오빠의 말을 바로잡았다. 오빠가

이 사건 때문에 소파를 박차고 일어났다고 해서 단독으로 이 사건을 맡게 될 거라고 여긴다면, 그건 상당한 오산이었다. "그러니까 서리주엔 오빠가 간다는 거죠? 전 벨비디어에서 시작하려고요."

눈썹을 치켜올린 채 날 쳐다보는 오빠를 보니 분명 어리둥절한 눈치였다. 하지만 내가 설명도 하기 전에 마치 내성적인 사람이 겨우 어려운 말을 꺼내놓듯 글러버 양이 용기 내어 큰 소리로 말했다. "저, 홈즈 씨, 수임료는······."

그러자 오빠가 그녀에게 고개를 돌려 우아하기 이를 데 없는 인사를 건네며 말했다. "아무것도 받지 않겠습니다. 이곳에 온 당신을 참으로 매너 없이 맞이한 대가라고 해두죠. 아니, 사실 맞이하지도 못했죠. 글러버 양, 의뢰 주신 건은 의문이 드는 만큼 최대한 신경 쓰도록 하겠습니다. 혹시 언니의 사진을 가지고 계시나요?"

글러버 양이 허리를 굽혀 손가방을 뒤지는 걸 보니 분명 사진을 가지고 온 듯했다. 나는 막간을 이용해 자리에서 일어나 다시 장갑을 집어 들고는 문 쪽으로 발걸음을 떼며 등 뒤에 있는 오빠에게 말했다. "셜록 오빠, 제게는 클럽을 통해 연락하시면 돼요. 오빠한테는 허드슨 부인을 통해 연락하도록 할게요. 그럼 또

봐요!" 나는 오빠가 딴지를 걸기 전에 의기양양하게 계단을 뛰어 내려가 오빠의 하숙집을 빠져나왔다.

몇 시간 후, 나는 암청색의 외출복과 그에 딱 걸맞은 우아한 모자를 쓴 영락없는 교양 있는 여성 차림으로 벨비디어 기차역을 나왔다. 그러고는 눈에 보이지는 않지만 런던과 다른 상쾌한 공기를 들이마시며 힘차게 배질웨더 공원으로 향했다. 잠시 후 배질웨더 홀로 이어지는 긴 진입로에 도달해서는 아치형으로 된 잎이 무성한 오래된 라임 나무 아래를 거닐며 피톤치드 향 가득한 녹색의 그늘과 매연 하나 없는 전원의 환경을 만끽했다······.

마치 꿈결 속을 거니는 듯하던 그때, 어디선가 부드러운 말발굽 소리가 들려왔다. 아니 막상 내가 그 소리를 인식한 건 사람을 태운 우아한 말이 바로 내 앞쪽 나무 사이로 튀어나올 때였다. 낯선 존재와 마주하면 으레 그렇듯 나를 본 말은 화들짝 놀라 뒷걸음질쳤다. 하지만 남자는, 고맙게도, 말안장에 진득하게 앉아 있다 말을 멈춘 후에야 날 쳐다봤다.

그 남자는 얼룩 하나 없는 깨끗한 승마바지와 부츠에 커터웨이 재킷(연미복처럼 앞보다 뒤가 더 긴 남성용 정장 재킷-역주)과 실크해트(남성 정장용 모자-역주) 차림으로 키 큰 어른처럼 보이려고 했지만 그다지 커 보이진 않았다. 물론 내가 마지막으로 본 일 년 전 이후 엄청 많이 자라긴 했지만 아직 다 자란 상태는 아니었다. 그때만 해도 그의 모든 언동은 어색하기 짝이 없었고 모자 밑 금발 머리카락은 제멋대로 뻗쳐 있었다.

당연하게도 그는 다소 노기 띤 얼굴로 나를 도발해 왔다. "아가씨, 남의 사유지에서 도대체 뭘 하고 있는 거죠?"

"맙소사…… 잘 있었어요, 튜키?" 여성스러운 억지 웃음이 아닌 활짝 미소 띤 얼굴로 내가 말했다.

깜짝 놀란 튜키는 말을 잇지 못하고 입이 떡 벌어진 채로 말에서 뛰어내려 성큼성큼 다가왔다. 그러고는 세상 따뜻한 표정을 지으며 내 손을 잡았다. "당신!" 튜키가 헉하고 숨을 내쉬며 말했다.

"에놀라 홈즈예요, 튜크스베리 자작 겸 배질웨더 후작님."

"이제야 당신의 이름을 알게 됐군요!"

"그래요, 튜키." 전에 난 오빠들을 피하기 위해 이름을 숨겼었다. 내가 집에서 도망친 그날, 우연히도 튜키는 나처럼 도주 중이었다. 그때 우리는 가장 불행한 처지로, 그러니까 둘 다 몸값을 노린 극악무도한 살인자들에게 붙잡혀 손발이 묶인 상태로 만났다.

"튜키라고 부르지 말라니깐요!" 말은 그렇게 해도 튜키는 크게 껄껄대며 웃었다. "아직도 여기저기 벌집을 쑤셔놓고 다니나요?" 당시 난 코르셋의 뾰족한 지지대 끝부분을 사용해 내 손목에 묶인 끈을 자르려고 애쓰면서 말 그대로 우리가 포로로 잡혀 있던 배에서 벌집을 쑤셔놓고 있었다. "게다가 보아하니 여전히 어른으로 변장한 모습이군요."

"그건 당신도 마찬가지인데요. 기숙학교는 왜 안 간 거죠?"

"기숙학교에 보냈다간 도망쳐버릴 거라고 부모님께 말씀드렸거든요. 그래서 지금은 과외 교사에게 배우고 있어요." 튜키가 변덕스러운 미소를 지으며 말했다. "부모님은 내가 다시 도망가지 않겠다고 약속만 하면, 내 원대로 많은 걸 하도록 해주실 거예요. 그러는 당신은요? 아직도 가슴에(당시 에놀라는 가슴 보정기에 지폐 및 여러 유용한 물건을 지니고 다녔음-역주) 많은 돈을 넣고 촐랑거리며 돌아다니나요?"

튜크스베리의 말에 내 얼굴은 홍당무가 되었다. "튜크스베리 경!" 내가 맞받아쳤다.

"내 말은 신경 쓰지 말아요. 너무 기뻐서 자꾸 말이 헛나오네요. 당신을 다시 만나게 될 줄은 정말 상상도 못 했거든요!" 튜키가 말을 몰기 위해 한쪽 팔은 말의 고삐에 감고, 다른 쪽 팔은 신사답게 내게 내밀며 말했다. "그런데 여기선 뭘 하고 있는 거죠, 에놀라?"

나는 숙녀답게 튜키의 팔을 잡았지만 숙녀라고 하기엔 꽤 솔직한 모습으로 대답했다. "뒷소문 좀 확인하러 왔어요." 문득 지금쯤 셜록 오빠는 서리주의 주점에서 어슬렁거리며 나와 똑같은 일을 하고 있을 거란 추측이 들었다. 그러니까 막노동꾼 남자라도 되는 양 얼굴에는 턱수염을 붙이고 눈 위로는 모자를 눌러쓴 채 던헨치 백작의 감추고 싶은 비밀을 캐내려고 애쓰고 있을 것이다. 이곳 배질웨더 공원에서 튜키의 팔에 손을 얹은 채, 난 방식은 다르지만 오빠와 같은 목표를 향해 달려가고 있었다. 사실 튜크스베리 자작이자 배질웨더 후작과 나 사이엔 어느 정도 안면이 있었다. 게다가 며칠간 힘을 합쳐 극악무도한 살인자들을 피해 다니면서 우리 사이엔 일종의 동지애도 싹튼 바 있다. 고로 이 동지애 덕분에 나는 소위 정원사나 하인들이 말해주는 정보보단 더 정확한 뒷소문을 들을 수 있었다. 내 방식과 오빠의 방식 중 어떤 게 더 유용할지 지켜보는 것도 흥미로울 듯하다.

"뒷소문이요?" 나란히 함께 걸어가던 튜키가 소리쳤다. "누구 뒷소문 말이죠?"

"아, 그게 문제네요. 이 정보를 누설하거나 당신이

추측하도록 내버려 둬선 안 되거든요. 정말이지 제 불손한 목적을 비밀로 해달라고 간청이라도 해야 할 판이군요."

"좋아요, 좋아!" 키는 나보다 더 커졌지만 여전히 소년 같은 모습의 튜키가 다시 웃으며 말했다. "에놀라, 당신은 참 믿음직스러운 사람이군요." 그러고는 진입로에서 커브를 돌아 배질웨더 홀이 시야에 들어올 무렵 불쑥 물었다. "여기엔 얼마나 오래 있을 건가요?"

"경우에 따라 다르겠죠."

"뒷소문에 따라 다르다는 거죠? 그냥 나랑 승마나 하러 가는 게 어때요?"

나도 어디 멀리 말이나 타러 갔으면 좋겠다는 생각이 들었다. 하지만 명예를 생각할 때 그럴 순 없었다. 무엇보다도 난 프로 퍼디토리언이니까. 셜록 오빠가 세계 최초의 사립 탐정이라는 명성을 얻었듯 나도 나 자신에게 '잃어버린 것을 직감으로 찾아내는 사람'이란 뜻으로 세계 최초의 사이언티픽 퍼디토리언이란 이름을 붙였다. 게다가 내겐 날 믿고 — 부디 살아 있기를 바라마지 않는 — 언니를 찾으려는 한 의뢰인이 있었다. 고로 난 한껏 눈길을 끄는 바깥 풍경 따윈 등진 채 배질웨더 홀의 넓은 대리석 계단을 올라갔다. 그러고는 그레시안 기둥 사이로 나아간 뒤 으리으리한 현관에 달린 거대한 숫양 모양의 쇠고리를 두들겼다. 집사들이 으레 그렇듯 문을 열고 나온 배질웨더 홀의 집사는 무표정했지만, 마차나 동행하는 하인 하나 없는 나를 미심쩍은 얼굴로 쳐다봤다. 집사는 앞쪽의 대기용 응접실로 날 안내한 뒤 은쟁반에 내 명함을 올려놓고는 저택 깊숙이 사라졌다. 틀림없이 집사는 여주인이 "외출 중이라고 해주세요."라고 말할 걸로 기대하는 모양새였다. 하지만 난 명함에 "우린 전에 만난 적이 있답니다."라는 수수께끼 같은 문구를 남겼고, 필시 이 문구는 공작부인의 호기심을 유발할 게 분명했다. 아니나 다를까 돌아온 집사는 언뜻 헤아리기 어려운 놀란 표정으로 날 안으로 안내했다.

공작부인은 화초로 가득한 온실 겸 내실에서 날 기다리고 있었다. 그곳의 세간 용품은 거의 페르시아 스타일만큼이나 화려했다. 처음엔 긴 의자에 품위 있게 앉아 있던 공작부인이 날 보자 말을 잇지 못한 채 일어나 두 팔 벌려 달려왔다.

"공작부인!" 난 손사래를 치며 외쳤다. 그러고는 당황한 채 한쪽 다리를 뒤로 빼고 무릎을 약간 구부려 예를 표했다. 사실 이건 지금 한창 유행인 폭 좁은 내 최신식 치마 차림으론 어색한 동작이었다. 튜키의 어머니는 공작부인의 특권인 양 으레 입어야 할 의상 코드를 교묘히 피해간 주름 장식이 달린 드레스를 입고 있었다. 담청색 무아레 타프타(직물 표면에 물결무늬가 보이도록 가공한 광택 나는 얇은 평직 견직물-역주), 청회색 능직 비단, 연보라색 보일(면, 양모, 실크로 거의 투명하게 만든 천-역주) 등 온갖 색깔과 감촉이 느껴지는 드레스였다. 덕분에 공작부인의 희고 놀랄 만큼 동안인 얼굴 위로 날개처럼 드리워진 부드러운 은백색 머리카락은 더더욱 빛이 났다. 작년에 공작부인은 '납치된' 아들로 인해 공포의 눈물로 뒤범벅이 되어서는 초췌한 얼굴과 뻣뻣한 머릿결에 반쯤 정신이 나간 채 내게 달려왔었다. 그런 공작부인을 잠깐 본 게 다였던 나로선 하마터면 부인을 못 알아볼 뻔했다.

"절 기억해주시리라곤 생각하지 못했어요!" 내가 불쑥 말했다.

"가물가물하긴 하지만," 공작부인은 쾌활하게 맞장구를 치며 날 자신의 우아한 품으로 와락 껴안았다. "전 당신이 누구고, 튜키와 절 위해 어떤 일을 해주셨는지 알고 있어요. 이렇게 만나게 되어 정말 반가워요." 그러고는 꽤 세게 껴안았던 팔을 놓아주며 말했다. "여기 앉아서 당신에 대해 전부 말해주세요."

고로 나는 차와 곁들여 마멀레이드 타르트를 먹으

며 공작부인에게 몇 시간이고 내 이야기를 풀어놓았다. 하지만 — 친애하는 독자에게 양해를 구하건대 — 내가 공작부인에게 전한 이야기의 상당수는 거짓말과 허구였다. 물론 내가 세계 최초의 유일한 사립 탐정인 위대한 셜록 홈즈의 여동생인 건 단언컨대 사실이다. 하지만 셜록이 자기 출생지를 밝힌 적이 없던 게 거의 확실한 터라 난 공작부인에게 부담 없이 우리가 서리주 출신이라고 말했다. 게다가 난 우리 아버지를 기사 작위인 루크레티우스 아돌푸스 홈즈 경이라고 칭하고 엄마의 사촌을 준남작으로 칭하면서 우리 가족을 귀족과 가까이 지내는 가족으로 격상시켰다. 또 난 기숙학교에 다녔다고 말했으며 매우 권위 있는 한 기숙학교를 가리켜 그곳이 내가 상류사회로 진출하는 통로가 되었다고 말했다. 그러면서 "아…… 이름이 좀 기억나면 좋겠는데…… 아무튼 제 동창생 중 한 명은…… 어떤 백작과 결혼했고……" 등을 말하는 것도 빼먹지 않았다.

"혹시 던헨치 백작 말인가요?"

드디어, 내 의도대로 그 이름이 튀어나왔다!

"오, 캐디 러드클리프! 전 백작이 반바지를 입고 다니던 시절부터 알고 지냈어요. 그래서 말인데 이 얘기는 꼭 해야겠네요. 백작은 젊어서 누구보다도 방탕한 생활을 했어요. 그러다 보니 결혼에도 약간의 그림자가 드리워졌죠. 세인트존스에 사는 하스켈 가족의 딸인 마이젤라 하스켈이 바로 그때 결혼한 여성이었어요.

아하, 플로시 말고 캐디의 전 부인 중 한 명에 관해 이제 막 속속들이 알게 될 찰나였다.

"하스켈 부부는 매우 존경할 만한 분들이었지만, 캐디만큼이나 상당한 입방아에 올랐답니다. 결혼식은 비공개로 진행된 터라 전 참석하지 못했지만요."

캐디에 대한 정황이 속속 드러나면서 나는 진정으로 놀라 얼굴이 달아올랐다.

"하지만 그녀는 꽤 사랑스러운 여성이라고 들었어요," 공작부인이 자상하게 덧붙였다. "물론 그런 계급의 남성이 자신과 엮였다고 다 결혼할 필요는 없죠. 그러니 좋아서 결혼한 거겠죠. 그녀는 백작에게 귀여운 딸과 아들을 낳아주었지만 불행히도 둘 다 디프테리아로 목숨을 잃었고 머지않아 그녀도 세상을 떠났어요."

나는 아연실색하며 "디프테리아로 아이들을 잃는 건 슬픈 일이지만 흔한 일이죠. 심지어 한 집안의 아이들이 모두 죽었다는 말도 심심찮게 들리니까요."라고 말했다. 그러고는 마이젤라가 죽은 원인에 대해서도 물었다.

"잘 모르겠어요. 왜 그 죽음이 입방아에 올랐는지 도무지 알 수 없는 노릇이지만 그래도 어쨌든 사람들 입에 오르내리긴 했죠. 마이젤라가 죽은 후 장례식은 없었어요. 그녀는 화장되었죠. 상상이 가세요?"

4장

그날 밤늦게 — 물론 공작부인은 내게 저녁 식사를 권했고 결국 난 원하는 만큼 그곳에 머무를 수 있었다 — 모두가 잠든 꽤 늦은 밤, 나는 공주 잠옷이 무색할 정도의 휘황찬란한 잠옷을 빌려 입고 촛불을 든 채 맨발 차림으로 침실을 나섰다. 그러고는 날 빼다박은 맹금류 황새처럼 — 물론 난 황새처럼 시끄럽진 않다 — 손에 든 촛불이 반사될 정도로 광이 나는 마루 복도를 따라 성큼성큼 걸어갔다. 난 홀 반대편에 있는 공작의 서재와 혼동하지 않도록 주의하며 사치스러운 카펫이 깔린 중앙 계단을 거쳐 공작부인의 서재로 들어갔다. 아, 그나저나 저녁 식사 때 공작은 지체 높은 신분치곤 꽤 상냥한 태도를 보여주었다. 아무튼 저택에 한개 이상의 서재를 둔 걸 보니 공작과 공작부인은 참으로 화려한 삶을 영위하는 사람들이었다. 문득 공작의 서재가 부인의 서재보다 훌륭한지 보고 싶은 마음에 공작의 서재를 보러 갈 뻔하기도 했지만, 가까스로 자제하며 퍼디토리안의 일에 집중하도록 나 자신을 타일렀다.

나는 옆쪽의 컷글라스에서 꺼낸 성냥으로 가스램프에 불을 붙인 뒤 로즈우드로 만든 공작부인의 롤톱 책상(접어 넣는 뚜껑이 달린 책상-역주)에서 어렵지 않게 공작부인의 주소록을 찾았다. 줄무늬 무명 표지에 가장자리가 가리비 모양의 레이스로 장식된 우아한 주소록이었다. 공작부인이 업데이트해온 것으로 보이는 그 주소록은 알파벳순으로 배열된 것이 무척 두꺼워 보였다. 또 그 안에 적힌 작고 공식적인 글씨는 거의 조판으로 찍은 듯 깔끔해 보였다. 나는 주소록을 살펴보기 위해 책상에 앉은 뒤 만약 공작부인과 대화를 나누는 상황이라면 필시 예의에 어긋났을 만한 행동을 개시했다. 바로 메모를 시작한 것이다.

주소록엔 '딘헨치 백작, 캐도건 버 러드클리프 2세', '마이젤라 오딜론 러드클리프 네 하스켈', '펠리시티 페이 러드클리프 네 글러버'와 같은 성과 이름이 정확한 철자로 적혀 있었다.

나는 주소록을 꼼꼼히 살펴보기 시작했다. 그러고

는 마이젤라에게 정확히 무슨 일이 일어난 건지 몹시 궁금하던 차에 혹시라도 플로시의 행방에 단서가 될 만한 뭐라도 나올까 싶어 하스켈 가의 모든 이름과 주소를 종이에 적었다. 그중에서도 특히 세인트존스나 그 근처에 살았던 사람들, 곧 아마도 마이젤라의 친척이나 형제자매일지도 모를 사람들의 이름과 주소도 잊지 않고 적었다. 이어서 던헨치 러드클리프 가의 이름과 주소에 대해서도 기록했다……

바로 그때 서재 문이 열렸다.

사실 당시 난 왜 내가 이곳에 있는지에 대한 변명은 커녕 탈출 경로나 은신처도 준비해두지 못한 상태였다. 심지어 다가오는 발소리도 듣지 못해 영락없이 스스로 맹꽁이가 따로 없다고 여기던 참이었다. 그나마 그때 할 수 있었던 유일한 그리고 현명한 행동은 마치 내가 한밤중에 공작부인의 개인 기록에서 이름과 주소를 복사할 수 있는 모든 권한을 가진 사람인 양 그냥 하던 일을 계속하는 것뿐이었다. 그렇게 난 간신히 — 그저 가까스로 — 겁에 질린 여학생처럼 서류를 와락 움켜쥔다든지, 펄쩍펄쩍 뛴다든지, 꽥 소리를 지르는 실수를 면할 수 있었다. 그러고는 누가 들어왔는지 순전히 궁금해서 쳐다보는 양 위를 올려다봤다.

그런데 날 내려다본 사람은 바로, 모래 빛 금발 머리

카락이 삐죽삐죽 흐트러진 채 내 잠옷보다 훨씬 평범한 잠옷을 입고서 촛불을 들고 있는, 공작의 아들이자 후계자, 곧 명문가의 유일한 자손이었다.

하필 이 상황에서 공작의 아들을 마주쳤다는 게 그다지 반갑진 않았지만, 그래도 난 여전히 미소 띤 얼굴로 말했다. "튜키!"

"에이, 그렇게 부르지 말라니까요! 아, 그런데 정말 우스꽝스러운 잠옷을 입었군요. 당황한 기린이 따로 없는 모습이랄까요."

"딱히 반박할 수 없군요. 하지만 이 옷은 당신의 어머니가 빌려주신 거예요."

"잠이 잘 안 오던가요? 대체 이 밤에 뭘 하고 돌아다니는 거죠?"

"저야말로 묻고 싶은 말이네요."

"난 배가 고파 식료품 창고에서 먹을 걸 좀 슬쩍하려고 내려왔어요. 그러다가 서재 문 밑으로 새어 나오는 불빛을 봤고요. 당신은 뭘 슬쩍하고 있었던 거죠?" 튜키가 다가와 내 메모를 힐끔 보는 모습에 행여나 뭔가 구린 게 있어 감춘다는 인상을 줄까 봐 난 슬그머니 손을 무릎에 가져다 놓았다.

"마이젤라 러드클리프? 어디선가 들어본 이름이네요." 튜키가 말했다. "노부인들이 그 여성에 관해 이야기하곤 하던데…… 아, 혹시 그 여성이 던헨치와 결혼한 사람 아닌가요?" 순간 튜키도 그 어머니처럼 내게 흥미진진한 뒷소문을 들려줄 거란 기대감이 싹텄다. "그 여성은 백작의 첫 번째 아내였고 죽음을 맞이하게 될 운명이었죠……."

그런 금기어를 내뱉다니 튜키는 참으로 거침없고, 대담하고, 신식의 사고방식을 소유한 자였다!

"……하지만 제대로 된 장례식은 없었어요……."

"무슨 말이죠?"

"그 여성은 매장되지 않았어요. 화장했거나 비슷하게 처리됐거나 뭐 그랬던 거죠. 하지만 실은 죽지 않고 검은색 사륜마차에 실려 어딘가로 끌려갔다는 소문도 떠돌았거든요."

"*그게 무슨 뜻이죠?*"

"음, 잘 모르겠어요." 튜키가 당황한 듯 말했다. "어라, 난 당신이 알고 있는 줄 알았는데요."

"몰라요. 하지만 알아낼 계획이에요." 나는 주소록을 원래 있던 장소에 넣어둔 뒤 메모해둔 종이를 접으며 일어났다. 그러고는 거의 혼잣말을 하다시피 중얼거렸다. "아무래도 가명이 필요할 것 같은데."

"어민트루드('Ermintrude'는 '힘Strength, 만능의Universal, 온전히 사랑받는Wholly Loved, 인기 많은Beloved'을 뜻

한다-역주)는 어때요?" 튜키가 바로 대꾸했다.

뜻밖에도 그런 결단력 있는 튜키의 모습에 나도 모르게 큰 웃음이 터져 나왔다. "그건 왜죠?"

"그냥 어민트루드처럼 보이니까요. 사실 내겐 사촌이 없어요. 그러니 당신이 내 사촌인 어민트루드 배질웨더가 되면 좋을 듯해요. 발음도 참 쉽죠, 안 그래요?"

나는 그 이름이 왠지 발음하기 어렵게 느껴졌다. 그래서 "터무니없네요."라고 말하고는, 유감스럽게도 튜키와 함께 식료품 창고의 음식을 훔치는 일엔 동참하지 않은 채 그냥 침대로 돌아왔다.

튜키가 내 미심쩍은 밤 활동을 비밀로 해줄 거라 믿고 난 다음 날 아침, 공작부인에게 다른 급한 용무로 떠나게 되어 유감이라는 뜻을 전한 뒤 작별 인사를 고했다. 그러고는 배질웨더 홀을 떠난 뒤 서둘러 벨비디어 역에서 기차를 탔다.

서리주로 갈 생각이었지만, 마침 런던이 바로 근처라 먼저 전문 여성 클럽의 내 숙소에 들러 산뜻한 의상 — 오크 잎 같은 녹색 빛을 띤 무명 벨벳 재질의 꽤 멋진 일상복에 허리 부분으로 갈수록 부채꼴 모양으로 좁아지는 물결무늬 비단 재질의 연두색 오버스커트(드레스나 스커트 위에 겹쳐 입는 스커트-역주) — 으로 갈아입었다. 그러고는 여기에 잘 어울리는 고리 모양의 녹색 리본으로 장식한 모자도 썼다. 그 후 여행용 가방에 몇 가지 물건을 챙겨 넣은 뒤 안내데스크에 들러 셜록에게서 온 연락이 없는지 물어보았다. 연락 따윈 없었다.

나는 다시 베이커가 221번지로 이동해 허드슨 부인을 만나 셜록에게서 들은 소식은 없는지 물어보았으나 부인 또한 들은 소식은 없었다. 난 셜록이 곧 돌아오면 전달할 수 있도록 벨비디어에서 기차를 타고 오는 동안 써둔 편지를 허드슨 부인에게 맡기고 떠났다. 편지 내용은 아래와 같았다.

친애하는 탐정 오빠,

흥미롭게도, 첫 번째 던헨치 부인인 네 마이젤라 하스켈은 두 번째 부인과 똑같은 운명을 맞이한 것으로 보여요. 바로 화장이죠. 하지만 첫 번째 부인은 실제로 죽은 게 아니고, 검은색 사륜마차에 실려 어디론가 끌려갔다는 소문이 있어요. 그게 무슨 뜻이든 간에 말이죠. 다소 불길하게 들리는 말인 만큼 전 두 번째 부인인 레티샤 글러버 양의 언니에게도 같은 일이 일어난 게 아닌가 하는 생각이 들어요. 그래서 그 불운한 두 아내에 대한 사망진단서를 면밀히 조사하기 위해 어민트루드 배질웨더라는 가게 조사원이 되어 쓰리핀치스나 근처에 묵을 생각이랍니다.

오빠의 사랑하는 여동생

 난 편지 말미에 내 이름을 적지도, 본문에 오빠의 이름을 언급하지도 않았다. 혹시라도 편지가 허드슨 부인 이외 딴 사람의 손에 들어가선 안 되었기 때문이다. 나는 편지를 허드슨 부인에게 맡긴 후 지하철을 타러 갔다. 베이커가 역은 오빠의 집에서 매우 가까웠다! 하지만 내가 알기로 오빠는 단 한 번도 이 역을 이용한 적이 없다. 그렇게 난 이 지하 교통수단을 타고 빅토리아 역에서 내린 후 서리주의 도킹으로 가는 다음 기차를 탔다.

 난 별 탈 없이 도킹에 도착했다. 장이 서는 마을인 그곳은 예상보다 다소 작았다. 때마침 허름한 한 식당에서 늦은 오찬을 들기에 딱 좋은 시간이었다. 나는 소고기 스튜와 브레드 푸딩을 먹은 후 — 여기선 그나마 이게 먹을 만한 음식이었다 — 자전거를 빌리기 위해 다시 역으로 갔다. 하지만 눈썹을 치켜뜬 한 상인으로부터 그런 최신의 자주식 교통수단은 없다는 말을 듣고 옆쪽의 유료 말 대여소로 향했다.

 대여소에선 꽤 도드라진 구레나룻을 기른 남자가 담배를 씹으며 말하길, 말 한 필이 끄는 이륜마차도 있고, 사륜차나 사륜마차도 있고, 그렇게 마차는 많은데 지금은 딱히 말을 몰 마부가 없다고 했다. 그러고는 왠지 탐탁지 않은 어투로 "도대체 여긴 어떻게 혼자 오게 되셨나요, 아가씨?"라고 덧붙였다.

 "제 두 발로 왔죠." 나는 다소 과하게 날카로운 어투로 대답했다.

 "혹시 서프러지스트 중 한 명이세요?"

 "맞아요, 제 어머니처럼요."

 "음, 말 같은 걸 다루려면 남자가 필요할 텐데요."

 "제가 다룰 수 있어요." 내가 톡 쏘아붙였다. "직접 몰 생각이에요." 순간 짜증이 밀려와 나도 모르게 내뱉었다. 맙소사, 만약 런던 거리에서 한 번도 이륜마차를 안 몰아봤다면 어쩔 뻔했나? 또 어릴 적 『블랙뷰티 *Black Beauty*』(영국의 소설가 애나 슈얼이 쓴 소설로 야생마 블랙 뷰티와 소녀의 우정을 그린 작품-역주)를 셀 수 없이 읽어보지 않았다면 어쩔 뻔했나?

 "아뇨, 아가씨. 이해가 잘 안 가시는 모양인데요." 구레나룻의 남자가 굉장히 거들먹거리며 말했다. "마부가 아가씨를 데려다준 다음 다시 그 말과 마차를 마구간에 가져다 놔야 한다니까요. 그나저나 어디로 간다고 하셨죠?"

"쓰리핀치스요. 거기까진 거리가 얼마나 되죠?" 여의치 않으면 걸어가볼 요량으로 내가 물었다.

"19킬로미터 정도요."

아, 걸어가기엔 너무 먼 거리였다. "당연히 거기에 마구간이 딸린 여관도 있겠죠?" 말의 경우 자전거처럼 필요할 때까지 나무에 기대어 둘 수 없다는 사실이 안타까웠다.

남자의 눈썹이 다시 한번 치켜 올라갔다. "그렇습죠, 하지만 그전에 말 비용부터 일당으로 먼저 내시고······."

나는 남자가 더 이상 딴지를 걸지 못하도록 상당한 액수의 돈을 꺼내 보였다. 그러고는 다음 순간 어느새 난 '말 한 필이 끄는 이륜 경마차'에 내 몸과 자그마한 짐을 실은 채 새끼 염소 가죽 장갑을 낀 손으로 말 고삐를 쥐고 있었다. 두 개의 거대한 바퀴 위에 놓여 있는 마부석이 어찌나 높던지 말의 엉덩이가 다 훤히 보일 정도였다. 말은 특이하게도 암회색이 섞인 노르스름한 색을 띠고 있었다.

"말 이름이 뭐죠?" 말의 굴레를 잡고 서 있던 구레나룻의 남자에게 물었다.

그런데 무슨 영문인지 남자가 고개를 돌리더니 자꾸 혼자 몰래 키득키득 웃어댔다. "녀석은 암말이에요." 남자가 말했다. "이름은 제지고요. 그렇지, 제지?" 남자가 마치 타이르기라도 하듯 제지의 굴레를 흔들었다.

곧이어 제지의 고삐를 놓아준 남자를 뒤로하고 우리는 그곳을 떠났다. 제지는 — 아니면 '제시'를 잘못 들었나? — 아무튼, 제시인지 제지인지 하는 이 녀석은 제 발로 움직인 건지, 아님 말답게 말발굽으로 움직인 건지, 내가 잡아당긴 고삐에는 아랑곳하지도 않고 재빨리 속보로 나아가기 시작했다. 다행히도 우리는 맞는 방향으로 가고 있었고, 어느새 도킹을 벗어나 내리막길로 질주했다. 물론, 그때 내 정신은 마치 팽이가 돌듯 핑그르르 도는 상태였다. 바퀴 자국이 깊이 파인 길 위를 가뜩이나 높은 마차에 탄 채 쌩하고 지나가려니 꽤나 어지러웠다.

나는 고삐를 더 세게 잡아당기며 그 노란 암말 녀석의 속도를 늦춰보려고 애썼다. 하지만 녀석이 보인 유일한 반응이라곤 목을 — 인정컨대, 꽤 예쁘게 — 동그랗게 구부린 후 마치 자기가 승마용 말이라도 된 듯 발을 들어 올려가며 더 맵시 있게 따가닥따가닥 달리는 것뿐이었다. 우리가 탄 마차가 쏜살같이 홱 지나갈 때 자기 시골집 정원에서 일하던 사람들이 입을 딱 벌린 채 우리를 쳐다봤다. 확신컨대, 제지와 마차 그리고 내가 금빛 들판과 초록색 산울타리로 이루어진 전원을 배경 삼아 꽤 그림 같은 광경을 연출했던 모양이다. 하지만 난 말과 내가 연출해낸 그 예술적인 효과는 미처 알아채지 못했다. 어느새 느슨해진 내 모자의 넓은 챙은 바람으로 말려 올라간 상태였고, 말이 입에 문 거품 포말은 불길한 흰 나비처럼 내 얼굴로 조금씩 날아들고 있는 상태였다. 제지는 전속력으로 내달리고 싶은 기색이 역력했고, 이런 식이면 틀림없이 마차가 도랑에 빠질 기세였다. 아니나 다를까, 어느 순간 속도를 조금 늦췄음에도 차체 높은 우리 마차는 오르막길에서 흔들렸고, 비탈길에선 급하강했으며, 커브를 돌 땐 걷잡을 수 없이 미끄러졌다. 인정컨대, 그때 난 공포, 아니 공황에 빠져 내장이 거의 튀어나올 뻔했다. 진심으로 난 말을 몰 줄 안다고 말했던 걸 뼈저리게 후회했다. 이렇게나 제지 녀석이 내 조종 능력을 얕잡아보는 마당에 고삐를 쥔들 무슨 소용이 있었겠는가.

거듭 말하지만, 이 광경은 어떤 은유로도 감히 설명이 불가능했다. 그렇다고 이 마당에 논리를 따져봐야 무슨 득이 있겠는가. 자고로 사람은 논리가 아닌 행동을 취해야 한다. 고로 나는 고삐를 최대한 당긴 뒤 제지의 관심을 끌기 위한 일종의 동요 작전으로 필사적으로 왼쪽 고삐와 오른쪽 고삐를 번갈아가며 요리조리 잡아당겼다.

그렇게 그 노란 짐승의 미친 듯이 제멋대로 내달리는 속도를 어떻게든 버텨낼 수 있었다. 그런데 그때, 우리가 또 다른 무서운 곡선을 그리며 내달리는 순간, 내 흐릿한 시선 앞쪽으로 한 마을이 나타났다. 벌써 쓰리핀치스란 말인가? 이렇게 미친 듯 내달렸으니 어찌 보면 당연한 노릇이었다. 다만, 이젠 어떻게든 제지의 속도를 늦춰야 했다…….

아니, 늦추는 정도론 어림없었다! 어떻게든 마차에서 내리려면 이 악동 녀석을 멈춰야 했다. 안 그랬다간 녀석은 날 커리워트와 헤어체이스, 아니면 오직 하늘만 알고 있을 어느 미지의 장소까지 끌고 갈 기세였다.

빌어먹을 녀석! 불현듯 뭔가가 떠올랐다. 이제 보니 녀석에게 걸맞은 이름은 제지Jezzie가 아니라 제제벨(Jezebel. '희대의 독부'란 뜻으로 제제벨은 성경 『열왕기상』에 나오는 이스라엘 왕 아합의 아내인 이세벨에서 유래된 말-역주)이 틀림없었다! 아, 하지만 고삐 풀린 암말에게 이렇게 조롱만 당할 순 없는 노릇이었다! 느닷없이 마음속 걱정이 분노로 번지면서 나는 마지막 결전을 위해 자동으로 벌떡 일어섰다. 그러고는 양산과 가방을 마차 바깥으로 휙 던진 후, 막 마차가 쓰리핀치스의 접

경에 다다를 무렵 — 그 빌어먹을 제제벨의 속도를 충분히 늦춰 아까 던져둔 내 소지품과 최대한 가까이 떨어지기만을 간절히 바라며 — 젖 먹던 힘을 다해 톱질하듯 양 고삐를 번갈아 당겼다 쥐기를 반복했다. 그러나 이 정도론 어림없었다. 하는 수 없이 난 한 손으론 고삐를 힘껏 잡아당기고 다른 한 손으론 채찍을 집어 들어 제제벨 녀석의 버르장머리 없는 엉덩이를 마구 후려쳤다.

결과는, 한편으론 만족스러웠다. 길길이 날뛰고 발을 차대며 난동을 부리던 녀석이 별안간 뒷발로 서서는 주춤거렸던 것이다. 다행히 난 그사이 뛰어내릴 수 있었다. 그대로 마차에 타고 있었더라면 총알처럼 튕겨 나갈 수도 있는 상황이었다. 그렇게 난 행여나 다칠세라 황급히 풀밭이 우거진 길가로 뛰어내렸다.

쿵 하는 소리와 함께 잔디밭에 코를 박고 떨어진 후 데굴데굴 굴렀다. 모자도 어디로 날아가버린 상태에서 가까스로 얼굴을 들어보니, 제제벨은 앞발로 땅을 긁으며 방향을 바꾼 뒤 그토록 원하던 전속력으로 질주해 그 텅 빈 마차를 매단 채 다시 도킹, 아마도 자신의 마구간이 있는 곳으로 돌진해 가고 있었다.

5장

나는 잠시 쉬기 위해 옆머리를 땅에 대고 누웠다. 바로 그때 등 뒤에서 터벅터벅 다가오는 발소리와 왁자지껄 떠드는 사내들의 목소리가 들려왔다.

"여자를 날려버렸구먼, 암."
"아마도 목이 부러졌을 거야."
"그 노란 말이 지나가는 거 봤어?"
"말이 아니라 노란색 그레이하운드야."
"여자는 죽었어?"
"기절한 건가?"

화가 치밀어 오른 나는 당장 일어나 앉아 내가 그렇게 쉽게 죽지도, 기절할 사람도 아니라고 내뱉고 싶었지만, 놀랍게도 내 몸은 꼼짝도 하지 않았다. 나는 단지 약간 꼼지락거리며 중얼거리고 있을 뿐이었다.

"저거 봐, 움직여."

날 둘러싼 사람들의 투박한 신발들이 보이더니 내 위로 몸을 구부린 사람들의 입에서 술 냄새가 풍겨왔다.

"여자를 안으로 들이자고."

"거기 누가 의사 좀 불러와."

강하고 투박한 손들이 내 발과 어깨를 움켜잡았다. 물론 그때 난 발로 차고 고함을 칠 수도 있었다. 어느 정도 기운이 돌아온 듯했기 때문이다. 하지만 그렇게 안 한 건, 이미 내 머리가 제대로 돌아가기 시작하면서 이제 곧 일용직 일꾼들만 들어가는 술집으로 옮겨질 거라는 사실을 깨달았기 때문이다. 보통 여자는 아무리 평판이 좋다고 해도 절대 술집에 발을 들이지 않는다. 술집에 들어가기라도 한다면 거기서 빠져나갈 때까지 야유를 당할 게 뻔하다. 하지만 난 그 순간 재빨리 머리를 굴려 깨달은 바가 있었다. 운명과도 같은 제제벨이 이끄는 마차 덕분에 술집에 머물 기회가 찾아왔다는 사실이었다. 그러니까 이건 그냥 술집이 아니라 쓰리핀치스에 있는 유일한 술집에서 머물게 될 절호의 찬스였다!

그래서 난 남자들이 날 안으로 끌고 가 난로 옆쪽 등 높은 긴 의자에 눕힐 때도 눈을 감은 채 평소보다 약한 시늉을 했다. 누군가 후자극제(의식을 잃은 사람의 코 밑에 대어 정신이 들게 하는 약-역주) 대신 톡 쏘는 걸 내 코에 댈 때도, 고개를 내젓고 악취 나는 손을 밀어내며 눈을 뜬 뒤 안간힘을 써서 일어나 앉는 척했다. 그때 앞치마를 두르고 턱수염을 기른 건장한 남자, 곧 의심할 여지 없이 술집 주인으로 보이는 남자가 내 등에 놓아줄 베개를 들고 달려왔다. 난 그에게 자애로운 미소를 띠며 감사를 표했다.

"브랜디 한 모금 마시겠어요, 부인?"

"아뇨, 고마워요. 저 물 좀 주세요."

"잭! 부인이 드실 물 좀 가져와!" 남자는 우렁찬 목소리로 아랫사람을 부르고는 내가 진정 떨리는 손으로 간신히 장갑을 벗을 때 내 옆에 머물러 있었다. 내 얇은 새끼 염소 가죽 장갑은 몸부림치는 제제벨 녀석의 고삐를 잡고 씨름하느라 망가진 상태였고, 손은 벌겋게 부어올라 욱신거렸다. 이 정도면 멍이 들 게 분명했다. 나는 시원한 물이 담긴 유리잔을 양손으로 받아 들고 감사를 표한 뒤 주위를 둘러보며 홀짝홀짝 마셨다. 남자 주인처럼 술집에 있는 사람들의 반 정도가 반원으로 둘러서서 딱한 눈으로 날 빤히 내려다보고 있었다. 소박한 탁자 좌석에 앉은 나머지 사람들도 그러기는 마찬가지였다. 단 한 사람만 빼고 말이다. 까칠한 턱수염에 멀대같이 큰 어떤 남자가 잔뜩 헝클어진 억센 회갈색 머리카락으로 이마를 가린 채 벽 옆쪽 테이블에 따로 앉아 있었다. 그는 에일인지 흑맥주인지 아니면 자기 취향으로 보이는 독한 맥주가 담긴 머그잔에 시선을 고정하고 있었다.

나는 술집 주인에게 밝은 얼굴로 말했다. "이제 일어나야 할 것 같아요."

"저, 의사를 좀 기다려보시는 게 어때요, 부인……?"

하지만 난 가까이 서 있는 주인의 팔을 잡고 꽤 침착하게 일어섰다. 그러자 구경꾼들이 조용히 환호성을 질렀다. 나는 주변 남자들에게 고개를 끄덕이고 싱긋 웃으며 말했다. "정말 감사해요. 누가 나가서 제 가방과 모자, 양산 좀 가져다주시겠어요? 아무래도 마차에서 떨어질 때 같이 떨어진 것 같아요……."

벌써부터 영웅놀음을 하려는 여섯 명의 사내가 문쪽으로 우르르 몰려갔다. 만약 이곳에 내 발로 들어왔더라면 어떤 도움을 요청해도 큰 의심을 샀을 것이다. 아이러니하지만 그게 인생 아닌가.

너무 즐거워하는 모습이 티라도 날세라 난 활짝 웃지 않으려고 애쓰면서 여전히 주인의 팔을 잡은 채 말했다. "방을 좀 걷고 싶은데요."

"어디 다치지만 않으셨다면 얼마든지요, 부인."

"이렇게 환대해주시니 벌써 다 나은 느낌인걸요." 여

전히 남자의 도움이 필요한 양 나는 그 팔에 가끔씩 살짝 기대며 남자가 앞장서도록 했다. 중간쯤 가다가 앞머리로 얼굴을 가린 (결이 거친 평범한 의복으로 판단컨대) 웬 키 크고 꾀죄죄한 일꾼으로 보이던 그 남자의 근처에 다다랐다. 나는 그가 앉아 있는 테이블 옆에 잠시 멈춰 선 뒤 마치 뭔가 생각나기라도 한 듯 사람들에게 말했다. "아, 여관으로 가는 마차가 필요할 것 같아요. 혹시 근처에 여관이 있을까요?"

"그럼 지금 혼자서 여행 중이란 말씀 인가요…… 아가씨?" 갑자기 더는 '부인'이 아닌 존재가 되어버린 날 보며 방금 전까지 내 용맹한 호위자였던 주인의 눈썹이 치켜 올라갔다. 순간 테이블에 앉아 있던 턱수염 남자의 눈썹도 덩달아 치켜 올라갔다.

나는 간신히 상냥한 어투를 유지하며 물었다. "맙소사, 그럼 제가 여기서 뭘 하고 있다고 생각하셨나요?"

"맙소사, 정말 머리가 돌아도 단단히 돈 것 같군요." 적어도 갑자기 끼어든 이 남자는 유머 감각이 있었다. "아가씨 혼자 공중 여관에서 하룻밤을 묵을 순 없어요……."

내가 다소 쌀쌀맞아진 어투로 끼어들었다. "자, 그럼 전 어디서 묶어야 하죠? 건초더미에서요? 틀림없이 당신은 제가 안전하게 묵을 만한 괜찮은 여관을 추천해주실 수 있을 텐데요."

"근처에 남녀노소 모두가 이용할 만한 여관이 한 곳 있습죠!"

나는 그가 한마디 더 했다간 훈계까지 내뱉었을 거라고 확신한다. 하지만 그때 한 무리의 남자들이 내 모자, 여행용 가방, 양산을 들고 우르르 몰려왔고, 그중 한 젊은 청년이 "지금 의사는 올 수 없어요! 아기를 받고 있대요!"라고 소리쳤다.

그러자 웃음소리와 함께 왁자지껄한 소리가 이어지며 내 호위자였던 술집 주인의 주의가 산만해졌다. 이 기회를 틈타 나는 옆 테이블에서 더는 아무 말도 없이 뚱하니 앉아 있는 꾀죄죄한 남자의 정강이를 홱 걷어찼다. 당연히 남자는 고개를 들었다. 그러자 방금 정강이를 걷어차인 사람답지 않게 그의 잿빛 눈이 반짝였다. 남자는 천천히 자신의 테이블을 밀어낸 뒤 투박한 신을 신은 발을 딛고 일어섰다.

그러고는 입에 조약돌이라도 문 듯한 투박한 시골 말투로 "거긴 멀지도 가깝지도 않은 딱 중간 정도 거리예요."라고 말했다. "길 안내야 뭐 어렵지 않아요, 부인. 가방은 제가 들어드립죠."

술집에서 멀어지고 나서야 우리 중 한 명이 입을 열었다. 셜록이 평소의 귀족 어투로 말했다. "잘했어, 에놀라, 그렇게 술집에 들어올 생각을 하다니 정말 기발했어."

나는 한숨을 쉬며 마지못해 인정했다. "그건 우연이었어요."

"에이, 잔디의 얼룩이 눈에 띄지 않도록 녹색 드레스까지 입고 왔는데 그걸 우연이라고 할 수만은 없지."

연약한 재질의 물결무늬 비단 오버스커트가 온통 갈기갈기 찢어진 모습을 내려다보며 나는 얼굴을 찌푸렸다.

오빠가 덧붙였다. "이런, 모자는 더 심하게 망가졌네."

오빠의 말마따나 모자는 철사 리본이 심하게 부서져 있었다. 하지만 난 최선을 다해 모자를 매만져 쓴 후 이제 더는 오빠가 놀려먹을 게 없겠거니 하고 말했다. "충분히 놀려먹은 것 같으니 이젠 좀 그만하세요. 그나저나, 술집에서 죽치고 있으면서 뭐 알아낸 건 없나요?" 그러고는 "목소리도 좀 낮추시고요."라고 덧붙였다. 그 무렵 어느새 마을로 들어선 우리 바로 앞쪽으로 다닥다닥 붙은 시골집이 눈에 띄었기 때문이다. 끝부분이 굽고 유달리 낮은 지붕 아래 박공창이 나 있는 집들은 마치 머리에 머릿수건을 두른 채 빨래하는 여인네들 같았다.

"내가 알아낸 건 러드클리프가 꽤 바람둥이로 통한다는 거야." 셜록이 목소리를 낮추며 말했다. "하지만 바람피운 남편을 둔 아내라고 해서 목숨을 잃고 화장되는 경우는 거의 없거든…… 근데 넌 여기에 나랑 이야기나 나누려고 온 거니?"

"아뇨. 따로 조사할 게 있어서요. 아, 그 죽은 것으로 추정되는 첫 번째 러드클리프 부인 있잖아요. 그 부인이 '검은색 사륜마차에 실려 어디론가 끌려갔다는 소문'이 있어요."

셜록이 자못 놀란 듯 낮은 휘파람을 불었다. 오빠의 눈썹은 시골뜨기 같은 소박한 앞머리 아래로 감춰져 있었지만, 감히 말하건대 이 말을 듣는 순간 마치 새 날개처럼 잔뜩 치켜 올라갔을 것이다.

"소문으로 얻은 정보는 거기까지고요." 내가 다소 짜증 섞인 어투로 말했다. "자, 말해봐요. 그렇담 그 '검은색 사륜마차'는 뭘 의미하는 걸까요?" 분명 오빠는 알고 있었다.

"더 이상의 증거도 없이 속단하긴 일러. 특히 지금처럼 백작이 재혼한 경우엔 더더욱 그렇지!"

"결혼하고 싶어 안달인 남자들이 더러 있나 봐요, 셜록 오빠."

셜록이 코웃음을 치는 표정으로 날 쳐다봤다. "첫

번째 부인과 아이는 있었니?"

"둘이요, 하지만 둘 다 죽었어요."

"그렇담 후계자가 필요했겠군. 그런데 왜 두 번째 부인은 물론이고 첫 번째 부인까지 없애버린 걸까?" 셜록이 낮은 목소리로 중얼거렸지만 그 어조는 날카롭기 그지없었다. "거참 어처구니없는 일이군."

"뭐가 그리 어처구니없는데요?"

하지만 셜록은 더 이상 말하지 않았다.

6장

우리가 도착한 여관은 현관문 위, 목재로 만들어진 보잘것없는 세 마리의 새 문양이 말해주듯 '더 쓰리 핀치스The Three Finches('finches'는 '참샛과의 작은 새'란 뜻-역주)'라고 불렸다. 여관 현관문이 나 있는 목재 골조의 벽은 하도 오래되어 마치 튜더 왕조(잉글랜드 왕국과 아일랜드 왕국을 다스린 다섯 명의 군주를 배출한 집안-역주) 때부터 있었을 법한 모양새를 띠고 있었다. 현관으로 이어지는 계단의 돌들도 그동안 이곳을 오간 수많은 여행객으로 인해 부분적으로 닳아 없어진 상태였다.

덥수룩한 가발을 드러내며 모자를 벗은 셜록이 내 여행용 가방을 들고서 그 계단을 올라갔다. 이어 여관의 현관 안쪽으로 들어와 가방을 내려놓고는 고개를 숙여 정중히 인사했다. 나는 짐을 들지 않은 셜록의 손에 동전 몇 개를 쥐여준 후 덤덤히 말했다. "고마워요, 친절한 분." 연이어 마치 나중에 생각난 듯 "아, 그런데 이름이 어떻게 되시죠?"라고 덧붙였다.

"톰 덥스라고 합니다, 아가씨(이제 둘만 있는 상황이라 '부인'이란 호칭 대신 에놀라의 원래 나이에 걸맞은 '아가씨'란 호칭으로 바꾼 상황-역주)." 오빠가 꾸벅 인사하며 다시 한번 입에 구슬을 문 듯 투박한 어투로 말했다.

"톰 덥스 씨, 어디에 묵으시죠?"

"술집 뒤쪽 마구간에서요, 아가씨."

"좋아요, 당신이 필요하면 사람을 보내도록 할게요. 그나저나, 제 이름은, 어민트루드 배질웨더예요." 슬쩍 미소 띤 얼굴로 가벼운 고갯짓과 함께 인사하며 오빠를 보낸 후 여관 안을 살펴보았다. 오빠가 나가며 현관문 닫히는 소리가 들렸다.

쓰리핀치스 여관은 사소한 물건에서부터 벽난로 위 선반의 양쪽 끝을 지키는 개 문양의 도자기에 이르기까지 어느 모로 보나 시골 여관 특유의 촌스러운 분위기를 물씬 풍기고 있었다. 앞쪽을 보니 가파르고 좁은 계단이 위로 죽 나 있었다. 열린 문을 통해선 한쪽엔 당구장이, 다른 한쪽엔 빨간 체크무늬 천으로 씌워진 큰 테이블이 있는 식당도 보였다. 그 뒤쪽에서 달그락

거리는 소리와 잡담이 들리는 걸로 미루어 여관을 운영하는 사람들이 주방에서 분주한 모양이었다.

복도 테이블에 놓여 있던 핸드벨을 울리자, 앞치마를 두른 여관 주인이 나타났다. 으레 그렇듯 풍채 좋은 몸집에 쾌활한 얼굴의 주인이 나타날 줄 알았다. 하지만 바깥 홀로 나온 여관 주인의 얼굴은 잔뜩 찌푸린 모습이었다. 아마도 벨을 너무 세게 울렸나 보다.

인사도 없이 뾰로통한 그에게 내가 인사를 건넸다. "여기 제가 묵을 방이 있을까요?"

아주 평범하고 간단해 보이는 요청임에도 여관 주인은 이해하기 어렵다는 듯 눈살을 찌푸린 채 다가와 날 노려보았다.

그래서 다시 요청해보았지만 어리석게도 젠체하는 어투는 바꾸지 못했다. 아, 고분고분한 어투로 구미가 당길 만한 액수의 현금을 제시했어야 했는데! 그래도 난 그나마 경쾌한 어투로 "며칠 정도 방을 좀 빌리고 싶네요."라고 말했다.

턱 아래 늘어진 살 위로 마치 우편물 투입구같이 생긴 입을 몇 번 씰룩이더니 주인이 말했다. "남편은 어디 있죠?"

"남편은 없어요. 저뿐이에요."

"그럼 하녀라든가 가정교사는요?"

그가 망설이고 있다는 걸 눈치채고서 나는 화가 치밀어 올랐다. "왜 또, 어머니는 없느냐고 물어보시지 그래요? 없어요, 여긴 우리 셋뿐이에요. 저, 저, 그리고 또 저요."

그러자 그는 고개를 절레절레 흔들며 부엌 쪽으로 돌아섰다. 하지만 난 그의 셔츠 소매를 붙잡으며 말했다. "빈방은 하나도 없는 건가요?"

"혼자 여행하는 여자에겐 없어요. 괜히 들였다가 긁어 부스럼 만들고 싶지 않아서요."

빌어먹을! 여관 주인이 이런 황소 같은 고집을 부릴 걸 미리 대비했어야 했다. 구슬리고, 달래고, 뇌물을 먹일 계획을 세웠어야 했다! 하지만 난 그러기는커녕 오히려 제지처럼 마음속에 이는 화를 그대로 표출해버렸다. "방마다 잠금장치가 있지 않나요?" 단도라도 꺼내 이 고집불통 남자의 얼굴 앞에서 휘두르고 싶은 마음이 굴뚝같았다. 스스로 내 방어 정도는 할 수 있노라고 보여주고 싶었기 때문이다. 하지만 그랬다간 오해를 살 게 뻔했다. 하는 수 없이 난 귀족적인 어투의 날을 세우며 말했다. "제가 누군지 모르시나 봐요? 당신은 지금 어민트루드 배질웨더와 대화를 나누는 중이에요. 배질웨더 공작과 공작부인에 대해선 들어본 적 없나요?"

"허허. 그게 사실이라면, 그 대단한 친구들 집에서 머무르면 되겠군요."

"좋아요, 그러죠!" 난 기회를 잡은 건지, 아니면 그렇지 않아도 웃음거리인 마당에 더 웃음거리가 된 건지 헷갈리는 상황에서 냉큼 따져 물었다. "숙박을 거절하실 거면, 탈 거라도 제공해주세요. 던헨치 홀까지 태워다줄 사람을 구해주시죠."

여관 주인은 나한테서 벗어나는 게 기뻤던지 예스러운 빅토리아(말 한 필 또는 두 필이 끄는 2인승 사륜마차의 일종-역주) 마차와 그 못지않게 예스러운 말과 마부를 마련해주었다. 그렇게 난 마차에 앉아 마부와는 통 대화할 기회도 얻지 못한 채 주변을 둘러보며 시간을 때웠다. 서리주의 부드러운 언덕 위 집들은 마치 초록 바다의 물결치는 파도 위에 점점이 떠 있는 아늑한 하얀색 배 같은 모습이었다. 꽃밭, 장미 화단, 젖소가 있는 집들 말이다. 그리고 이 집들과 언덕 주변으론 수련으로 장식된 평온한 수로가 구불구불 나 있었다. 그 야말로 이곳은 어떤 위험도 도사릴 것 같지 않은 신록이 우거진 영국의 편안한 외딴 시골이었다.

그러니까 던헨치 홀이 눈에 들어오기 전까진 그렇게 생각했다.

하지만 너도밤나무가 우거진 한복판에 어렴풋이 드러난 시커먼 굴뚝과 회색 석재들을 본 순간, 왠지 던헨치 홀은 방금 지나온 곳보다 황무지나 험준한 바위 또는 가파른 바위산 꼭대기에 더 가까운 곳이라는 생각이 들었다. 마부가 마차를 몰고 진입로로 들어서자, 육중한 연철 대문이 나타났다. 대문은 이끼로 얼룩지고 낡은 사슴 머리로 보이는 석조 조각상으로 뒤덮인 거대한 석조 기둥이 떠받치고 있었다. 사슴 조각상의 가지진 뿔들은 진입로를 따라 죽 늘어선 마디진 나뭇가지처럼 바짝 말라비틀어진 상태였다.

내 시야에 들어온 그 저택의 중심부도 꽤 오래되기는 마찬가지인 듯했다. 다만 담쟁이덩굴로 뒤덮인 돌담에 설치된 현대식 창문은 빼고 말이다. 또한 좌우 끝에 달린 날개벽이며, 오래된 참나무 재질의 문 위로 드러난 포르티코(대형 건물 입구에 기둥을 받쳐 만든 현관 지붕-역주) 역시 좀 더 최근에 추가된 자재란 걸 알 수 있었다.

모든 창문엔 장식 하나 없이 긴 커튼이 드리워져 있었으며, 각 이중 현관문엔 검은색 리본으로 장식한 주목나무로 만든 화환이 매달려 있었다.

내가 탄 마차가 어느새 포르티코 아래로 난 원형 진입로를 빠르고 안정적인 속보로 돌고 있었다. 당연히

원 중심부엔 잔디밭을 아름답게 연출해줄 분수가 나타날 걸로 기대하고 있었다. 하지만 거기엔 국외로 추방당한 낭만주의 시인 바이런 경이 연상되는 그야말로 멜로드라마 연극에나 나올 법한 잘생기고 남성미 넘치는 실물 크기의 조각상이 받침대 위에 서 있었다. 언뜻 호기심이 일긴 했지만 왜 거기에 그 조각상이 있는지 따져볼 시간 따윈 없었다.

낡아 빠진 빅토리아 마차가 멈춰 서자, 난 여행용 가방을 메고 마차에서 내렸다. 마부는 즉시 마차를 몰고 떠나가버렸고, 마침내 난 아무도 맞이해주지 않는 던헨치 홀 앞에 덩그러니 서 있었다. 하지만 차라리 맞이해주는 사람이 없는 게 더 나을지도 모르겠단 생각이 들었다. 나조차도 내 존재를 어찌 설명해야 할지 잘 판단이 안 섰기 때문이다. 사실 여기 올 걸 미리 짐작했다면, 난 상복을 입었어야 했다. 그러고 보니 그 시인을 닮은 조각상조차 팔에 검은 띠를 차고 있었다. 자못 놀랍고 재미있는 광경이었다. 그리고 이중문의 한쪽엔 진짜 놋쇠 방울이 매달려 있었는데 그 방울 추에도 종이 울리지 않도록 크레이프(주로 팔에 두르는 상장 따위로 쓰이는 쭈글쭈글한 검정 비단-역주)의 장식 리본이 감겨 있었다.

나는 검은색 화강암 재질의 얕은 계단을 몇 개 올라

간 후, 문마다 달린 쇠고리에 씌워진 장례 화환을 살펴보았다. 지금 이 웅장한 저택은 애도의 물결 가운데 있었다. 이는 슬픔에 잠긴 가족이 벨을 울리거나 문을 두드리는 방문객으로부터 그 어떤 방해도 받고 싶지 않다는 의미였다. 문득 여기서 볼일이 있는 사람들은 스스로 문을 열고 들어갈 거란 생각이 들었다.

예상대로 문고리 중 하나를 밀어보니 문은 그냥 열렸다.

그래, 여기에 서 있어봤자 좋을 건 하나도 없다. 게다가 내 존재를 설명할 가장 그럴듯한 방법은 그냥 있는 그대로의 사실 중 일부를 활용하는 거다.

나는 문을 열고 슬그머니 안으로 들어갔다. 그러고는 매우 자연스럽게 멈춰 서서 위쪽을 올려다봤다. 높이 달린 창문엔 커튼이 없어 빛이 충분히 들어오는 상태였다. 덕분에 높은 뾰족지붕과 그 지붕을 가로지르는 대들보가 눈에 들어왔다. 고색창연한 이곳 홀은 정말로 베오울프(동명의 주인공 베오울프의 영웅적 업적을 다룬 서사시-역주)가 연회를 열기에 딱 알맞은 장소처럼 보였다. 사방 벽에는 날이 넓은 칼, 큰 도끼, 창, 칼날이 휜 단검, 사무라이 검과 험악한 언월도 등 광택이 바랜 고풍스러운 무기가 즐비했다. 무기들 위론 검은색 크레이프로 치장하여 위엄을 갖춘 선조들의 초상화도 빽빽이 걸려 있었다. 가장 오래된 초상화는 너무 작고 어두워 선명하게 볼 수 없었지만, 커다란 벽난로(검은색으로 뒤덮인 벽난로의 선반) 위에 최신 방식의 유화로 그려진 잘생긴 남자의 커다란 초상화, 그러니까 이번에도 딱 보기에 바이런 경으로 보이는 초상화는 눈에 잘 들어왔다. 나는 살금살금 다가가 그림을 들여다봤다. 금몰(금도금의 가느다란 장식용 줄-역주), 견장 그리고 계급을 나타내는 진홍색 어깨띠와 군도까지 겸비한 그림 속 인물의 모습은 마치 군복을 갖춰 입은 바이런 경이 아닐까 싶을 정도로 바이런 경과 흡사했다. 아울러 그 이미지는 바로크 양식이 떠오르는 그 정교한 금도금 액자마저도 묻힐 정도로 매우 강렬했다.

액자의 하단부엔 초상화의 제목을 새겨 넣은 것으로 보이는 금속판도 있었다. 나는 새겨진 글씨를 읽기 위해 앞쪽으로 몸을 숙인 뒤 희미한 불빛 속에서 가늘게 눈을 떴다…….

그런데 그때였다. 던헨치 홀 저쪽의 어두운 곳으로부터 메아리처럼 울리는 음침한 목소리가 들려왔다.
"누구시죠?"

너무 놀란 나는 그야말로 사슴처럼 펄쩍 뛰며 경고의 목소리 쪽으로 몸을 돌렸다.

어둠 속에서 먼저 하얀색 셔츠의 앞부분이 보였고,

그다음엔 흠잡을 데 없이 차려입고 날 향해 걸어오는 형체가 보였다. 문득 품새가 꽤 큰 것이 셜록 같아 보이기도 했다. 하지만 아니었다. 다음 순간 내 앞에 나타난 건 바로 북경인처럼 애처로운 코와 침울한 눈을 가진 기다랗고 공손한 얼굴이었다.

"아가씨?" 집사가 물었다. 뒷짐을 진 채 약간 고개를 숙이고 선 모습이 영락없는 집사였다.

제지 때문에 엉망진창이 된 내 의상을 이곳 그림자가 감춰주고 있다는 사실에 안도감을 느끼며 내가 말했다. "전 어민트루드 배질웨더예요." 그러고는 최대한 거만하게 되물었다. "당신은요?" 물론 그러면서도 얼굴에 미소는 잊지 않았다.

"브린들입니다, 배질웨더 아가씨. 유감스럽게도 지금 백작 내외는 방문객을 받지 못하십니다."

"오, 장담컨대, 상중이신 걸 알았다면 결코 오지 않았을 거예요." 그러고서 나는 좀 더 친근한 어투로 말했다. "하지만 이미 제 하인은 마차를 몰고 떠난 상태라 환대를 베풀어주시면 감사하겠어요."

평소 순종적이었을 그의 눈을 보니 깜짝 놀란 모습이 역력했다. 다만 눈을 제외한 나머지 얼굴은 여전히 무표정이었다. "죄송하지만 무슨 말씀이신지 잘 이해가 안 되는데요."

나는 상류층 특유의 애써 짜증을 억누르는 표정으로 말했다. "제가 긴 여정을 마친 상태라서요. 앉아서 좀 쉬어 가도 될까요?"

"아, 그렇군요, 배질웨더 아가씨. 네…… 그러셔야죠." 그는 내 여행용 가방과 양산을 들고 가 한쪽으로 치워둔 후, 천장이 높고 음침한 홀을 지나 홀보단 작지만 홀만큼 음침한 응접실로 날 안내했다. 응접실엔 긴 커튼이 드리워져 있고, 모든 거울엔 검은색 크레이프가 덮여 있었다. 집사는 날 외다리 테이블에 앉히고 양해를 구한 뒤 서둘러 자리를 떴다. 이 오크 재질의 높고 튼튼한 골동품은 썩 편하진 않았지만 마침 생각할 기회도 생겼으니 인내심 있게 기다렸다. 사실 내 의도는 쓰리핀치스 여관에 머무는 것이었지만 결국 던헨치 홀에서 더 많은 걸 알아낼 수도 있을 듯싶었다.

차를 내올 무렵, 나는 꼭 그래야겠다고 마음먹었다. 그때 봄바진(흔히 여성용 상복감으로 쓰이는 능직물-역주) 재질의 칙칙한 검은 드레스 차림에도 살집 있는 편안한 엄마 분위기를 물씬 풍기는 한 중년 여성이 들어왔다. 미소 띤 얼굴에 쟁반 가득 간식을 들고 온 분주한 모습이었다. 그녀는 고개를 살짝 숙여 인사하고 쟁반을 내려놓은 뒤 훌륭한 간식을 내놓기 시작했다. "전 가정부 도슨이에요, 아가씨." 도슨이 내온 간식에는 맑은 쇠고기 국물, 샌드위치, 버터가 든 파운드케이크, 바닐라 웨이퍼(얇고 바삭하게 구운 과자-역주), 소금으로 간을 맞춘 아몬드, 레모네이드, 초콜릿으로 뒤덮인 체리, 그리고 당연히 차도 있었다. 양손을 앞치마 위로 깍지 낀 채 내 옆에 선 그녀가 이제 먹어도 된다는 듯 고개를 끄덕이자 난 장갑을 벗어 옆에 둔 뒤 보통 숙녀가 먹어야 할 양보다 훨씬 많은 양을 배불리 먹었다.

"먼 길을 오셨나 봐요, 아가씨?" 그녀가 차 한 잔을 더 따라주며 물었다.

"런던에서 왔는데 엄청난 곤욕과 모욕을 당했지 뭐예요." 나는 이미 기분 나쁜 상류층 괴짜 모습을 연출하기로 마음먹은 상태였다. "그저 가계 조사라는 단순한 목적으로 쓰리핀치스에 갔고, 숙소는 그쪽 여관을 이용할 생각이었거든요. 그런데 도착하자마자 웬 평판 나쁜 여자 취급을 하더니 절 쫓아내는 거예요! 샤프롱(과거 사교 행사 때 젊은 미혼 여성을 보살펴주던 나이든 여인-역주) 없이 혼자 여행할 나이인데도 말이죠!"

마치 커다란 검은 암탉 같은 소리를 내며 도슨이 허둥지둥 자리를 뜰 기미를 보였지만, 난 선수를 치며 물었다.

"도슨, 혹시 누구의 죽음을 애도하고 있는지 말씀해주시겠어요?"

그녀는 기도하듯 양손을 모았다. "정말 안타깝지만, 바로 펄리시티 던헨치 백작부인이에요."

"오, 이런! 던헨치 백작부인이라고요? 정말 유감이네요. 그동안 잘 지내지 않으셨나요?"

그러자 도슨이 고개를 저으며 괴로운 기색을 보이기 시작했다. "아뇨, 아가씨, 그 정반대예요. 상냥하고 젊은 분이 갑자기 무서운 열병에 걸려 하룻밤 사이에 돌아가셨답니다."

나는 공포에 질린 척 입에 손을 갖다 댔다. 친애하는 독자는 내가 이 문제에 관해선 일절 모르는 척해야 했다는 걸 이해할 것이다. "정말 끔찍한 일이군요! 대체 언제 이런 일이 일어난 거죠?"

"지난 일요일이요. 늘 그렇듯 그때도 부인은 천사 같은 모습이셨죠."

"그렇게나 최근에요? 그럼 장례식은 바로 어제였겠네요!"

도슨은 뭔가 타는 냄새라도 맡은 듯 대답 대신 "실례해요, 아가씨."라고 불쑥 말하고는 방을 뛰쳐나갔다. 그녀의 뒤로 아직 응접실 문이 닫히고 있을 무렵, 난 자리에서 벌떡 일어나 잽싼 걸음으로 응접실을 살금살금 가로질러 갔다. 그러고는 부디 근처에서 하인들이 대화를 나누고 있길 바라며 엿들었다.

다행히 그들은 그러고 있었다. 집사의 음침한 목소리, 그다음엔 더 잘 들리게 거리낌 없이 말하는 가정부의 목소리가 들려왔다. "여관에서 이 아가씨를 데려다줬더라고요. 추문이라도 일으킬까 봐 걱정되었나 봐요. 마치 한바탕 소동이 있었던 듯 치마도 찢어지고 모자도 망가져 있던데요."

고백하건대 그 순간 내 얼굴은 새빨개졌다 — 그들이 내 흐트러진 옷차림을 눈치채지 않길 바랐기 때문이다 — 하지만 계속해서 엿들었다. 다시 집사가 뭔가를 말하는가 싶더니 가정부가 대답했다. "그 아가씨는 단지 계-계- 뭐시기인가를 조사하는 사람일 뿐이에요. 하지만 지금 하객이 웬 말이에요! 백작님이 저녁 식탁에서 그 아가씨를 보기라도 하는 날엔 뭐라고 하시겠어요?"

"누구를 본다는 거죠?" 그때 어디선가 귀족적이고 냉소적인 목소리가 들려왔다. 전에 들어본 적 없는 낯선 목소리였다.

"백작님!" 가정부와 집사가 동시에 숨을 헐떡거렸다.

때때로 난 둘째가라면 서러울 만큼 신중한 모습을 띤다. 이때가 바로 그런 때 중 하나였다. 나는 조용히 엿듣는 걸 멈추고는 원래 있어야 할 응접실로 돌아갔다. 그러고는 태연히 자리에 앉아 다시 장갑을 낀 채 숙녀 특유의 기분 좋게 나른한 모습을 연출하려고 애썼다. 문득, 아이러니하게도, 방 안의 거울들이 온통 가려져 있는 게 참 다행이란 생각이 들었다. 그래야 고인의 영혼이 더듬거리다가 거울에 부딪힐 일도 없고, 집 안에 갇힐 일도 없고, 실제로 겁먹은 내 몰골을 내보일 일도 없을 테니까.

잠시 후, 내가 두려움 가운데 예상한 대로, 응접실 문이 열리며 던헨치 백작이 등장했다.

7장

브로드(폭이 넓고 광택이 나는 남자용 모직 옷감-역주) 재질의 회색 정장을 차려입은 백작은 한쪽 소매에 검은 상장을 두르고 분명 홀의 초상화에서 본 듯한 그 포즈를 취한 채 문간에 서 있었다. 같은 군복 차림이 아닌데도 난 단번에 백작을 알아봤고, 인정컨대, 백작은 가히 도취될 정도의 미남이었다. 하지만 날 위아래로 훑어보는 모습은 별로 내키지 않았다. 물론 이건 어느 정도 예상한 일이었다. 결국 난 백작의 집을 침범한 이방인이 아니던가.

잠시 서 있던 백작이 내게 다가왔다. "어민트루드 배질웨더 양?"

나는 일어섰지만, 한쪽 다리를 뒤로 빼고 무릎을 약간 구부려 예를 표하는 대신, 장갑 낀 손을 내밀어 백작에게 악수를 청했다. 백작을 다소 당혹스럽게 하고 싶었기 때문이다. 하지만 막상 당혹스러움을 느낀 건 나였다. 백작이 내 손을 쥐고는 고개를 숙여 키스했기 때문이다.

나는 홍당무가 된 얼굴이 화끈거리는 걸 느끼며 황급히 손을 뺐다. "백작님!" 그렇게 한두 옥타브 높아진 소리를 내뱉고는 나도 모르게 의자에 털썩 주저앉았다. "여기 램프 좀 가져다주세요." 장례식의 우울한 분위기에 짜증이라도 난 듯 백작이 말했다. 그러고는 테이블 램프를 켠 후 내 맞은편에 앉았다. "배질웨더 양, 당신의 근사한 옷은 어쩌다가 그렇게 망가진 건가요?"

조롱의 기색이라곤 전혀 느껴지지 않는 백작의 목소리에 난 딱히 말 못 할 것도 없겠다 싶었다. 그래서 백작에게 이야기를 거의 다 털어놓았다. 물론, 내 실제 의도라든지, 셜록과 만난 이야기는 생략했다. 난 백작을 유쾌하게 할 작정이었고 그렇게 했다. 백작은 구레나룻 남자에 대한 묘사에 미소 지었고, 제지가 술집 앞에서 날 버린 이야기에 싱긋 웃었으며, 여관 주인과 벌인 사소한 언쟁에 낄낄 웃었다. 상중이란 제약만 없었어도, 아마 백작은 큰 소리로 웃어댔을 것이다.

하지만 그건 어디까지나 슬퍼서라기보다 예의를 차리기 위한 제스처로 보였다. 아무튼 이야기를 하면서 쳐다본 백작의 검은 눈은 그의 머리카락만큼이나 검고 매혹적이었다. 그 눈은 뭐랄까, 크고 지적이고 광채가 나며, 툭 불거져 나온 광대뼈 위로 약간 벌어져 있는 그런 눈이었다. 심지어 그의 초상화마저도 내가 그 눈에서 언뜻언뜻 발견한 묘한 광채는 제대로 담아내지 못한 듯했다. 아니, 어떤 화가도 그 광채를 담아내진 못하리라. 이처럼 겉으로 볼 때 백작은 흠잡을 데 없이 예의 바른 행실에 빳빳하게 깃을 세우고 미소 띤 얼굴을 한, 고상한 교양인의 표본이었다. 그러나 그 광채에선 뭔가 다른 것도 암시하고 있었다.

이런 백작의 모습 그리고 그 태도 어딘가엔 범상치 않은 힘이 뿜어져 나오고 있었다. 내가 던헨치에 도착하게 된 경위를 설명하며 멋대로 저택에 들어온 일을 사과하기 시작하자, 백작이 끼어들었다. "당연히 원하는 만큼 여기 머무셔도 됩니다. 그밖에 뭐가 또 필요하실까요? 아, 다만 검은 옷만큼은 입지 않으셨으면 합니다. 당신은 제가 며칠 동안 본 유일하게 밝고 재미있는 존재니까요. 도슨에게 최선을 다해 시중을 들라고 지시해놓겠습니다." 나는 몇 마디 말을 더 하려고 했지만 백작은 내 말이 끝나기도 전에 일어나 인사를 하고 방을 나갔다.

선량한 도슨은 던헨치 홀을 구경시켜주는 일로 날 시중들기 시작했다. 단 여기서 하인들이 주로 드나드는 뒷계단 쪽은 예외였다. 그래도 오전용 거실, 주 응접실, 식당, 객실(여성들이 시가 연기를 피해 머물 수 있는 방, 좀 더 정확히 말하자면 휴게실), (뚜껑을 닫고 천으로 덮어놓은 피아노가 있는) 음악실, 당구장, 총기실, 도서관은 빠짐없이 보여주었다. 난 그럴 때마다 잊지 않고 웃기도 하고, 눈여겨보기도 하고, 숨 막힌 듯 헉 소리를 내기도 하고, 이런 웅장한 집은 처음 본다는 듯 탄성을 내지르기도 했다.

실제로, 던헨치 홀은 인조 대리석 벽에 달린 엘크(북미에서 무스라 불리는 큰 사슴-역주)의 가지진 뿔과 쪽모이 세공(얇은 나무쪽이나 널조각 따위를 이어 붙여 마루를 까는 작업-역주) 마루에 깔린 곰 가죽에 있어선 타의 추종을 불허했다. 하지만 그게 다가 아니었다. 내게 최고는 아직 남아 있었다. 장밋빛 카펫이 깔린 현관 계단을 올라 다음으로 들어선, 촉촉한 천국의 향기가 풍겨나고 (아마도 온실만큼은 커튼이 예외였던 듯) 햇빛이 가득 쏟아지는 유리 지붕의 실내 온실이 바로 그곳이었다. 이곳은 러드클리프 경과 그 부인이 편안하게 난초를 즐기려고 마련한 개인 공간인 듯했다. 아래층에서 어둡고 음침한 초상화만 보다가 쾌적한 온실 벽에 잔뜩 걸린 밝고 소박한 수채화들을 보니 눈이 다 정화되는 느낌이었다.

"오, 전 수채화가 참 좋아요." 수채화를 감탄의 눈길로 하나씩 뜯어보던 내가 진심의 탄성을 외쳤다. 강아지를 들고 있는 아이, 버드나무 밑의 보트, 장미 정원의 소녀, 책 읽는 여자, 창문가의 고양이 등 자칫 빤해 보일 수 있는 소재인데도 우아한 선과 탁월한 구도가 돋보이는 그림들이었다.

"이건 누가 그렸나요?" 아무 서명도 없는 그림을 가리키며 내가 외쳤다.

"오, 펄리시티 부인이요, 배질웨더 아가씨." 최근 떠나보낸 고인을 언급하며 도슨이 가라앉은 목소리로 말했다. "부인은 예술에 조예가 깊으셨어요. 계속 가보실까요? 아마 내빈 숙소도 맘에 드실 거예요."

나는 흔쾌히 응했다. 긴 복도를 따라 내려가니 무지개의 일곱 빛깔로 장식된 침실들이 눈에 띄었다. 다만 각 방의 명칭은 빨간색 침실이 '양귀비 방', 오렌지색 침실이 '살구 방'처럼 비슷한 색의 꽃이나 과일 이름으로 불리는 듯했다. 벽, 바닥, 휘장, 램프, 침대 커버가 모두 다른 패턴이면서도 그 색은 또 다 같은 이런 긴밀한 조합은 모종의 음모가 연상되는 실로 경이로운 광경이었다.

"어떤 방에 묵고 싶으신가요, 친애하는, 음, 배질웨더 아가씨?"

"아, 도저히 결정을 못 내리겠네요!"

"음, 그럼 드레스랑 어울리는 초록빛의 '고사리(고사리의 원래 색은 녹색으로 보통 갈색은 삶은 고사리를 햇빛에 말릴 경우 나오는 변색-역주) 방'에 묵도록 해드릴게요."

"전 녹색이 정말 맘에 들어요," 나는 인정했다. "하지만 이 드레스는 망가져버렸죠."

"오, 그렇지 않아요, 친애하는…… 그러니까 배질웨더 아가씨. 저희가 그 오버스커트를 눈 깜짝할 사이에 고쳐놓을게요." 그녀는 세심하게 내 팔꿈치를 잡고 앞장서서 복도를 따라갔다. 그러고는 벨트에 찬 고리에서 열쇠를 꺼내 능숙히 문을 연 뒤 여러 내실로 나뉜 또 다른 방으로 날 인도했다. 안방, 옷방, 침실로 이루어진 이 공간은 복숭아색, 담갈색, 은은한 분홍색, 미색, 연한 노랑, 흰색 등 절로 마음이 편해지는 우아한 색깔로 꾸며져 있었다. 섬세하게 깎아 만든 '여성용 의자,' 곧 둥근 등판과 좌석 덮개가 씌워진 소파가 불쑥 눈에 띄었다. 레이스 갓의 수제 램프가 놓인 둥근 오토만(보통 팔걸이나 등받이가 없고 두툼하게 쿠션을 댄 낮은 긴 의자-역주)을 따라 둥글게 감싸는 형태의 소파였다. 금빛의 스캘럽 문양으로 테를 두른 둥근 화장대 거울도 보였다. 또 마치 잠자는 사람을 감싸는 듯한 배 모양의 새하얀 침대 틀도 눈에 들어왔다. 거기엔 옷장들마저 모두 하얀색 칠이 되어 있었다.

도슨이 분주하게 달려가 옷장을 열었다. 하지만 내 시선은 이젤 위의 커다란 수채화에 꽂혀 있었다. 그렇게 지금 막 수채화 작업이 끝난 것처럼 난 가만히 서 있었다. "여기가 펄리시티 부인의 방인가요?" 마치 귀신의 노여움을 사기라도 할까 봐 — 이런 생각이 참 묘하다고 느끼면서도 — 목소리를 낮춰 속삭였다.

"네, 배질웨더 아가씨." 도슨이 옷장에서 옷을 꺼내며 대답했다.

"부인이 이 수채화를 그리셨나요?"

"네, 아가씨."

정말로, 펄리시티 부인의 내실은 차라리 작업실로 불리는 편이 나을 듯했다. 테이블과 바구니는 물론, 온갖 공구로 가득 찬 회전판까지 갖춰져 있었기 때문이다. 하지만 내가 본 그림은 지금껏 본 그녀의 그림들과 달리 어딘지 이상해 보였다. 뭐랄까, 작은 집과 숲을 배경으로 밤색 말을 타고 있는 적갈색 승마복 차림의 여성을 묘사한 그 그림은 구도가 영 형편없었다. 그림 왼쪽으로 기울어진 말의 코 때문에 시선이 온통 바깥으로 쏠렸던 것이다. 이건 정말 초보자나 저지를 실수였다. 어디 그뿐인가. 화가는 말의 생김새나 오두막집에도 딱히 관심이 없어 보였다. 둘 다 조잡해 보이긴 마찬가지였기 때문이다. 게다가 배경 또한 단조로운 숲으로 가득 차 있었다. 왜 하다못해 한두 개의 언덕, 저 멀리 보이는 양 떼 또는 한 폭의 경치라도 그려 넣지 못한 걸까? 심지어 숲의 나무들도 어설퍼 보였다. 우아한 곡선은커녕 그 곧은 가지마다 죄다 묘한 각도로 뻗어 있었기 때문이다. 나는 인상을 쓴 채 재능 있는 펄리시티 부인이 대체 왜 이런 그림을 그린 건지 그 이유를 떠올려보려고 애썼다.

"이건 끝내신 지 오래된 그림인가 봐요?" 도슨에게 물었다.

팔에 옷을 잔뜩 든 채 도슨이 날 향해 돌아섰다. "그 거요? 아뇨, 아직 물감도 다 마르지 않았는걸요, 아가씨. 부인은……" 목이 메어 말을 채 끝내지 못한 도슨이 그림은 쳐다보지도 않고 내 옆을 서둘러 지나갔다. 갑자기 그 불운한 부인의 방을 빠져나가기 위해 무척 서두르는 듯했다. "이쪽으로 가시죠, 아가씨." 그녀가 떨리는 목소리로 나를 이끌었다.

도슨을 따라 나오면서 난 마침내 그녀의 의도를 알아차렸다. "설마 불운하게 죽은 부인의 옷을 제게 입힐 생각은 아니시죠!"

"왜 안 되죠, 아가씨? 이제 부인에겐 필요 없는 옷이 잖아요?" 도슨의 말투는 뜻밖에도 너무 스스럼없게 들렸다. 게다가 뭐랄까, 꽤 침착하기 위해 애는 쓰는데 어딘가 약간의 히스테리가 느껴지는 말투였다.

"하지만 전 키가 꽤 큰걸요."

"괜찮아요. 그런 건 중요하지 않아요."

아니, 그녀의 말투에선 약간 정도가 아니라 상당한 히스테리가 느껴졌다. 순간 지금은 마치 착한 당나귀처럼 그녀에게 이끌려온 '고사리 방'으로 가서 침묵하는 게 최선이라는 판단이 들었다. 하지만 이미 마음은 딴 데 가 있는 상태로 머릿속에선 쉴 새 없이 이런저런 궁리가 떠오르기 시작했다.

도슨은 남자 하인에게 내 여행용 가방과 양산을 가져오게 하고, 질이라는 하녀를 불러오도록 했다. 그런데 도슨이 질에게 내 옷을 벗기라는 다소 식겁할 지시를 내리는 목소리가 들려왔다. 난 그 소리를 들으며 아무도 내 행동을 보지 못하도록 몸을 굽힌 뒤 슬며시 코르셋 안쪽에서 혹시나 만져질지 모를 단도를 꺼내 여행용 가방 깊숙이 숨겨놓았다. 그러고는 이렇게 해둔 이상 질이 내 가슴 안쪽 주머니에 가득 든 종이며, 1파운드짜리 지폐 뭉치며, 다른 용품까지 발견할 확률은

희박하다고 굳게 그리고 묵묵히 확신했다. 이제 문제 될 건 전혀 없었다.

질이 내 여분의 담황색 주름 드레스를 걸어두는 동안 도슨은 내 녹색 드레스를 벗겨주며 그 주름 드레스는 멋지지만 저녁 식사엔 걸맞지 않다고 단호히 말했다. 그러고는 실과 바늘, 가위를 가지고 내 오버스커트의 찢어진 부분을 도려낸 후 집안에서 슬쩍한 드레스에서 '따온' 비슷한 천으로 덧댔다. 그동안 질은 내게 플로시의 야회복을 입혀주며 백작과의 식사 자리에 내놔도 손색이 없을 만큼 꾸며주는 일을 도맡았다. 다행히 드레스는 허리둘레에 잘 맞았다. 하지만 기장은 예상대로 너무 짧아 별도의 해결책이 필요했다.

바느질과 가봉이 이어지는 동안 가정부 및 하녀와 패션에 관해 떠드는 건 매우 자연스러운 일이라 나는 펄리시티 부인의 옷을 칭찬하면서 부인에 관해 질문할 여러 방법을 궁리했다. 질과 도슨은 부인을 한 줄기 햇살, 노래하는 새, 그리고 축복받은 천사에 빗대어 아낌없이 따뜻하게 말했다. 나는 부인에 관해 좀 더 자세히 말해달라고 은근히 조르는 가운데 펄리시티가 꽃꽂이를 하거나, 자신의 조랑말이 끄는 사륜 쌍두마차를 몰고 공원을 돌거나, 조개껍데기 등으로 근사한 상자를 만드는 걸 좋아한다는 사실을 알게 되었다. 또 아침 스콘에는 보이젠베리(블랙베리, 라즈베리와 로건베리의 교배를 통해 탄생한 나무딸기 교배종-역주) 잼을 선호하고, 동물의 콩팥으로 만든 요리에는 콩을 곁들이든 말든 무조건 질색하며, 아이스크림엔 환장한다는 사실도 알게 되었다. 하지만 부인의 마지막 병이 무엇이었는지, 어쩌다가 투병 중에 슬픈 죽음을 맞게 되었는지에 대해선 아무것도 알 수 없었다. 그 주제에 대해서만큼은 가정부나 하녀 모두 마치 상상 속 인물을 언급하듯 모호하게 대답했다.

참으로 당황스러운 일이었다.

그렇다고 두 사람의 애매모호한 태도를 어리석은 탓으로 돌릴 수도 없는 노릇이었다. 둘 다 지적 능력이 있다는 걸 입증해 보였기 때문이다. 가령, 질은 묶는 끈을 덧대 '허리'를 만드는 식으로 기장 문제를 해결했다. 어차피 바닥에 끌리기보다 발목 밑까지 오는 게 요즘 바뀐 트렌드라 여러모로 만족스러운 해결책이었다. 물론, 치렁치렁한 드레스 끝단은 좀 손을 봐야 하긴 했다.

마침내 질은 만족한 표정으로 자신이 공들여 만든 의상, 그러니까 팔과 쇄골이 드러나는 포도주 빛의 하늘하늘한 드레스를 내게 입혔다. 그다음엔 어깨에 얇은 빗질용 천을 두른 뒤 내 삼단 같은 억센 머리카락을 매만지기 시작했다. (이 와중에도 난 캐도건 경에 대한 이야기로 계속 화제를 돌리며 대화를 이어나가려고 노력했다. 과연 백작은 허물 많은 주인이었을까? 하지만 나로선 아는 게 하나도 없었다.) 질은 내 머리카락을 세련되게 보이도록 한 백 번은 빗질한 뒤 위로 감아올려 금속 클립과 핀으로 고정시켰다. 그러고는 머리 장식의 작은 틈 사이로 분홍색 실크 장미를 찔러 넣었다. 장미는 드레스 중앙의 어수선한 부분을 마치 허리띠처럼 감춰준 분홍색 벨벳과 찰떡궁합을 이뤘다. 마지막으로 빗질용 천을 거둬낸 그녀는 날 훑어보며 "기막히게 아름다우세요."라고 말했다. 그렇지만 얼굴과 팔에 쌀가루를 뿌리고 싶은지 물어보는 일은 잊지 않았다. 난 거절했다. 그래도 질과 도슨은 그림처럼 예쁘다고 말해주면서 거울이 다 가려져 있어 내가 직접 그 모습을 볼 수 없어 유감이라고 말했다. (외람되지만 난 이 말엔 찬성할 수 없었다. 아무도 펄리시티 부인의 침실 거울엔 천을 덮어두지 않았기 때문이다.) 이어 도슨과 질은 머리를 살짝 숙여 인사한 후 생각에 잠긴 나를 남겨둔 채 자리를 떴다.

    사실 생각할 것도 많았지만 골치도 아팠던 터라 난 장식투성이 포도주 빛 드레스의 가슴 부분에서 종이와 연필을 꺼내 아래와 같이 써 내려갔다.

- 만약 플로시가 화장이 필요할 만큼 그렇게 치명적인 질병으로 죽었다면, 왜 그녀의 침실은 폐쇄 및 격리 후에 훈증 소독(모든 창문과 출입구를 밀폐한 뒤 과망간산 칼륨과 포르말린의 반응으로 만든 연기를 이용해 병원성 미생물을 사멸하는 축사 소독 방법의 하나-역주)을 하지 않은 걸까?
- 왜 플로시의 방에 있던 거울만 검은색 천으로 덮여 있지 않은 걸까?
- 부인이 그린 마지막 수채화는 왜 그리 묘해 보였을까?
- 도슨과 질은 내게 왜 그렇게나 자신들의 최근 죽은 마님의 옷을 입히려 든 걸까?
- 왜 둘은 부인의 죽음에 대해 그렇게 애매한 태도를 취했을까?
- 백작은 왜 날 식사 자리에 초대한 걸까? 아내에 대한 깊은 애도를 표하고 있어도 모자랄 판에!
- 셜록에겐 이 사실을 어떻게 알려야 할까?

 포도주 빛 드레스 상체에 이 목록을 숨긴 후에도 생각은 끊이지 않았다. 이렇게 침실에 앉아 녹색 실내 장식과 씨름만 하고 있을 순 없는 노릇이었다. 그래서 난 밖으로 나와 어슬렁거리며 아래층을 돌아다녔다. 그러다가 우연히도 외다리 테이블이 있던 응접실로 발걸음이 닿은 난 안으로 들어가 그 테이블에 앉았다. 테이블엔, 마치 영국 대부분의 응접실처럼, 성경책은 물론 우아하게 명함 접시를 떠받치고 있는 작은 그리스풍 여신상도 보이고, 꽃병과 타원형 사진틀에 담긴 작은 사진들도 보이고, 오후에 온 우편물이 담긴 은색 쟁반도 보였다. 그때 그 쟁반 맨 위의 편지 중 주소를 타자기로 친 편지 하나가 눈에 띄었다. 호기심에 살펴보니 발송인 주소 또한 타자기로 찍혀 있었다. 바로 티쉬가 캐디에게 보내겠다고 한 그 편지였다.

우편물을 뒤지다 들킬 경우 마땅히 변명할 말도 없었던 터라 난 마음을 가다듬고 옆으로 시선을 돌렸다. 여느 테이블과 달리 이 외나무 테이블엔, 책 같지는 않은, 꽤 커다란 물건이 놓여 있었다. 커버는 화려한 무늬가 새겨진 벨벳 재질로 마치 소파 덮개처럼 볼록한 모양이었다. 그런데 내가 이 독특한 쿠션 같은 물건을 집어 들자, 그 중간 부분이 스르륵 펼쳐졌다. 이어 두꺼운 검은 종이 위 장식용 판지 재질의 포토 코너에 꽂힌 수많은 사진이 드러났다. 다음 순간 난 그 사진들을 얼빠지게 바라보고 있었다. 나로선 이번이 사진첩을 본 첫 경험이었기 때문이다. 그건 거의 50년 전 은판 사진법(잘 닦은 은판에 아이오딘 가스를 뿜어 빛을 쬔 뒤 수은 증기 속에서 현상하는 방법으로 현재 사진 기술의 근본을 이루는 최초 사진법-역주)으로 찍은 얼룩진 사진들이 담긴 훌륭한 사진첩이었다. 사진첩에는 제5대 던헨치 백작, 래리머 트래스크 러드클리프와 그의 아내 올가 소프 러드클리프의 사진도 보였다.

나는 사진들이 좀 더 잘 보이도록 램프를 켰다. 그러고는 집주인인 던헨치 백작, 캐도건 버 러드클리프 2세를 찾기 위해 러드클리프 가의 몇 대를 건너뛰어 더 최근의 암갈색 톤 사진들을 살펴보았다. 이윽고 거기엔 절대 없어선 안 될 그 사진, 그러니까 백작의 첫 번째 아내 마이젤라 하스켈 러드클리프와 찍은 결혼사진이 있었다. 하얀색 천지의 드레스에 손바늘로 뜬 레이스와 오렌지꽃을 착용한 마이젤라의 모습은 다소 갑갑해 보였다. 반면 실크해트와 연미복 차림의 백작은 아마 꼬박 일 분여 동안 같은 자세를 취해야 했을 텐데도 애써 의기양양한 표정을 짓고 있었다.

다음 사진은 캐디의 아버지로 추정되는 캐도건 버 러드클리프 1세의 임종 사진이었다. 그 사진은 그리스, 로마 시대의 석관으로 쓰였어도 좋을 법한 훌륭하고 고급스러운 관에 놓여 있었다.

임종 사진은 그 후에도 연이어 나왔다. 캐디의 아들로 추정되는 캐도건 버 러드클리프 3세는 두 살 반의 나이로 목숨을 잃고 하얀색 포대기에 싸여 있었다. 그다음 사진은 캐디의 어머니로 보이는 다소 위엄 있는 늙은 여성의 사진이었다. 그다음의 안젤리카 마이젤라 러드클리프라는 어린 소녀는 틀림없이 백작의 딸로, 세 살까지 살다가 디프테리아로 목숨을 잃고 하얀색 주름 장식과 레이스로 된 차림으로 누워 있었다.

그러고 나서 또 다른 결혼식 초상화도 보였는데, 바로 캐도건 버 러드클리프 2세가 펄리시티 글러버 러드클리프, 곧 플로시 옆에 당당히 서 있는 사진이었다. 나는 플로시를 단번에 알아봤다. 내 고객인 그녀의 쌍둥이 여동생 레티샤 글러버와 똑같이 생겼기 때문이다. 다만 전통적인 순백색 드레스와 계단식 레이스, 그리고 베일의 고정을 위해 머리에 장미 꽃봉오리 화관을 쓴 모습이 더 여성스러워 보였다.

아직 빈 공간이 많이 남았지만 그 사진이 사진첩의 마지막 사진이었다. 나는 생각에 잠긴 채 사진첩을 덮었다.

무슨 영문인지 사진첩엔 플로시의 영정 사진이 없었다.

한술 더 떠 캐디의 첫 번째 아내인 마이젤라의 영정 사진도 없었다. 이 사실이 날 불안하게 했다. 그것도 아주 엄청.

8장

백작과 저녁 식사를 하려니 점점 불안해졌다. 나는 리넨, 크리스털, 은장식이 격식에 맞게 가득 놓인 기다란 테이블의 한쪽 끝에 — 팔걸이가 있는 화려하고 무거운 의자에 — 한 하인의 시중을 받고 앉았다. 아니, '좌정했다'라고 하는 표현이 더 적합했을 듯싶다. 그러고는 테이블 맞은편 끝에 있는 빈 좌석을 쳐다보며 백작을 기다렸다.

예의도 없이 늦게 나타난 캐도건 러드클리프 경은 오후에 온 우편물을 가져와 뒤적거리더니 티쉬의 편지, 그러니까 유일하게 타자기로 친 그 편지를 열어보지도 않은 채 불 속에 던져버렸다. 맙소사! 캐디는 역시 '캐드(비열한 인간)'였다.

그는 우편물을 내려놓고 뒤돌아 과장된 예의를 차

려 인사하고는 내 맞은편에 앉았다. 분명 이곳엔 테이블 위며 천장의 샹들리에와 찬장 위에 수백 개의 촛불이 켜져 있었지만, 내게는 어둡고 거대하기만 느껴졌다. 뭐랄까, 마치 소공자(프랜시스 버넷 소설 『소공자』의 주인공-역주)가 자신의 지독한 할아버지와 나눈 첫 만찬 같은 느낌이라고나 할까. 그러니까 마치 내가 그 천사 같은 아이처럼 작을 뿐 아니라 완전 허구의 인물처럼 느껴졌다. 물론 나도 내가 가련하게 뼈만 앙상히 남은 팔과 목에 빌린 드레스나 걸쳐 입은 가짜 어릿광대라는 건 잘 안다.

"좋은 저녁이에요, 배질웨더 양." 캐도건 경은 얼핏 대단히 정중해 보이지만 성의 없는 목소리로 말했다.

"네, 백작님, 환대에 감사합니다."

"캐디라고 불러주세요."

바로 그 순간 어딘가 불길한 예감이 들었다. 그러니까 백작이 다소 벅찬 친밀감을 보인 후 바다거북 수프가 나오던 순간, 테이블 중앙에 은을 입힌 우아한 장신구가 눈에 띈 것이다. 앞서 본 대부분 장신구에 비해 더 크지도 딱히 더 화려하지도 않았지만, 어딘가 더 불길한 느낌이 들었다. 아니나 다를까 그 장신구의 몸통은 백조나 양치기 소년, 또는 날개 달린 통통한 남자아이의 천사 같은 모습을 틀로 찍어낸 그런 흔한 장신구가 아니었다. 그건 내가 던헨치 홀 앞에서 봤던 바로 그 조각상을 그대로 복제한 장신구였다! 그러니까 날 만찬에 초대한 집주인의 테이블은 자랑스럽고 빛나는 백작 자신의 축소판으로 훌륭하게 꾸며져 있었다.

사실 그때까지 난 그 장신구가 캐디였다는 걸 눈치채지 못하고 있었다. 마찬가지로 그 장신구를 보기 전까진 그 조각상의 존재 또한 잊고 있었다. 하지만 그 조각상, 중앙홀에 있던 그 자만심 강한 초상화, 그리고 이제 테이블 중앙에 놓인 장신구까지 종합해서 생각해볼 때, 캐디는 내가 생각했던 것보다 훨씬 더 자아도취적인 인물이었다.

그 생각을 하고 있자니 점점 더 캐디가 탐탁지 않아 보였다. 하지만 난 우매한 숙녀 같은 가면을 쓴 채 촛불이 켜진 탁자를 내려다보며 재잘거렸다. "아! 정말 아름다운 장신구네요! 보아하니 바이런 경을 매우 존경하시나 봐요."

"바이런 경이요? 당치 않은 소리군요!" 집주인이 격앙된 반응을 보였다. "바이런 경은 선천성 기형의 발을 지닌 한낱 응석받이 소년에 불과한 자였어요!"

나는 온갖 순진한 얼굴로 저만치 앞에 앉은 백작을 향해 눈을 깜박이며 말했다. "하지만 여기 장신구는 바이런 경을 똑 닮았는걸요."

기쁘게 말하건대, 그때 난 백작의 얼굴을 홍당무로 만들어버렸다. 제아무리 자아도취에 빠진 백작이라도 문제의 장신구가 자신을 본떠 만든 거라고 말할 만큼 뻔뻔스럽지는 못했던 모양이다. 백작이 불쑥 말했다. "빌어먹을 장신구 좀 고만 들먹여요!" 하지만 그 후 몇 초도 되지 않아 백작은 특유의 매너와 숙련된 매력을 되찾았다. "제 얘기는 이쯤 해두죠. 당신에 대해 말해보세요, 어민트루드 양." 수프에 곁들여 거침없이 비스킷을 집어 먹던 백작이 역시 거침없이 내 이름을 들먹였다. "고향은 어디죠?"

"웨일스와 스코틀랜드 사이 어딘가에 있어요." 나는 먹고 있던 훌륭한 수프를 언급하며 화제를 바꾸려고 애썼다. "바다거북 수프만 보면 늘 궁금하더라고요. 도대체 바다거북의 가죽은 어떻게 벗기는 거죠?"

"그건 여성이 알고 싶어 할 만한 이야기가 아닐 텐데요. 말해봐요, 어민트루드 양, 당신은 벨비디어에 있는 에식스 배질웨더 가의 친척인가요?"

맙소사. 이 상황에서 내가 가명을 선택한 건 멍청하기 짝이 없는 생각이란 걸 깨달았다. 난 "먼 친척이요."라고 답했고, 때마침 생선 요리가 나와 다행히도 잠깐은 대화에서 벗어날 수 있었다. 이후로 코스마다 다른 와인이 나왔지만 난 물만 마셨다.

"와인은 안 좋아하시나 봐요, 어민트루드 양. 그런데 혹시 당신을 트루디('Trudy'는 '어민트루드Ermintrude'의 축약어로 '창의 지배자Ruler with spear'라는 뜻-역주)라고 부르는 사람은 없던가요?"

나는 두 번째 질문에 답하느라 첫 번째 질문은 건너뛰었다. "그랬다간 혼쭐이 났을 텐데 당치 않죠."

이 말에 백작은 최근 아내를 잃은 사람치곤 과하다 싶을 만큼 실컷 웃어댔다. 순간 불안감이 점점 커져갔다. 내게 집중된 백작의 눈과 날 향한 백작의 관심에서 빈틈없고, 계산적이고, 심지어 약자를 이용해 먹는 포식 동물 같은 무언가가 느껴졌기 때문이다.

"저희 어머니는 가장 품위 있고 우아한 배질웨더 공작부인인 윌러미나 부인의 친구였어요." 백작이 말했다. "어머닌 정말 대단한 여성이셨죠."

백작의 말투에서 뭔가 석연치 않은 느낌도 들고 튜키의 어머니 이름도 모르는 나로선, 꽤 구닥다리 같은 '윌러미나'란 이름을 듣게 되자 당혹스러웠다. 물론 백작이 완전히 꾸며낸 이름일 수도 있지만, 나로선 윌러미나 부인에 대해 들어본 일이 없다고 말해도 될지 확신이 안 섰다. 그래서 조심스럽게 말했다. "당연히 공작님과 공작부인을 알죠. 윌러미나 부인이 배질웨더 공작님의 아들인 튜크스베리의 어머니 이름이었죠?"

"그렇죠! 그럼 윌러미나 부인과는 어떤 관계였나요? 당신의 할머니였나요?"

"아뇨, 저의 대고모요."

그러자 백작은 "정말요? 그런 사람은 존재한 적도 없는데 참 이상하군요."라고 말했다.

이번엔 내 얼굴이 홍당무가 될 차례였다. 백작은 날 참 잘도 속여먹었다. "아, 음." 하고 나는 재잘거렸다. "아마도 제가 제 진짜 대고모님인 메흐터블 대고모님과 혼동한 것 같네요. 전 가계를 잘 파악해본 적이 없거든요."

"흠, 그런데도 가계 조사를 하러 쓰리핀치스에 왔다는 건가요?"

빌어먹을! 내가 내 손으로 무덤을 판 격이었다! 하지만 그 상황에선 아무 말이라도 던져야 할 판이었다. 나는 최대한의 위엄을 끌어모아 "아직 부족하지만 보완해나갈 생각이에요."라고 말했다.

이번에도 백작은 실컷 웃었지만 그다지 즐거워 보이진 않았다. 나는 이쯤에서 버럭 화를 내고 쌀쌀맞게 나가버릴지 말지를 결정하려고 했다. 하지만 때마침 하인들이 고기 코스를 뜻하는 '조인트', 그러니까 으깬 순무와 함께 나오는 토끼 스튜를 내왔다. 그런대로 토끼 스튜는 입맛에 맞았지만 난 이미 모든 식욕을 잃은 상태였다. 하지만 접시에 담긴 음식에 큰 관심을 보이는 척하며 테이블 맞은편의 백작 쪽으론 한참 동안 시선도 보내지 않았다.

백작은 한동안 뾰로통해 있는 날 받아주기라도 하듯 아무 말도 하지 않았다. 물론 계속 그러고 있을 순 없는 노릇이라 난 결국 시선을 들어 백작의 동태를 힐끗 쳐다보았다.

백작은 아주 편안한 자세로 참으로 무례하게도 테이블에 팔꿈치를 괸 채 늑대 같은 미소를 짓고 있었다. "그래서 말인데요, 친애하는 어민트루드 양." 백작이 마치 아무 일도 없었던 듯 물었다. "당신은 정말 누구죠?"

"우리가 서로 그런 호칭으로 부를 만한 사이는 아닌 것 같은데요." 질문에 대한 진의를 깨닫기도 전에 내가 맞받아쳤다.

"좋아요, 그렇지만 당신은 누구죠? 지금 내 아내의 두 번째로 근사한 야회복을 쫙 빼입고 내 저녁 식사 테이블에 앉아 있는 당신 말이에요."

난 백작을 노려보았다. 그건 백작이 즉석에서 눈물 한 방울 없이 불쌍한 펄리시티를 언급해서이기도 했지만, 대체로는 도무지 어떤 대답을 해야 할지 감이 안 왔기 때문이다. 참 창피하게도 난 처음으로 나보다 한 수 위의 사람과 대면하고 있었다.

캐도건 경이 기다란 테이블의 끝에 앉은 날 향해 소리 없이 활짝 웃어 보였다. 맘 같아선 당장 뭐라도 집어 던지고 싶은 심정이었다.

"제가 도와드리죠." 도움을 주기는커녕 훨씬 득의양양한 어투로 백작이 말했다. "평생 여성에 대해 연구해본 결과, 당신은 겉으로 꾸민 것보다 훨씬 어린 나이일 것 같다는 생각이 드는군요. 키가 커서 얼추 장성한 여인 취급을 받았을진 몰라도 실은 한낱 어린 여자애에 불과한데 말이죠, 안 그래요? 혹시 엄한 아버지한테서 도망쳐 나오기라도 한 건가요?"

백작이 떠들어댄 모든 장황한 말 가운데 유독 한 구절에 대단한 궁금증이 일었다. "평생 여성에 대해 연구했다고요?"

백작이 더는 친절한 척하지 않고 말했다. "대답해요! 당신은 도망자죠, 그렇죠?"

"소위 여성 전문가란 분이 그렇게 말씀하시니 전 도망자가 틀림없겠네요."

"말장난하지 마요!" 백작이 자리에서 벌떡 일어섰다. 그의 눈빛에선 어딘지 위험한 기미가 번득였다. 화가 난 남자들을 지금껏 여럿 상대해봤지만 꽤나 미끈한 외모의 이 귀족이 날 위협하며 고집스럽게 드러내는 분노에는 뭔가 소름이 끼쳤다. "당신 이름이 뭐냐고!"

백작의 행동에 두려움을 느낀 나는 아주 당돌하게 대답했다. "왜요? 집에서 가출한 소녀라고 하면 어떻게 하실 건데요?"

그러자 백작은 돌진하는 황소처럼 고개를 숙인 채 내 쪽으로 다가오기 시작했다. "그럼 집에 가고 싶다고 애원할 때까지 가둬두지!"

백작은 마치 날 붙잡으려는 듯 보였다! 나는 벌떡 일어나 드레스 가슴 안쪽에 늘 지니고 다니던 단도로 손을 뻗었다. 앗, 빌어먹을! 그렇다, 지금 내게는 단도가 없었다! 하는 수 없이 난 도망치기 위해 몸을 돌렸다. 그런데 하필이면 그때 후식 쟁반을 들고 들어오던 하인과 충돌했고, 커스터드 소스가 그대로 나와 하인, 그리고 바라건대 던헨치 백작 위로 와르르 쏟아졌다. 그 광경이란 마치 초콜릿 브라우니에 바닐라 아이스크림을 얹은 초콜릿 바닐라 화산 같았다고나 할까. 물론 그때 난 그런 백작의 모습까지 직접 보진 못했고 그저 "저 여자를 잡아."라고 소리치는 백작의 명령만 들었을 뿐이다.

하인들은 그 명령이 마치 그릇을 치우라는 정도의 대수롭지 않은 지시인 양 조금도 주저하지 않고 백작의 말에 복종했다. 이들이 그동안 백작을 위해 얼마나 입에 담지 못할 임무를 척척 수행해왔을지 자못 궁금해졌다.

"그 여자를 방에 가둬."

 나는 내 팔을 붙들고 있는 두 사람 사이에서 옴짝달싹 못 한 채 버럭 화를 냈다. 물론 몸부림쳐보기도 했지만 맘처럼 꿈틀거릴 순 없었다. 그랬다간 몸을 가릴 듯 말 듯 한 얇은 야회복이 바로 벗겨질 판이었기 때문이다. 게다가 소리도 지를 수 없었다. 그 혐오스러운 캐디가 내 뒤로 와서는 손으로 내 입을 틀어막고 있었기 때문이다. 그 바람에 난 하다못해 캐디를 물 수조차 없었다.

 그런데 순간 아이디어가 번득하며 기꺼이 몸부림치는 건 멈춰도 어떻게든 발버둥 치는 건 계속해야겠다는 생각이 들었다. 고로 하인들이 날 밀어 넣은 뒤 가두고 떠나려 할 때, 난 애써 감금된 방의 문을 두들겨대며 그들의 뒤통수에 대고 고래고래 소리쳤다. "부끄러운 줄 아세요! 던헨치 당신은 신사도 아니에요!"

 이후 난 가스등을 켜고 회심의 미소를 지었다. 사실 그렇게 푸대접을 받으면서 살짝 분한 마음이 들기도 했다. 하지만 어느새 그렇게나 바라던 장소에 있게 되었다는 기쁨에 그동안의 굴욕은 봄눈 녹듯 사라졌다. 러드클리프와 그의 지시를 받아 약자를 괴롭히는 멍청이들은 분명 도슨과 의논도 하지 않은 채 날 엉뚱한 방에 가둔 듯했다. 펄리시티 부인의 드레스를 입은 날 보고 잠시 헷갈렸던 건지 날 그냥 펄리시티 부인의 방에 가둬버린 것이다.

9장

내 삶에서 뭔가를 찾는다는 건 항상 열정을 불사르는 일이었다. 어릴 적 난 펀델 숲을 뒤지며 밝은 조약돌, 까치둥지, 심지어 해골까지 뭐든 찾아다니곤 했다. 이제 난 빌려 입은 화려한 옷과 보석은 벗어 던지고 가운을 걸친 채, 거의 그때와 흡사한 열정으로 펄리시티 부인의 침실을 살펴볼 순간만을 설레는 맘으로 기다리고 있었다.

하지만 펄리시티 부인의 화장대 위 커다란 원형 거울 속의 날 보는 순간, 난 잠시 얼굴을 찡그린 채 가만히 서 있었다. 필시 그녀가 이 방에서 세상을 떠났다면 처음으로 가려졌어야 할 거울은 바로 이 거울이 아니던가! 그런데 무슨 영문에선지 이 거울만 빼고 홀 안의 모든 거울은 가려져 있는 듯했다.

고로, 부인은 죽지 않았거나, 아니면 적어도 여기서 죽은 건 아니라는 결론이 섰다.

음.

잠시 생각은 미뤄둔 채 뭘 찾아야 할지 감도 안 오는 상황에서 난 일단 사냥에 나섰다. 우선 부인의 화장대 위에 있던 우유병과 단지를 흘끗 본 후 그 밑에 종이가 감춰진 건 아닌지 확인하기 위해 리넨 화장대 보부터 들춰보았다. 그러고는 부인의 옷장 서랍에서 페티코트와 스타킹 아래쪽도 들춰보았다. 또 방을 가로질러 책상으로 간 뒤 잉크통(과거 책상에 뚫린 구멍 속에 잉크를 담아놓고 쓰던 단지 모양의 통-역주)도 자세히 살펴보았다. 잉크통 옆엔 부인이 쓴 메모가 있었다. '알리자린 크림슨(투명하고 약간 차가운 빨간색 안료-역주), 페인즈 그레이(인디고보다 더 어두운 남색 안료-역주), 로즈 매더(엷은 연분홍색 안료-역주), 인디고(남색 안료-역주) 필요함.' 혹시 남아 있을 글자의 흔적이 있을까 하여 압지(잉크나 먹물 따위로 쓴 글씨가 번지거나 묻어나지 않도록 눌러서 물기를 빨아들이는 종이-역주)도 살펴보았다. 하지만 남은 흔적이라곤 전혀 없었다. 또 무거운 옷장과 옷장 뒤쪽, 거울 뒤쪽, 그리고 벽에 붙은 사진도 낱낱이 살펴보고, 카펫 모서리도 들춰보았다. 아울러 부인의 가벼운 의자에서 원형으로 장식된 등받이와 좌석에 혹시 비밀주머니가 있는지도 확인해봤다. 나아가 부인의 견고한 사주식 침대(귀퉁이마다 기둥이 있고 그 위를 덮은 천장이 있는 침대-역주)도 살펴보고, 심지어 무릎을 꿇고 앉아 침대 밑쪽의 화려한 자기 요강도 꺼내 보았으나 모두 허사였다.

나는 마치 냄새를 찾아 헤매는 폭스하운드처럼 방 안을 왔다 갔다 하다가 펠리시티 부인이 그린 그 독특한 수채화의 앞쪽으로도 가봤다. 그러고는 이젤 위의 수채화를 십여 차례 들었다 놨다 반복하고, 그럴 때마다 수채화를 힐끗 보며 얼굴을 찡그렸다. 그 볼품없는 선들에서 느껴지는 무언가가 자꾸 내 시선을 사로잡았기 때문이다. 대체 부인은 왜 — 물론 추하다고까진 할 수 없지만 — 이렇게 평소답지 않은 서툰 그림을 그려놓은 걸까?

마침내 난 그 수채화 앞에 촛불을 켜고 선 채 자세히 그림을 들여다보았다. 그러니까 그 형편없는 구도의 말과 뭔가를 닮은 듯 묘한 각도로 뻗어 있던 나무들이 그려진…….

오, 맙소사!

그 뭔가는 바로 대문자였다.

펠리시티 부인의 그림은 매우 영리한 암호였다.

일단 나무가 글자를 나타낸다는 걸 깨달은 다음 나

는 그림 맨 위쪽에 있는 글자들을 한꺼번에 살펴보았다. 그건 INANE였다.

Inane?

이게 뭔지 설명해줄 단서가 나와주길 바라며 난 그림의 아랫부분도 살펴보았다. 펠리시티 부인은 — 아니, 플로시는, 그러니까 애정 어린 눈으로 그녀를 떠올려보건대 — 내가 방금 감지한 그 나무들의 글자를 도드라지게 하기 위해 아주 섬세하게 데생용 크레용을 사용했다. 수채화에서 그림자를 강조할 때 흔히 쓰는 데생용 크레용을 사용하다니, 참으로 기발한 아이디어 아닌가. 나는 그림의 아랫부분에서 이 크레용의 흔적을 발견하고는 즉시 말의 옆머리와 옆 목, 그리고 이 둘을 가로지르는 고삐의 조합에서 A란 글자를 찾아냈다. 또한 부츠를 신은 채 등자에 발을 얹고 말을 타는 여자의 옆 자세에서 다소 긴 S도 찾아냈다. 또 말의 엉덩이와 뒷다리의 뒤로 굽은 무릎에서 Y, 오두막집의 모퉁이에서 L, 사각형의 창문 모양에서 U 그리고 십자형으로 교차된 휘장이 쳐진 창문에서 M을 각각 찾아냈다.

이제 이 글자들을 다 조합해보면, ASYLUM이란 단어가 된다. 오, 맙소사, 제발, 안 돼. 그런데 이와 동시에 내 시선은 다시 그림의 제일 윗부분에 꽂혔고, 나무들의 겹쳐진 가지에서 마지막으로 남은 단서인 빠진 글자가 보였다. 그 글자는 마치 거꾸로 쓴 Z처럼 매우 각이 져 있었지만, 난 그 글자가 S란 걸 알 수 있었다.

INANE ASYLUM? 아니, 실제 단어는 바로 '정신병원INSANE ASYLUM'이었다.

오, 맙소사, 말도 안 돼. 순간 몸이 꽁꽁 얼어붙는 느낌이었다. 하지만 이런 불운한 운명이 실제로 일어났을 수도 있겠다 싶었다. 바로 소문에 돌던 그 검은색 4인승 사륜마차의 행선지가 정신병원이란 얘기였기 때문이다. 그러니까 납치범들을 태운 그 사악한 마차가 희생자들을 죽음보다 더 잔인한 운명으로 내몰기 위해 한밤중에 들이닥친 것이다.

여전히 그 자리에서 두려움에 얼어붙어 있던 그때 누군가 문을 두드렸다. 그 소리는 조심스럽고 거의 소심할 정도로 작게 들렸음에도 난 화들짝 놀랐다.

"누구세요?" 내가 목소리를 가다듬으며 물었다.

"도슨이에요, 오, 어민트루드 아가씨. 아가씨를 위해 침대 커버를 개키러 갔다가 사람들로부터 아가씨가 여기에 갇혔다는 말을 듣게 됐어요! 전 이 일과 아무 상관 없어요, 어민트루드 아가씨!"

"괜찮아요, 도슨." 마치 선량하고 예의 바른 괴짜 귀족이라도 된 양 난 갇힌 상황 따윈 대수롭지 않게 여기며 말했다. "괜찮아요, 다른 방에서 제 옷만 좀 가져다주시겠어요? 아무래도 잠은 제 잠옷을 입고 자는 편이 나을 듯해서요."

사실, 난 잠잘 생각 따윈 없었다. 그러니까 내 말은 어떻게든 나갈 생각뿐이었단 소리다. 하지만 내게 어울리지도 않은 데다 반쯤 벗은 거나 다름없는 플로시의 옷을 입고 나갈 마음은 없었다.

도슨이 훌쩍거렸다. "하지만 어민트루드 아가씨, 전 감히 이 문을 열 수 없어요. 만약 아가씨가 절 이용해 탈출이라도 하시는 날엔, 전 여기서 쫓겨나 길 잃은 고양이처럼 굶어 죽는 신세가 될 거예요!"

난 단호하게 말했다. "약속해요, 도슨, 전 속임수나 쓸 사람이 아니에요. 제가 창가에 있을 테니 확인차 절 부른 뒤 그냥 문을 조금 열고 제 물건을 넣어주세요. 그다음 바로 문을 잠그면 되잖아요."

"알겠어요, 그럼…… 한번 해볼게요, 아가씨."

한결 부드러워진 목소리로 내가 말했다. "고마워요, 도슨."

그녀가 내 물건을 가지러 간 사이, 나는 방 안을 서성이며 내가 내린 추론과 결론을 다시 한번 되짚어봤다. 아무래도 한밤중에 검은색 사륜마차가 들이닥쳐 여인을 싣고 어디론가 끌고 간다는 아이디어가 나가도 좀 너무 나간 생각이 아닌가 싶었기 때문이다. 하지만 사실 그 마차가 꼭 검은색이거나 4인승 사륜마차일 필요는 없었다. 말 한 필이 끄는 사륜마차나 랜도 마차(지붕을 덮은 포장이 앞뒤로 나뉘어 접히는 방식의 사륜마차-역주), 빅토리아, 조랑말이 끄는 사륜 쌍두마차, 하물며 그 어떤 다른 마차도 얼마든지 그 일을 자행할 수 있었다. 게다가 난 지금껏 여느 여자와 달리 어딘가 거슬리는 여성들이 겪는 운명이 바로 정신병원이란 걸 셀 수 없이 들어봤다. 이런 소문이 사실이라면 골칫거리 여성에게서 벗어나고자 하는 남성 자산가는 어떤 이유로든 그 여성을 정신병원에 가둘 수 있었을 것이다. 이를테면, 신경과민, 오만, 프랑스 소설을 읽는 행동, 영매와 상담하는 행동, 어두움 공포증, 불복종, 땀샘 제거, 과도하게 웃어대는 행동 등도 얼마든지 정신병원에 갇힐 만한 사유가 되었을 것이다. 아울러 그 일을 자행하기 위해 남성이 해야 할 건 오로지 의사 두 명의 서명이면 충분했는데, 아마 그중 한 명은 그 지옥의 정신병원을 운영하는 사람이었을 것이다. 이렇듯 악덕 남편들의 모든 편의에 따라 아내들은 — 보통 이런 여성은 누군가의 아내이다 — 이내 사라지고 잊혀버린 것이다.

그런데 플로시는 대체 어떻게 이게 자신의 운명이라는 걸 알았을까?

하지만 어쨌든 플로시는 알았다. 실수로 자신의 수채화에 그런 암호를 써놨을 린 만무하기 때문이다. 또한, 지금 생각해보니, 플로시의 방을 뒤져본 결과 그 방의 유일한 단서는 수채화의 암호였다. 아울러 내가 찾지 못한 물건들은 그 자리에 없다는 자체로 큰 의미가 있었다. 그러니까 입에 담기도 민망한 여성 필수용품들은 아마 상상도 못 할 방법으로, 플로시와 함께 무덤이나 화장터로 옮겨졌을 것이다. 하지만 플로시가 아직 살아 있고 어딘가 납치당해 있다면, 물론 그렇다고 다시 야회복을 입진 않겠지만, 그런 개인 여성 필수용품들은 플로시에게로 옮겨졌을 것이다.

분명 영국에는 백여 개의 정신병원이 있을 터다. 그렇담 도대체 그녀를 데리고 간 곳은 *어디일까?*

그리고 난 이제 그걸 어떻게 알아낼 것인가?

지금 좀 더 즉각적으로 풀어야 할 숙제는 바로 이거였다. 던헨치 홀, 특히 지금 갇혀 있는 이곳을 대체 난 어떻게 빠져나갈 것인가?

사실 난 도슨이 내 여행용 가방, 모자, 양산 등을 가져올 때까지도 이 문제에 대해 명확히 생각할 수 없었다. 왜냐하면 일단 문을 열고 도슨이 들어온 후에야 겨우 이치에 맞는 방법이 떠올랐기 때문이다. 그건 바로 문 쪽으로 살금살금 걸어가 도슨을 제압한 뒤 열쇠를 빼앗아 나 대신 그녀를 가두는 일이었다.

하지만 난 그녀를 속이지 않겠노라고 약속했다.

그래도 이 상황에 약속이라니 안 될 말이었다. 지금 내가 해야 할 일은 도슨의 비명을 막도록 입에는 재갈을 물리고, 그 상태로 있도록 손을 뒤로 묶는 일이었다.

그렇지만 그러다가 누군가 곧 그녀를 발견하기라도 하는 날에는?

그렇다 해도 이게 유일한 방법이라 어쩔 수 없다!

아, 그래도 품위 없이 이런 식으로 도리를 저버려도 될까······.

하지만 그렇게 오락가락하는 사이 어느새 기회는 날아가버렸다. 이제 난 도슨에게 고맙다고 말하고 그녀가 다시 문을 잠그도록 내버려 두는 수밖에 없었다. 빌어먹을! 이렇게 선한 여성이 재갈 물림을 당하고, 괴롭힘을 당하고, 길 잃은 고양이처럼 쫓겨나 굶주림에 내몰려야 한다니.

혹자는 이 정신력 싸움이 이제 곧 멈출 거라고 여길지도 모르겠다. 하지만 그건 오산이다. 여전히 난 오락가락하느라 속만 까맣게 태우는 중이었다!

이런 빌어먹을, 에놀라! 순간 나도 모르게 한탄이 나왔다.

참으로 어처구니없는 일이었다. 그런데 그때였다. *넌 혼자서도 아주 잘해낼 거야, 에놀라.* 마치 무덤에서 들려오기라도 하듯 내 기억에 또렷이 새겨진 엄마의 목소리가 떠올랐다.

바로 안정을 되찾은 나는 다시 한번 명확하게 생각해보고, 그 생각대로 행동에 옮기기 시작했다.

우선 난 잠옷 말고, 새로 수선한 내 녹색의 수수한 일상복으로 갈아입었다. 그러고는 마치 잠자리에 든 것처럼 불을 껐다. 그다음 창가에 서서 혹시 복도를 지나가는 발소리가 들리지는 않는지 귀를 기울였다. 그렇게 눈이 어둠에 적응되고 아무도 없을 때까지 기다렸다가, 밖을 엿보기 위해 플로시의 '불운한 죽음' 이후 닫혀 있던 커튼을 걷었다.

아직 바깥은 달빛도 별빛도 없는 캄캄한 밤이었다. 내가 볼 수 있는 거라곤 현관 옆쪽 가스등으로 장식된 포르티코뿐이었다.

어둠은 유리할 수도 불리할 수도 있지만 내가 탈출할 방법에는 영향을 미치지 않았다. 내가 생각해볼 수 있는 방법은 네 가지였다.

- 첫 번째 방법은 굴뚝 청소부처럼 굴뚝 안으로 기어 오르는 것이다. 난 기어오르는 걸 매우 좋아하는 데다 흙투성이가 되는 것도 마다하지 않았다. 하지만 그러다가 굴뚝의 좁은 중간에 끼기라도 한다면? 내 몸은 호리호리하지만 보통 굴뚝 청소는 어린 소년들의 몫인 만큼 내가 그렇게 날씬하진 않을 수도 있었다.
- 두 번째 방법은 지하실로 연결된 세탁 슈트(호텔이나 병원과 같은 높은 빌딩에서 지하실 등에 있는 수집실로 세탁물을 내려보내는 장치로 보통 벽에 난 작은 문을 통해 세탁물을 던지면 미끄럼틀 통로를 타고 세탁물 박스로 떨어지는 구조-역주)로 미끄러져 내려가는 것이다. 하지만 이 경우 지하실에서 나올 방법이 따로 필요했다. 게다가, 다시 말하건대, 세탁 슈트로 미끄러져 내려가는 건 보통 몸집이 작은 아이들이나 할 수 있는 일이었다. 난 개구부를 살펴본 후, 굴뚝 방법에서 느낀 동일한 의구심이 들었다. 만약 통과하다가 중간에 걸리기라도 한다면?
- 세 번째 방법은 창문 밖으로 탈출하는 것이다. 그런데 포르티코의 불빛에 의지해 주변을 보니 내가 있는 곳은 최신식 부속 건물이라 탈출에 쓸 덩굴 하나 없는 상태였다. 그렇담 대안으로 창문턱에 서서 처마를 움켜쥔 뒤 어떻게든 지붕 위로 올라간 다음,

오래된 본채 지붕으로 넘어가 그쪽 담쟁이덩굴을 타고 내려오는 건 어떨까? 하지만 막상 창밖을 내다본 순간 아찔해오며 절로 고개가 내저어졌다. 지붕을 오르는 것도 그렇고, 지붕 위에서 넘어가는 것도 그렇고, 둘 다 위험천만한 방법이었기 때문이다. 물론 난 인간이 침팬지와 관련이 있다는 다윈의 의견에는 전적으로 동의한다. 하지만 발을 손처럼 움직이는 침팬지처럼 내 발을 움직일 순 없지 않은가.

네 번째 방법은 창문 밖으로 기어 내려가는 것이다. 하지만 어떻게 그럴 수 있을까? 내 나름대로 주의 깊게 살펴봤지만 딱히 방법이 떠오르지 않았다. 그 돌벽은 발판처럼 발을 디딜 만큼 표면이 거칠지 않았다. 또한 배수관도 없고, 지지물도 근방에 없었다. 게다가, 맙소사, 심지어 담쟁이덩굴도 없었다. 이 상태에서 과연 내가 어떻게 내려갈 수 있을까?

그런데 그 순간 정말 말도 안 되게 간단한 해결책이 떠올랐다. 왜 이걸 더 빨리 생각해내지 못했나 하는 안타까운 마음에 냅다 내 이마를 후려쳤다.

그 해결책은 바로, 즉흥적으로 침대보를 묶어 만든 밧줄로 내려가는 방법이었다. 구닥다리긴 해도 나름 괜찮은 방법 아닌가.

10장

물론 난 던헨치 주민들이 깊이 잠들 때까지 기다려야 했고, 누가 내 움직임을 지켜볼세라 램프를 켤 수도 없었다. 하지만 그렇다고 졸리거나 지루하진 않았다. 그사이 침대보를 잇느라 눈코 뜰 새 없이 바빴기 때문이다. 많은 작업이 그렇듯, 이 작업도 생각만큼 그리 간단하진 않았다. 특히 어둠 속에선 더더욱 그랬다. 나는 최선을 다해 각 기본 침대보, 가벼운 침대보, 털실로 수놓은 장식 침대보를 이어서 묶었다. 하지만 시험 삼아 당겼을 때 각 이음새는 마치 마법처럼 맥없이 풀려버렸다. 순간 짜증이 밀려오며 오빠 생각이 났다. 틀림없이 오빠는 선원들과 등산가가 쓰는 우수한 매듭에 관해 글을 쓴 적이 있다. 하지만 지금 이 감옥 같은 방엔 오빠도 없고, 오빠의 글도 없었다. 이 상황에서 대체 내가 뭘 할 수 있을까?

에놀라, 생각 좀 해. 마음속에서 엄마의 영혼이 말했다.

고로 난 생각했고, 이 방에 있는 펄리시티 부인의 화장대 맨 위 서랍에서 조금 전에 봤던 현대식 '안전핀'이 생각났다. 이 안전핀은 필시 비상시에 뭔가를 고정할 목적으로 여기에 둔 것이리라.

아하, 그렇지.

나는 마음속으로 플로시와 엄마에게 감사하며 화장대에서 그 가공하리만치 튼튼한 안전핀을 꺼내 침대보를 묶은 이음새에 고정했다. 이 이음새에는 커튼에 꽂혀 있던 핀도 함께 꽂아 고정해둔 상태였다. 특히 난 이 안전핀을 침대 기둥에 묶어놨던 침대보의 가장 중요한 사중 지지 이음새에도 고정해놓았다. 다음으로 난 모자를 쓴 뒤 평소 쓰던 모자 핀으로 고정했다. 그러고는 플로시의 자주색 가운에서 가져온 천 벨트로 내 여행용 가방을 허리에 고정한 뒤 양산도 거기에 끼워 넣었다. 이어서 창문을 열어 로프를 밖으로 던진 후, 등을 돌린 채 창문을 통해 기어 내려가기 시작했다.

기어 올라가는 데는 꽤 경험이 있던 터라 난 이 '침대보 로프'를 타고 서둘러 내려갔다. 그나마 민첩하게 움직인 덕분에 큰일은 면했다. 땅에 다 닿기도 전에 로프의 이음새가 풀어지면서 그대로 떨어졌기 때문이다. 하지만 이미 비슷한 경험이 있던 터라 비명을 지르진 않았다. 게다가 운 좋게도 내가 떨어진 지점은 그리 높은 데가 아니었다. 거의 바로 부드러운 잔디 위에 떨어졌던 것이다. 또한 이런 사고를 견디라고 고안된 내 몸의 가장 푹신한 부분도 충격을 흡수해주었다. 난 일어나서 몸에 묻은 흙을 털어낸 뒤 이제 쓰리핀치스로 돌아갈 방법을 궁리했다.

자전거는 어떨까? 터무니없는 소리였다. 과연 누가 날 위해 자전거를 세워뒀겠나. 그러면 말을 가지러 가면 어떨까? 그랬다간 마구간의 감시견이 짖어대는 통에 다락방에서 자던 소년들을 다 깨워놓을 것이다. 그래도 방목장 어딘가에서 말을 구할 순 있지 않을까? 그러니까 안장 없이 그 말을 타고 여기서 탈출하는 거다, 가령, 제지가 그랬던 것처럼? 아, 고맙지만 그건 사양하련다.

보아하니 교통수단은 그냥 내 다리가 될 듯싶다.

일단 결정을 끝낸 나는 포르티코의 가스등 불빛이 비춰주는 진입로 쪽으로 성큼성큼, 아니 거의 달음박질해서 나아갔다. 가는 도중 캐디의 조각상에 대고 철 없는 애 표정으로 혀를 쑥 내미는 것도 잊지 않았다. 그런 다음 던헨치 홀을 등진 채 정문 쪽으로 돌진했다.

아직도 밤은 매우 캄캄한 상태였다. 처음엔 그나마

등 뒤 포르티코의 가스등 불빛을 받아내 그림자라도 보이더니 이내 아무것도 보이지 않았다. 고로 난 오직 발밑의 자갈 밟는 소리에만 의지해 진입로를 따라갔다. 그리고 행여나 방향을 벗어나 풀밭을 딛게 될 때는 얼른 경로를 수정해 진입로를 따라갔다. 또 정문 외에 다른 장애물은 없을 거 같았지만 그래도 혹시 모를 장애물을 대비해 여행용 가방에서 양산을 꺼내 앞을 더듬거리며 나아갔다.

정문에 대해선 기어 올라가면 되기에 크게 신경 쓰지 않았다. 물론 쉽진 않을 듯했다. 어둡기도 하고, 무엇보다 내 스커트가 문에 달린 뾰족한 연철 장식에 걸릴 게 뻔했기 때문이다. 빌어먹을 스커트, 정문은 그렇다 치고, 보아하니 이 망할 스커트는 여자들이 밖에 나가 어떤 흥미진진한 일도 못 하게 하려는 악의적인 의도를 갖고 만들어진 듯했다…….

잠깐, 정문이 나타났다.

그런데 희미한 불빛 사이로 레이스 세공 모사품처럼 줄 세공이 있는 왠지 남성스러운 단단한 금속 물체가 어렴풋이 앞쪽으로 보였다.

게다가 어디서 달구어진 철 깡통 같은 냄새도 훅 풍겨왔다. 다름 아닌 랜턴이었다. 잠시 후 뜻밖에 나타난 랜턴 불빛에 적응되자 정문 같아 보이는 검은 윤

곽 사이로 형체 하나가 드러났다. 웬 키 크고 마른 남자가 서 있는 듯한 실루엣이었다. 아니, 자세히 살펴보니 그 남자는 구부정한 자세로 거의 웅크린 채 행여나 들킬세라 어딘가 은밀한 몸짓을 취하고 있었다.

나는 여행용 가방에서 미리 옮겨 코르셋 앞쪽 칼집에 넣어둔 단도 자루에 슬며시 손을 뻗었다. 하지만 단도에 손을 대진 않았다. 문득 흥미로운 생각이 떠올랐기 때문이다. 충분한 정보도 없이 상황을 단정해버리는 건 중대한 실수라는 걸 상기하며 난 진입로에서 벗어나 풀밭의 가장자리로 가기 위해 발걸음을 옆쪽으로 길게 내디뎠다. 그러고는 숨을 죽인 채 사뿐사뿐 그 정체불명의 잔디 위 남자에게로 다가갔다. 가까이서 보니 남자는 혹여나 빛이 새어 나올세라 뚜껑을 씌운 랜턴을 들고 있었다. 왜 정문에 달린 맹꽁이자물쇠를 여는 남자들이 빛을 비출 요량으로 썼을 법한 그런 랜턴 있지 않은가.

남자가 약간 움직이자, 랜턴 불빛이 비치면서 디어스토커(옆에 천으로 만든 귀덮개가 달려 있어 덮개를 위로 올려 묶는 캡 유형의 사슴 사냥용 모자-역주)의 챙 아래로 옆모습이 똑똑히 드러났다.

나는 웃으면서 부드럽게 남자를 불렀다. "걱정 마요, 셜록 오빠. 제가 넘어갈게요."

정문 맞은편에서 토끼처럼 화들짝 놀라는 오빠의 모습에 반가움이 밀려왔다. 귀덮개가 달린 모자를 쓴 오빠의 모습은 영락없는 토끼였다. 그때 놀라 벌떡 일어서던 오빠가 자기도 모르게 철재 정문 쪽으로 랜턴을 차면서 철커덩 쇳소리가 났다.

"쉿!" 마치 그 당혹스러운 철커덩 소리의 장본인이 나라도 되는 양 오빠가 내뱉었다. 하지만 우리 둘 다 '쉿'을 들먹이기엔 이미 너무 늦은 상황이었다. 캄캄한 어둠 속에서 가느다란 촛대에 꽂힌 촛불이 인근의 창문 같은 곳을 향해 불쑥 움직이는 게 보였기 때문이다……

바로 저택 관리인의 오두막이었다!

이런 멍청이! 하지만 스스로를 탓할 시간 따윈 없었다. 일단 난 스커트를 무릎 위로 홱 잡아당긴 뒤, 아무도 보지 못하도록 셜록이 랜턴을 끄는 순간 바로 정문으로 달려가 훌쩍 정문을 기어올랐다.

맙소사, 지금 우리 눈엔 뵈는 게 아무것도 없었다.

정문 꼭대기에 다다르자 오빠가 내 겨드랑이 밑으로 손을 넣어 날 들어 올리는 게 느껴졌다. 마치 무슨 가벼운 깃털이라도 되는 양 날 끌어당겼다. 그런데 그때, 아니나 다를까, 스커트가 뭔가에 걸렸다. 하지만 오빠는 걸린 부분을 거칠게 떼어낸 뒤 내달리기 시작했다. 여전히 날 번쩍 들어 안은 채!

"내려줘요." 내가 볼멘소리로 말했다.

결국 오빠는 날 내려줬지만 그건 단지 오빠가 무언가에 걸려 넘어지는 바람에 나까지 내동댕이쳐졌기 때문이었다. 난 가쁜 숨을 몰아쉬며 바닥에 널브러져 있었다. 그런데 그때 뭔가 말도 못 하게 묘한 촉감이 느껴졌다. 뭔가 거대한 녀석이 내 얼굴을 간지럽히고 있었던 것이다. 그 불편함의 근원이 내 위에서 힝힝거리기만 했어도, 난 그 정체가 말이란 걸 바로 알아채고는 숨을 고르자마자 냅다 비명을 내질렀을 것이다. 하지만 녀석은 안 그랬고, 난 아무 일도 없었다는 듯 일어나 앉았다. 그러자 그 짐승 녀석 역시 유유히 내 모자를 씹어 먹기 시작했다. 나는 그 성가신 녀석을 손으로 밀어내기 시작했다. 하지만 이내 마음을 고쳐먹고는 말고삐 옆쪽의 가죽끈을 잡고 몸을 일으켜 세웠다. "셜록 오빠?" 짙은 어둠 속에서 내가 속삭였다. 갑작스러운 두려움에 목소리가 떨려왔다. 혹시 오빠가 머리라도 부딪힌 건 아닐까? 다친 건 아닐까? 어디 목이라도 부러져 근방에 누워 있는 건 아닐까?

오빠는 보이지 않고 나무숲 사이로 어른거리는 랜턴 불빛만 눈에 띄었다. 랜턴의 주인공은 다름 아닌 우리를 찾고 있던 그 저택 관리인이었다.

그때 친숙하고 위압적인 목소리가 내게 명령했다.
"이쪽이야, 에놀라. 수레에 타!"

나는 오빠의 목소리가 들리는 쪽을 따라 더듬더듬 걸어가며 속삭였다. "오빠, 괜찮아요?"

"수레에 타!" 그때 말의 꼬리 위쪽에서 가늘면서도 놀랍도록 힘센 근육질의 손이 내려오더니 내 팔을 잡아 날 수레로 들어 올렸다. 그렇게 오빠가 말을 돌려 채찍질을 하며 수레를 모는 동안, 난 속도는 느려 터졌는데 통통 튕기면서 요란하기만 한 수레의 나무 바닥에 널브러진 채 팔다리를 마구 허우적대는 모습으로 실려 갈 수밖에 없었다.

그러니까 내 말은 한 치 앞도 보이지 않는 어둠 속에서 급히 말을 몰 순 없던 터라 이렇게 터덜터덜 갈 수밖에 없었단 뜻이다. 그런데 실은 과연 오빠가 길은 알면서 말을 몰았는지에 대해선 의구심이 좀 든다. 얼핏 보면 말이 오빠를 끌고 가는 모양새였기 때문이다. 왜 보통 말들은 초자연적인 회귀본능과 방향 감각을 이용해 자신들의 마구간으로 돌아가는 능력을 보유하고 있지 않은가.

몇 분 후 셜록은 말을 멈추고 고삐를 잡은 뒤 수레 앞쪽의 각 모서리에 있는 랜턴을 켜기 위해 내려갔다.

그때쯤은 나도 어느 정도 중심을 잡은 상태였다. 셜록이 말을 멈춘 것으로 보아 더 이상 몰래 움직이거나 침묵할 필요는 없어 보였기에 내가 물었다. "그런데 오빠는 어쩌다가 톰 덥스의 행세를 하게 된 거예요?" 셜록은 원래 머리 모양으로 돌아온 상태로 트위드 정장을 입고 있었다.

"톰 덥스는 그냥 제 목적에 전념했을 뿐이다." 다시 수레에 올라 고삐를 틀어쥔 오빠가 혀 차는 소리로 말에게 신호를 보내며 빨리 걷도록 했다. "그 저택 관리인은 분명 주인에게 보고하러 갔을 거야." 그리고 이렇게 덧붙였다. "혹시 추적당할까?"

"그렇진 않을 듯해요. 제가 볼 때 캐디 경은 그렇게 적극적으로 대응할 사람 같지 않아요. 게다가 그자가 사람을 보낸다고 해도 우리가 두려워할 건 없죠, 뭐. 이제 오빠도 더 이상 보잘것없는 농군의 자손이 아니라 대단한 명성을 지닌 탐정으로 돌아온 상태니까요."

"맞는다." 오빠는 단 한 마디로 위대한 셜록 홈즈로서 자신의 권위를 인정했다.

나는 별 하나 없는 밤하늘을 무심코 쳐다보며 말했다. "톰 덥스로 변장했을 때 죽은 것으로 추정되는 펄리시티 러드클리프 부인에 대해선 좀 알아냈나요?"

"아니, 하지만 도망 중인 의문의 젊은 여성이 던헨치

홀에 잡혀 있다는 이야기는 전부 들었다. 그곳 하인들이 널 아주 쓰리핀치스의 화젯거리로 삼고 싶어 안달이 났더구나. 게다가 바람둥이 기질이 다분한 던헨치가 과연 널 아침에 경찰 지구대로 안전히 데려다줄지도 의문이었고."

"데리러 와줘서 고마워요…… 그런데 정문을 연 뒤엔 대체 어쩔 작정이었어요?"

"내가 뭘 하려고 했든 지금 와서 그게 중요하니?" 다른 말로 오빠는 아무 생각도 없었단 뜻이다. "넌 담쟁이덩굴을 타고 빠져나온 것 같던데, 맞니?"

"어떻게 빠져나왔든 그것도 중요하진 않죠." 내가 턱을 당기며 새침한 표정으로 말했다. "하지만, 던헨치 홀을 짧게라도 방문한 건 보람이 있었어요. 우리 의뢰인의 언니가 살아 있고, 정신병원에 수감되어 있다고 믿을 만한 단서를 발견했거든요. 그러니 그녀가 해를 당하기 전에 얼른 구해야 해요."

나는 자못 놀란 오빠의 입에서 감탄사가 나올 걸 기대했다. 하지만 그런 건 없었다. 오히려 잘못 배달된 소포에 관해 묻듯 싱겁게 물었다. "어느 정신병원인데?"

"그건 남기지 않았어요. 그래서 그 남기지 않았다는 사실로 추정컨대 아마도 둘 중 하나일 듯해요. 그녀도 몰랐거나, 아니면 그림에 정신병원 이름까지 넣기엔 어려웠거나."

"에놀라," 얼핏 애정 어리게 들리는 말투로 오빠가 말했다. "너도 왓슨처럼 앞대가리는 잘라먹고 결론부터 말하는 안타까운 버릇이 생겼구나. 어디 네가 찾아낸 걸 차근차근 말해보렴."

고로 난 그렇게 했다. 펄리시티 부인의 방에서 사라진, 입에 담기 민망한 것들부터 이야기했다. 캄캄한 주변 덕분에 내 빨개진 얼굴은 드러나지 않았다. 또한 가려져 있지 않은 거울이며, 펄리시티 부인의 임종 사진만 빠진 사진첩, 하인들의 이상한 행동, 그리고 특히 도슨에 관해 이야기했다. 수채화 속에서 발견한 감춰진 메시지에 대해서도 길게 전했고, 캐디 경이 불쾌한 사람이었다는 인상도 전했다. 그렇게 이야기를 전하면서도 난 우마차 랜턴의 흔들리는 불빛이 캄캄한 어둠을 넘어 힐끔힐끔 비추던 담장, 산울타리, 혹은 풀로 뒤덮인 산비탈의 광경 또한 놓치지 않았다.

아직 내 마음속엔 펄리시티 부인에 관한 상당히 많은 부분이 미궁으로 남아 있었다. "전 캐디가 사망진 단서로 어떤 문서를 내밀었는지 무척 궁금해요. 그래서 아침에 등기소가 문을 열자마자 가보려고요."

그러자 셜록이 대꾸했다. "그럴 필요 없다. 그건 내가 알아서 하마."

"아뇨, 제가 갈 거예요."

"등기소는 내가 가는 게 나을 듯하구나."

오빠는 남자인 데다 실크해트도 착용한 터라 오빠 말도 일리는 있었다.

"제가 가야 해요. 원한다면 따라오셔도 좋아요."

"퍽도 고맙구나." 오빠가 점잔빼는 어투로 말했다.

"천만에요."

11장

 그날 밤 우리는 여관에서 묵었다 — 그곳은 오빠 없이 갔을 때 날 무례하게 외면했던 바로 그 여관이었다 — 다음 날 아침, 우리는 단 몇 시간만 눈을 붙인 채 지체 없이 등기소로 갈 채비를 했다. 아침 식사를 마친 캐도건 경이 무슨 불쾌한 일이라도 벌일까 걱정되었기 때문이다.

 난 옷을 입느라 고생을 좀 했다. 한번 망가진 녹색 드레스가 다시 한번 망가진 상태였기 때문이다. 하는 수 없이 여분의 노란 미나리아재비 드레스를 입었다. 게다가 내겐 녹색 리본이 달린 망가진 모자가 전부였다. 아무리 자유로운 어린 시절을 보냈다 한들, 모자도 없이 공공장소에 나설 순 없는 노릇이었다. 별수 없이 난 망가진 부분들을 잘라낸 후, 놀라우리만치 초라하고 장식 하나 없는 그 모자를 다시 썼다. 런던으로 돌아가기만 하면 꼭 잘 차려입겠노라고 다짐하면서!

등기소에서 캐디의 기록이 담긴 서류를 찾아낸 덕분에 런던으론 예상보다 더 빨리 돌아갈 듯했다. 등기소 직원은 마치 서류 왕국의 육중한 왕 같은 모습으로 우리의 요청 — 마이젤라 하스켈 러드클리프의 혼인관계증명서와 사망진단서를 떼어달라는 셜록의 요청과 펄리시티 글러버 러드클리프의 혼인관계증서와 사망진단서를 떼어달라는 내 요청 — 에 응했다. 이곳 쓰리핀치스의 서류 왕국을 통치하는 게 셜록이나 내가 아닌 바로 자신이라는 걸 입증하기라도 하듯 직원은 아주 느릿느릿 서류를 작성했다.

뭐, 상관은 없었다. 어차피 때가 된 후 직원은 그 서류를 우리에게 넘겼으니까! 서류를 들여다보니 혼인 사실은 꽤 화려한 테두리로 장식된 미색 종이에 네모난 구성의 글자배열로 기록되어 있었다. 반면에 사망 사실은 길고 좁은 짙은 회색 종이에 엄숙한 문구로 기록되어 있었다.

셜록이 마이젤라의 기록을 죽 훑어보며 서 있는 동안, 나는 등기소의 딱딱한 벤치에 앉아 플로시의 결혼 기록 — 주례 성직자 명, 결혼 날짜 등 — 을 살피며 메모를 했다. 그때 플로시의 죽음에 관해 훨씬 흥미로운 내용이 눈에 띄었다. 사망 기록을 보니, 플로시의 불운한 최후를 등기소에 알린 사람은 남편이었고 남편은 던헨치 백작, 플로시는 그의 아내로 되어 있었다. 또 플로시는 사망 당시 나이는 스무 살이었으며 사인은 열병으로 되어 있었다. 정보제공자(캐디)는 *아직 중년이 안 된 모습에 누가 봐도 건강하고 차분하며, 점잖은 백작*으로 묘사된 반면, 캐디의 저택에 대해선 더 간략하게 '던헨치 홀'로 묘사되어 있었다. 그다음엔 법률에 따라 음울한 회색빛 사망 기록부에 함께 철해둔 사망진단서도 눈에 띄었다.

사망진단서엔 플로시의 사망원인이 상세 불명의 열병이라고 기록되어 있었다.

그런데 그때 의학박사 존 H. 왓슨의 서명이 눈에 띄었다.

왓슨 박사? 우리의 친구 왓슨?

영 불가능한 일도 아니었다. 서리주는 런던에서 가까운 거리 아닌가. 그렇지만 영국에 존 H.란 이름을 가진 의학박사가 어디 왓슨 한 명뿐인가? 게다가 그중 왓슨이란 성을 가진 사람도 한 명은 아닐 것 아닌가?

나는 꽥 소리를 지르거나 의미심장한 눈빛을 보이지 않으려고 애쓰며 벌떡 일어나 그 진단서를 셜록에게 보여주었다. 셜록의 눈썹이 꽤 치켜 올라갔다.

"첫 번째 부인의 사망진단서에는 누가 서명했어요?"
내가 물었다.

"아무도. 십 년 전엔 사망진단서가 요건이 아니었거든. 러드클리프 경은 마이젤라 부인이 단순히 뇌염으로 쓰러졌다고 등기소에 알렸어. 아무래도 이제 다시 런던으로 돌아가야 할 것 같구나, 어찌 생각하니?"

물론 나도 그렇게 생각했다.

인근의 쓰리핀치스 주민이 혹시 우리 얘길 엿들을세라 더는 말하지 않았다. 그러고는 빌린 마차를 타고 도킹에 도착해 전보를 쳤다. 그러니까 하나는 레티샤 글러버 양에게 오후 4시 이후 베이커가 221번지로 방문해달라는 전보였고, 다른 하나는 왓슨 박사에게 펄리시티 글러버 러드클리프의 사망진단서에 최근 서명한 적이 있는지 전언을 남겨달라는 전보였다. 그러고나서 우리는 런던으로 가는 다음 기차를 탄 후 둘만의 칸을 확보했다.

마침내 오빠와 사적인 대화를 나눌 수 있었다. "오빠는 왓슨 박사의 서명을 알아볼 수 있지 않나요?"

"당연하지. 사실 네가 보여준 건 왓슨의 필체가 아니었단다. 하지만 더 논의하기 전에 증거를 기다려보자."

오빠는 말없이 깊은 사색에 빠졌고, 난 예의범절 따

원 아랑곳없이 빅토리아 역에 도착할 때까지 발을 올리고 잠이 들었다.

이후 우리는 각자 할 일에 돌입했다. 곧 셜록은 왓슨 박사의 사무실로 문의를 하러 갔고, 나는 다른 모자로 갈아 쓰기 위해 전문 여성 클럽의 내 숙소로 갔다. 물론 그 전에 목욕을 하고, 머리를 빗고, 드레스를 갈아입는 등 단장을 했다. 더 늦은 오후, 베이커가로 돌아왔을 때 내 옷차림은 밝지 않은 금으로 가장자리를 처리한 적갈색의 모슬린 드레스에 최신 유행의 매혹적인 모자를 쓴 흠 잡을 데 없는 차림새였다. 뒤쪽으로 눌러쓴 모자는 앞쪽이 봉긋 솟아 있었고, 챙 밑으로 찔러 넣은 풍성한 가을빛의 꽃봉오리 장식이 달려 있었다.

"모자가 꼭 소형구축함 같구나. 함장도 있어야겠는걸?" 오빠의 거실에 들어서는 나를 보며 셜록이 말했다. 물론 오빠는 지난 십 년 동안 거의 변함없이 입어 온 흠 잡을 데 없는 도시 의상 차림이었다.

"암요, 오빠도 잠시지만 잘 있었지요? 참, 왓슨 박사에게서 연락은 받았나요?"

"아직이다."

"거참 걱정이네요." 난 장갑과 양산을 한쪽에 둔 채 그림을 그릴 수 있도록 오빠의 책상에 자리를 잡았다.

아무래도 곧 필요해질 것 같아서 말이다. 곧이어 현관 벨 소리가 들렸고, 허드슨 부인의 안내를 받으며 레티샤 글러버 양이 나타났다.

"글러버 양." 셜록이 장갑 낀 그녀의 손을 잡고 정중히 손등에 입을 맞췄다.

"안녕하세요, 글러버 양." 내가 손을 맞잡고 흔들자 환대해주어 고맙다는 듯 그녀가 미소 지었다. 전처럼 남성스러운 의상에 색깔 ― 이날은 진자주색과 복숭앗빛 분홍색 ― 만 여성스럽게 맞춰 입은 그녀가 호소하듯 날 바라보았다. 옷깃은 장밋빛인데 창백한 낯빛에 근심 어린 눈을 동그랗게 뜬 모습이었다.

나는 그저 위로할 목적으로 글러버 양에게 격려의 말을 전했다. "절망하지 마세요, 글러버 양! 당신 말처럼 우리에겐 당신 언니가 살아 있다고 믿을 만한 충분한 근거가 있어요."

"그저 약간의 조짐이 보인다는 거죠." 셜록이 신중한 어투로 내 말을 누그러뜨렸다. "앉으시죠, 글러버 양."

글러버 양은 그렇게 했지만 내 쪽으로 시선을 돌리며 다시 큰 소리로 말했다. "아! 그런데 알아내신 게 좀 있나요? 제발 바로 말씀해주세요!"

셜록이 내게 눈짓했다. 내가 글러버 양의 희망을 키운 장본인이니 이 매력적인 젊은 여성과 이야기하는 과제도 내가 맡으라는 뜻이었다.

나는 우리의 의뢰인 쪽으로 의자를 더 가까이 끌어당겼다. 그러고는 글러버 양과 거의 무릎을 맞대고 앉은 채 말했다. "던헨치 홀에 가서 캐도건 러드클리프 경을 만났어요. 그런데 백작은 매력적인 겉모습과 달리 불쾌한 구석이 좀 있더군요. 그러니까 백작이 당신의 편지를 읽지도 않고 불 속에 던지는 모습을 봤거든요."

글러버 양이 숨을 헐떡이며 장갑 낀 손을 다급히 입가로 가져갔다.

"게다가 특별한 이유도 없이 절 침실에 가두었어요. 바로 당신 언니의 침실에요."

순간 글러버 양의 검은 눈동자가 커지며 동공이 팽창했다. 나는 글러버 양에게 자신감을 주기 위해 그녀에게로 몸을 기울였다. "글러버 양, 당신도 언니처럼 그림을 잘 그리시나요?"

"아뇨, 전혀요!" 글러버 양이 언니의 재능을 언급하며 입가에서 손을 떼더니 허공에 대고 고리 모양을 만들거나 나선 모양을 그렸다. "플로시는 뭘 그리든 정확히 묘사해내는 능력이 있었어요. 게다가 구도를 잡는 데 있어서도 천부적인 재능을 드러냈죠! 언니는 제게 황금비율은 물론 그 황금비율이 달팽이 껍데기 같은 외향형 나선에 어떻게 나타나는지 설명해주려고 애썼어요. 하지만 전 전혀 이해하지 못했죠! 그래도 전 언니의 그림들이 얼마나 우아한 비율과 곡선을 살려 그려졌는지 알아볼 수 있답니다."

나는 힘차게 고개를 끄덕였다. "그게 바로 제가 당신 언니의 그림에서 발견한 점이에요. 그러니까 언니 되시는 플로시 부인의 작업실, 곧 내실의 이젤에서 이런 그림을 발견했을 때, 음, 부디 제 표현을 양해 바라요, 어딘가 묘한 느낌이 들었답니다."

내가 뭔가 상당히 잘못된 것 같다는 몸짓으로 기억에 의존해 그린 그 연필 스케치를 보여주자 그녀가 관심을 보이며 말했다. "아니, 대체 플로시는 왜 이런 그림을 그린 걸까요?"

"제 말이요. 그런데 자세히 보니 당신의 언니는 데생용 크레용으로 특정 부분을 칠해놓았더군요." 나는 책 위에 연필 스케치를 올려놓은 후 다시 그 위에 플로시의 숨겨둔 글자들을 연필로 표시했다. 글러버 양의 의자 뒤에 있던 셜록도 이 모습을 지켜보았다. 내가 INSANE ASYLUM(정신병원)이란 철자를 말하자 티쉬가 다시 입을 가리며 애써 목멘 소리를 참았다.

셜록이 중얼거렸다. "기발하군."

"네," 내가 맞장구쳤다. "맞아요. 아마 부인은 자신을 정신병원에 집어넣으려는 남편의 음모를 짐작했던 모양이에요."

 셜록이 괜한 트집을 잡으며 말했다. "단 캐디의 전 부인인 마이젤라를 언급한 게 아니라면 그럴 수 있지."

 티쉬가 또 한 번 숨을 헐떡이며 흐느꼈다. "셜록 오빠," 내가 퉁명스러운 어투로 말했다. "지식인 납셨네요. 전 플로시 부인이 살아 있을 거라고 확신해요. 부인의 화장대 서랍에 있어야 할 물건들이 사라진 게 그 증거죠."

 숨을 고르던 티쉬가 숨소리를 죽이고 날 쳐다보며 손을 뻗었다. 셜록이 고집스럽게 말했다. "정확히 어떤 물건들을 말하는 거니?"

 아하, 이렇게 나오면 내가 얼굴이라도 붉힐 줄 알았나? 빌어먹을. 나는 주저 없이 오빠에게 쏘아붙였다. "*살아 있는 젊은 여성이라면 한 달에 한 번 꼭 필요한 물건들이요.*"

 결국 얼굴을 붉힌 쪽은 오빠였다. 그 귀족적인 허여멀건 매부리코에 홍당무가 된 얼굴을 홱 돌리는 모습이라니 그야말로 통쾌하기 그지없었다.

 티쉬가 흐느꼈다. "그렇담 제 언니는 어디 있는 걸까요? 어느 정신병원에 있는 걸까요?"

 "문제는 그거예요." 셜록이 금방 자제력을 되찾으며 말했다. 그런데 때마침 현관 벨이 울리며 우리 모두 동상처럼 숨죽인 채 귀만 쫑긋 세우고 있어야 할 일이 일어나지 않았다면, 분명 오빠는 그 문제를 장황하게 늘어놓았을 거다.

잠시 후 우리를 향해 계단을 뛰어 올라오는 사내아이의 발소리가 들렸다. 이윽고 셜록이 사환을 만나러 나갔다가 종이 한 장을 들고 왔다.

"왓슨에게서 온 쪽지야." 오빠가 말했다. "역시 우리의 의심과 희망은 모두 사실이었구나. 왓슨 박사의 서명은 위조되었고, 고로 그녀의 사망진단서는 허위라는 내용이다."

12장

한시라도 빨리 언니를 찾고 싶었던 티쉬는 서리주에 있는 모든 정신병원의 이름을 간절히 알고자 했다. 나는 티쉬의 의견에 상당히 공감하면서도 왠지 캐도건 경이라면 아내를 저택에서 좀 더 멀리 떨어진 곳으로 보냈을 듯했다. 그러니까 정신병원과 요양 병원, 그리고 지적장애자들과 백치, 기타 심신장애자를 위한 다양한 이름의 시설들이 있는 런던 말이다. 티쉬는 내게 언니가 '정신병원'이란 구체적 단어를 쓴 것을 다시 한번 상기시켰다. 그 말에 난 플로시가 '세인트 메릴본즈 위험군 정신병자 수용소' 같은 긴 표현 대신 그저 정신병원이란 간결한 표현을 선택한 듯 보인다고 밝혔다. 곧 백치를 위한 얼스우드 어사일럼Earlswood Asylum 같은 곳도 간과해선 안 된다는 뜻이었다. 티쉬가 내 말에 수긍하듯 고개를 끄덕이다가 다시 탄식을 내뱉었다. "오, 불쌍한 플로시."

소파에 앉아 왓슨의 쪽지를 접고 펴기를 반복하며 마치 정신이 딴 데 팔린 듯 보이던 셜록이 갑자기 일어섰다. 그러더니 "최선을 다해 언니분을 찾겠습니다."라는 위엄 있는 마지막 말을 건네고는 고개를 약간 숙인 채 한쪽 팔을 문 쪽으로 뻗으며 우리의 의뢰인에게 떠날 때가 됐다는 신호를 보냈다.

하지만 티쉬는 그대로 앉아 있었다. "언니 찾는 걸 도우러 가면 모를까 그 외엔 아무 데도 안 갈 거예요."

"그건 안 될 말입니다." 셜록이 특유의 매력적인 어투로 말했다. "여기저기 돌아다니는 것보단 던헨치에 가서 정보를 캐내는 쪽이 훨씬 효율적일 거예요. 제가 지금 그 일을 하려는 거고요."

"물론이죠, 그렇게 해주세요. 그동안 전 말씀하신 대로 '여기저기 좀 돌아다녀볼' 생각이에요." 입술을 앙다물고 턱을 쳐들며 티쉬가 홈즈를 정면으로 주시했다.

셜록은 한발 양보해 마치 아이를 타이르듯 말했다. "그렇다면, 동행해줄 오빠나 삼촌 같은 믿을 만한 남성이 있으신가요?"

"제겐 플로시 말곤 아무도 없어요. 그건 플로시도 마찬가지고요."

"자신을 지키는 게 더 큰 의무예요. 괜히 갔다가 어떤 위험에 직면하게 될지 생각해보셨나요? 게다가 그런 위험한 여정에 여자 혼자라뇨?" 셜록의 꽤나 합리적인 어투에 상당한 짜증이 배어 있었다.

"글러버 양은 혼자가 아니에요." 내가 끼어들었다. "제가 함께 갈 테니까요."

셜록이 내게 고개를 돌렸을 때, 오빠의 태도는 이미 상당히 변해 있었다. 어찌나 뚫어져라 쳐다보던지 하마터면 오빠에게 넘어갈 뻔했다. 이제 오빠의 인내심도 한계에 다다른 눈치였다. "에놀라, 바보같이 굴지 마!"

걱정하는 오빠의 마음을 느끼며 내가 미소 띤 얼굴로 말했다. "오빠, 이미 절 말릴 수 없다는 걸 아시잖아요." 나는 일어나 장갑과 양산을 챙긴 뒤 티쉬에게 손을 내밀었다. 그러자 티쉬도 나와 동행하기 위해 일어서며 내 손을 잡았다.

셜록이 고조된 어투로 호소했다. "하지만 두 사람이 뭘 할 수 있을 것 같니?"

"느긋하게 한번 지켜보세요."

"걱정해주셔서 감사해요, 홈즈 씨."

그렇게 티쉬와 나는 천연덕스레 팔짱을 끼고 의기양양하게 셜록의 숙소를 떠났다.

우리는 가장 가까운 찻집에서 수분 섭취를 위한 음료와 꽤 늦은 오찬을 들기 위해 멈췄다. 오찬 메뉴는 어육 페이스트와 샌드위치, 롤리 폴리 푸딩, 그리고 꿀에 담근 사과 조각이었다. 티쉬가 날 불렀다. "홈즈 양……."

"에놀라라고 불러주세요. 아니면 유도리아, 아니면 하다사, 아니면 헤이프니 터펜스, 아니면 뭐든 부르고 싶은 이름으로요." 내가 호들갑을 떨며 말을 이었다. "아시다시피, 티쉬, 전 당신과 플로시를 매우 좋아하게 됐어요. 비록 플로시는 만난 적도 없고, 당신은 거의 알지도 못하지만요."

이 말에 티쉬는 실종된 언니에 대한 두려움 가운데서도 살짝 미소를 지어 보였다. "에놀라 양, 당신의 호의에 정말 감사드려요. 분명 플로시도 그렇게 여길 거예요." 그러고는 문득 미소가 가신 얼굴로 말을 이었다. "그런데 전 어떻게 정신병원에 들어갈 수 있을지 전혀 감이 안 와요."

"저도 그래요. 그건 왓슨에게 물어봐야 할 것 같아요."

"게다가 전 돈도 조금밖엔 없어요."

"아, 전 상당히 많아요. 이 손에 묻은 꿀만큼이나요." 그때 내 손은 꿀에 담긴 사과 조각을 집어 먹느라 꽤

끈적끈적해진 상태였다. "이제 생각은 그만해요. 자, 말해봐요, 티쉬. 이렇게 아름다운 빛깔의 조끼는 어디서 구한 거죠?"

"절 위해 특별히 만든 조끼예요. 제 유일한 사치품이죠." 티쉬는 차를 두 잔째 홀짝이고 있었지만, 다른 음식을 충분히 먹기는 어려워 보였다. "전 이렇게 입기 시작했어요." 그녀가 침울한 어투로 덧붙였다. "언니와 달라 보이기 위해서요." 언니는 크게 손쓰지 않아도 참 아름다운 사람인데 왜 전 그런 언니랑 그렇게 달라 보이려고만 했을까요? 지금 와보니 그런 옹졸한 생각을 한 제가 참 딱했다 싶어요."

"전혀요. 남이 아닌 나만의 모습으로 보이고 싶은 건 지극히 정상이죠. 저도 마찬가지인걸요. 저도 어른으로 변장하기 전엔 헐렁한 반바지를 입곤 하는 별난 존재였어요."

이 말에 티쉬는 거의 소리 내어 웃을 뻔했다.

"저도 당신처럼 입고 싶어요." 나도 때론 그러고 싶다는 의미로 내가 솔직하게 덧붙였다. 사실 난 새로운 패션이라면 사족을 못 썼다. 수십 년간 크리놀린(긴 스커트 속 후프형 테두리 모양으로 스커트의 실루엣을 돋보이게 해주던 버팀대-역주)과 허리받이의 시대를 거쳐 마침내 폭 좁은 수직형 디자인이 유행을 탔고, 어느새 난 확실히 수직형 드레스 인간이 되어 있었다.

우리는 차를 다 마신 뒤, (그리고 찻집 직원이 손을 씻을 수 있도록 레몬 띄운 시원한 물 대야를 가져온 뒤) 마차를 타고 왓슨 박사의 사무실로 갔다. 왓슨 박사는 기쁘게 날 맞이한 다음 염려 섞인 눈빛으로 셜록의 상태를 물었다. 셜록이 훨씬 나아졌다는 소식을 듣자 이제 왓슨은 나와 티쉬를 엄청 세심히 배려하며 감히 내과 의사인 자신의 서명을 위조한 사실에 분개했다. 그러면서 단언하기를 그 일을 저지른 자와 담판을 벌이겠노라고 말했다. 그 후, 우리는 조심하라는 왓슨의 당부를 뒤로한 채 런던 요양소 목록을 들고 지체 없이 그곳을 떠났다. 아마 곧 죽을지도 모를 환자, 그러니까 심각한 기저귀 발진을 앓고 있는 아기를 돌보는 상황만 아니었다면, 그 선량한 왓슨 박사는 우리와의 동행을 자청했을 것이다.

다만 그땐 뭔가 시작하기엔 너무 늦은 밤이었다. 게다가 난 전날 밤잠을 설친 탓에 턱이 아플 정도로 하품을 해대는 상황이었다. 그래서 티쉬와 난 왓슨의 사무실 밖 인도에서 악수를 하고 헤어진 뒤 다음 날인 토요일 아침에 다시 만나기로 했다.

"토요일엔 무슨 일이 있어도 반차를 내려고요." 그녀가 말했다.

"그럼 사무실에서 일하시는 건가요?"

"요즘엔 파트타임으로 일하고 있어요. 하지만 집에서 타자기로 일하는 게 더 좋아요. 그래서 타자기를 살 만큼 돈을 모았을 땐 하늘을 나는 기분이었어요."

"덕분에 당신만의 독특하고 매력적인 명함도 만들었고요."

그녀의 얼굴 위로 미소가 번졌다.

아침에 내 옷차림은 티쉬처럼 간단한 블라우스, 스커트, 재킷을 입은 차림새였다. 물론 내겐 그녀와 똑같이 보일 만한 폭넓은 스카프와 조끼는 없었다. 게다가 중산모도 없어 평범한 밀짚모자로 때웠다. 약속한 대로 우리는 아침에 만나 식사를 했고 티쉬는 내 복장을 눈여겨보며 살짝 미소만 지을 뿐, 재치 있게 아무 말도 하지 않았다.

그날 아침 우리는 둘 다 조용하고 진지한 모습이었다. 중대한 만큼 부담스러운 일을 앞둔 상태였기 때문이다. 우리는 차를 마신 후 베들레헴의 성모 마리아, 곧 베들램으로 알려진 유서 깊은 보호 시설로 향했다. 왓슨 박사 말에 따르면, 그곳에선 일요일을 제외한 모든 요일에 안내원을 고용해 마치 동물원의 동물처럼 정신병원 환자들을 만나볼 수 있었다.

우리가 탄 마차가 마치 공장과 요새를 섞어놓은 듯 거대한 돌과 벽돌로 이루어진 건물에 멈췄다. 죽 늘어선 창문, 박공판, 탑이 일사불란한 균형을 이루고 있는 베들램은 마치 정신질환자를 외부적으로 격리하기 위해 지어진 듯했다. 건물 전체를 감싸는 높은 벽, 그리고 그 벽에 달린 인상적인 문설주가 보이는 가운데, 그 옆을 지키던 경비원이 우리를 막아섰다. 하지만 방문 목적을 설명한 뒤 돈을 건네자, 그들은 우리를 위해 안내원을 불러주었다. 안내원은 꽤 튼튼하고 평범한 하얀색 앞치마로 뒤덮인 담청색 간호사복을 입은 풍만한 여성이었다. 그런데 뒷부분이 꼬리처럼 내려온, 주름 장식이 달린 특이한 모자를 쓴 채 현실에 안주하는 듯한 가식적인 미소를 짓고 있는 걸 볼 때, 아마 이곳에서 거의 가장 높은 지위를 지닌 직원이 아닐까 싶었다.

"여성 병동만 보고 싶은데요." 내가 안내원에게 말했다. "이곳 환자들은 성별로 구분하고 계시죠?"

"네, 맞아요." 안내원은 우리를 큼지막한 정문 안쪽으로 데려간 후 왼쪽으로 돌아갔다. 그 후로는, 마치 악몽을 꾼 뒤의 기억처럼 그저 단편적인 장면만 기억날 뿐이다. 그곳에선 여자들, 그러니까 수많은 여성이 서로 대화도 하지 않고 멍하니 쳐다보기만 한 채 신음

소리를 내거나, 울부짖거나, 훌쩍이거나, 아니면 단조롭게 웅얼거리고 있었다. 개중에는 침을 흘리거나 코밑에 녹색 딱지가 앉은 여자들도 있었다. 그중 대부분은 몸도 제대로 가려지지 않는 찢어진 드레스 차림에 하나같이 맨발 상태였다.

"안타깝게도 환자들은 신발을 신을 수 없답니다. 행여나 던지기라도 하면 위험하기 때문이죠. 대체로 기력들은 없어 보여도 곧잘 싸우거든요. 특히 씻기려 들 때요."

실제 나이와 상관없이 이곳 여성들은 하나같이 늙어 *보였다.* 멍한 얼굴에 맥없이 헝클어진 가느다란 머리카락 때문이었다. 개중에는 덧대고 찢어진 드레스에 흐리멍덩한 눈초리로 조각상처럼 서 있거나, 자신들이 앉은 벤치보다 더 생기 없는 모습으로 앉아 있거나, 또는 맨바닥 한가운데 팔을 베개 삼아 웅크린 채 누워 있는 여성들도 보였다. 서 있든, 앉아 있든, 누워 있든, 이들 상당수는 엄지손가락이 없는 커다란 가죽 벙어리장갑을 낀 상태였다.

안내원이 말했다. "저렇게 벙어리장갑을 끼워두는 건 자기 옷은 물론 남의 옷까지 심하게 찢어놓는 환자들이 있기 때문이에요. 그렇다고 절대 함부로 대하는 건 아니고요. 한때는 쇠사슬에 묶어놓던 때도 있었지만 더는 그렇게 하지 않는답니다."

 병동에는 폭 좁은 침대가 일렬로 죽 놓여 있었고, 그런 사정은 복도도 마찬가지였다.

 "이곳은 겉보기에 꽤 넓은데도 불운한 영혼들로 발 디딜 틈이 없답니다."

 침대 밑으로 옹기종기 모인 채 숨어 있는 여성들이 보였다. 그중 한 명은 쭈글쭈글하고 축 늘어진 피부에 완전히 벌거벗은 상태라 재빨리 눈길을 돌려야 했다.

 "오, 이런." 그때 안내원이 벨을 눌러 누군가를 병동으로 급히 호출하더니 서둘러 앞장서 갔다. 아마 티쉬와 내가 손을 잡기 시작한 것도 이때부터였을 것이다.

 철장 안을 보니 누빔 원단 캔버스 천으로 만든 무겁고 부댓자루 같은 괴상망측한 원피스 차림의 여성들이 제각기 떨어져 있었다. 한 여성이 "내가 내 아기를 죽였어! 내가 죽인 거야!"라고 거듭 떠들어댔다. 나머지는 티쉬와 날 향해 쉭쉭거리며 야유하거나, 울부짖거나, 욕설을 퍼부었고, 몇몇은 험하디험한 불경한 말들을 꽥 내질러댔다.

 "안타깝게도, 이 환자들의 상태는 더욱 심각하답니다. 그래서 누군가를 해칠세라 철장 안에 가둬둬야 하죠. 또 갈가리 찢은 옷으로 자해라도 할까 봐 질긴 원피스를 입혀야 해요. 질긴 원피스는 구속복(정신 이상

자와 같이 폭력적인 사람의 행동을 제압하기 위해 입히는 것-역자)보단 인도적이지요. 구속하진 않고 철창 안에 가두기만 하는 거라 적어도 그 안에서 돌아다닐 수 있거든요."

아니나 다를까 그들은 여기저기 돌아다니고 있었다. 그 와중에 일부는 야생 동물인 양 우리를 공격하려고 창살로 뛰어들기도 하고, 미친 듯이 소리를 질러대기도 했다. 거의 대머리가 되다시피 머리털이 박박 깎인 채 휘둥그레진 눈으로 우리를 쳐다보는 그들은 좀체 인간 같아 보이지도 않았다.

"머리카락은 이가 생길까 봐 짧게 잘라준 거예요. 순순히 목욕할 정도로 그들을 진정시키려면 여기선 약을 먹여야 한답니다. 그래도 다른 병동에선 매주 목욕을 시켜요."

그다음 그냥 띄엄띄엄 기억나는 건, 모범 환자들이 일하던 세탁소와 블루머(예전에 체조, 승마 따위를 할 때 여성들이 입던 바지로 무릎 위 또는 밑에 고무줄을 넣어 잡아매는 형태의 바지-역주)를 입고 직원의 지시에 따라 팔 벌려 뛰기를 하던 운동장, 그리고 직원들과 일부 환자로 북적이던 부엌을 둘러봤다는 것이다.

"이곳의 불쌍한 영혼들은 런던에 있는 대부분의 공장 노동자보다 나은 삶을 영위하고 있답니다."

다음으로 안내원은 우리에게 다양한 장비를 갖춘 욕조로 가득한 수치 요법(환부를 물 및 광천에 담가 치료하는 방법-역주) 룸을 보여주고, 직류 전기성 자극 요법 기구들로 가득한 다른 치료실도 보여주었다. 그리고 예배당으로 안내하기도 했다.

"여기선 환자들이 주일 예복을 망가뜨릴까 봐 사물함도 잠가둬야 한답니다."

거기선 차라리 잊는 게 나을 뻔한 광경도 하나 목격했는데, 바로 한 병동에 수많은 환자가 머리나 몸통 혹은 사지를 결박하는 장치에 묶인 채 앉아 있거나 누워 있던 모습이었다.

"히스테리 발작 때문이에요." 안내원이 말했다.

"히스테리 발작이요?" 티쉬가 중얼거렸다.

"네, 흥분을 한다든지, 시도 때도 없이 깔깔대거나 노래한다든지, 또는 머리를 쥐어뜯거나 자해하려 들 땐 결박 외엔 답이 없거든요."

"상태가 회복되고 있거나 퇴소 예정인 사람은 없나요?" 내가 간절한 심정으로 물었다.

"있어요. 보통 산후 우울증으로 정신이상이 온 사람들은 3개월에서 일 년 이내 회복되곤 하지요. 패륜광으로 시달리다 온 사람들도 성경 읽기를 권하면 회복되곤 하고요. 또 과로, 짝사랑, 매정한 남편이나 그런 불행으로 정신이상이 온 사람들은 보통 가장 간단한 친절만으로도 도움을 받곤 해요. 자, 제가 마지막에 보여드리려고 가장 쾌적한 병동을 남겨뒀거든요. 이쪽이에요."

안내원이 우리를 인도한 곳은 다른 곳들처럼 휑하지도 북적이지도 않는 방이었다. 거기엔 겉보기로 평범하게 차려입은 십여 명의 여성이 소박하고 허름한 소파나 테이블에 앉아 옷의 구멍 난 부위에 조각을 대어 꿰매고 있거나, 뜨개질 또는 코바늘뜨기를 하고 있거나, 책을 읽고 있었다. 우리가 들어가자 그들은 고개를 들어 미소 지었다. 안내원은 우리에게 그들의 이름을 한 명 한 명 불러가며 소개해주었고, 그들은 우리가 청한 몇 마디의 대화에 정중히 응했다.

티쉬가 잡았던 내 손을 놓고 손가방에서 플로시의 사진을 꺼내 그들에게 보여주었다. "혹시 제 언니를 보신 분이 있을까요?"

매우 안타까운 표정으로 고개를 내젓는 그들 사이로 한 아일랜드 여성이 말했다. "언니분이 간 곳이 이런 데라면 이런 곳도 상당히 좋아졌으니 꼭 찾게 되실 거예요."

"저한테 얘기했으면 그분이 여기 없다는 걸 바로 말씀드릴 수 있었는데." 안내원이 볼멘소리를 냈다.

매수당해 거짓 정보를 줄지도 모르는데 어떻게 그러겠냐고 응수하고 싶었지만 난 꾹 참았다. 그러자 티쉬가 솔직하게 말했다. "언니를 제 손으로 직접 찾아야 했거든요. 그럼 여기 환자들은 다 본 건가요?"

"맙소사, 그건 아니죠. 젖소 젖을 짜는 헛간이나, 열병 환자로 득실대는 병원 건물, 또는 늘 벌거벗고 다니는 병동까지 두 분을 다 데려갈 순 없는 거잖아요, 안 그래요?"

나는 티쉬의 얼굴을 슬쩍 쳐다본 뒤 말했다. "이 정도면 된 것 같아요."

안내원은 매우 근엄한 침묵 속에서 우리를 베들램 밖으로 안내했다.

13장

마차에 올라타 우리만의 공간이 확보되자, 티쉬가 감정을 주체하지 못하고 울음을 터뜨리더니 시든 꽃처럼 웅크리고 앉아 양손으로 얼굴을 감쌌다. 나는 티쉬 옆에 나란히 앉아 손수건을 건넨 뒤 그녀를 끌어안으며 토닥거렸다. 나 역시 목구멍 아래에서 뭉클한 게 올라와 도움을 줄 어떤 말도 떠오르지 않았지만 위로하려고 애썼다. 잠시 후 티쉬는 똑바로 앉아 손수건을 얼굴에 가져다 대며 여전히 잠긴 목소리로 약한 모습을 보여 미안하다고 애써 말했다.

"전혀요." 내 목소리도 티쉬의 목소리처럼 잠겨 있었다. "저도 울고 싶네요."

"플로시가…… 이런…… 끔찍한 곳에서……." 티쉬는 또다시 온몸을 들썩이며 흐느꼈다.

"쉿." 내가 다시 그녀를 다독였다. "그 이야기는 집에 가서 하기로 해요."

집이란 바로 내 숙소인 전문 여성 클럽을 뜻하는 것이었고, 난 숙소에 도착하자마자 충혈된 눈의 티쉬가 혹여나 난처한 상황에 처할세라 곧장 위층의 내 방으로 데려갔다. 그러고는 얼굴에 시원한 물을 좀 적시도록 티쉬를 세면대로 이끈 다음 벨을 울려 차를 요청했다. 이어 티쉬를 내 하나뿐인 소파에 앉혀놓고 나는 책상에 딸린 목제 의자에 앉아 종이와 연필을 집어 들었다.

"조사 목록을 적으려고요?" 따뜻하고 친근하면서 여유를 찾은 듯 거의 짓궂기까지 한 티쉬의 목소리에 내가 미소 지었다.

"그래요, 제 조사 목록이요." 그러고서 난 이렇게 썼다.

플로시를 찾는 법

- 더 많은 정신병원을 들른다? 그래봤자 득보단 실이 많다. 게다가 티쉬의 언니를 만나리란 보장도 없다. 어차피 정신병원 직원들에게 뇌물을 먹여 티쉬를 숨겼을 테니까. 더구다나 그곳 환자들을 다 만나려면 족히 몇 달은 걸릴 것이다.

- 그렇담 모든 정신병원에 티쉬의 사진을 보내볼까? 소용없다. 그 또한 쉬쉬하도록 캐디가 뇌물을 먹였을 테니까.
- 그런데 만약 티쉬의 언니를 찾는다고 해도 과연 우리가 알아볼 수 있을까? 그런 환경에서 그녀는 어떻게 변해 있을까?

그 대목에서 나는 연필을 떨어뜨린 채 양손으로 머리를 움켜쥐었다. 새로운 생각이 뒤죽박죽 떠올라 머리가 터질 것만 같았기 때문이다.

"맙소사, 처음부터 따져봐야 할 건 이거였어!" 내가 외쳤다.

"티쉬, 과연 플로시는 어느 병동에 있을까요?"

"지금 언니는 어느 병동에도 없잖아요……."

"제 말은, 캐디가 어떤 구실로 당신의 언니를 정신병원에 집어넣었겠냐고요? 혹시 플로시가 어떤 별난 행동을 했었나요?"

"에놀라, 당연히 그런 행동 따윈 안 했죠! 언니는 천사였어요! 물론 그 사실은 지금도 변함없고요."

엉뚱한 사람에게 묻고 있단 걸 깨달았지만, 어쨌든 난 깨달은 내용을 아래와 같이 써 내려갔다.

- 히스테리? 온갖 흥분 상태, 그러니까 이런 종류의 두루뭉술한 병명을 쓰지 않았을까?
- 패륜광? 불륜적인 사고나 성향에 대한 완곡한 어법, 그러니까 질투 많은 남편들이라면 또 하나의 이런 두루뭉술한 병명을 쓰지 않았을까?
- 만약 티쉬의 언니가 캐디를 사랑했다면, 색광증(색욕의 만족에만 온 정신을 쏟는 정신병—역주)은 어떨까?
- 그게 아니라면, 혹시 불감증?
- 일단 캐디가 첫 번째 아내인 마이젤라에게도 똑같이 대했다고 가정하고, 마이젤라의 친척들에게 한번 물어봐야겠다. 대체 캐디가 어떤 구실로, 어떤 곳에 마이젤라를 가뒀는지를.

그래, 바로 이거야!

나는 티쉬에게 물었다. "지금으로선 정신병원은 그만 가기로 동의하는 거죠?"

"그래요. 어쨌든 내일은 일요일이니까요."

맞는다. 일요일에는 등기소, 도서관, 법원, 정신병원과 같은 공공기관이 문을 열지 않는다. 하지만 일요일이라도 내가 하스켈 가를 방문하지 말아야 할 이유는 없었다.

다음 날 아침, 난 청록색의 매우 우아한 외출복을 차려입고, 셜록과 대화를 하기 위해 베이커가에 들렀다. 하지만 셜록은 집에 없었다. 금요일부터 들어오지 않았다는 말을 듣고 나는 '*세인트존스에 있는 하스켈 가로 가요.*'란 메시지와 날짜를 남긴 채 서리주행 기차를 탔다. 다행히도 도킹(유료 말 대여소와 제제벨 녀석이 있던 곳)을 우회해서 갈 수 있었고, 다음 역에서 내려 점심을 먹은 뒤 말과 마부, 그리고 경마차를 빌렸다. 마차가 내 앞에 섰을 때 나는 마부에게 내 가문의 가계도를 완성하기 위해 하스켈 가 사람들을 방문해야 한다고 말했다. "아직도 세인트존스에 사는 하스켈 가 사람들을 만날 수 있을까요?"

"네, 그럼요, 아가씨!" 푸짐한 몸매에 넓적하고 발그레한 얼굴의 남자 마부가 다정하게 웃으며 말했다. "하스켈 가는 세인트존스에 뿌리를 내린 이후 더는 옮겨 다니지 않는 듯해요. 누구를 먼저 만나고 싶으세요?"

그 질문에 문득 이런 생각이 떠올랐다. '마이젤라의 어머니를 만나려면 먼저 누군가와 수다를 떨어야 한다. 그런데 남성 가족원들은 대체로 솔직한 대화를 하지 않는다.' 고로 난 마부에게 "미혼이나 과부, 가능하면 나이 많은 여성분이 좋을 듯해요."라고 대답했다.

"아, 그럼, 하스켈 여사에게 바로 모시겠습니다."

나는 그러자고 했고, 날 태운 마부는 마차를 몰고 예쁜 서리주의 시골 지역을 가로질러 갔다. 이번 여정은 먼젓번 제지 녀석과 함께했던 때보다 훨씬 즐거웠다! 창밖을 내다보니 그림 같은 마을이자 내 목적지인 세인트존스가 눈에 띄었다. 큰길에서 벗어나 주택의 진입로로 들어서면 보이는 커다랗고 아늑한 석고와 백색 도료로 칠해진 농가가 바로 그곳이었다. 본디 하스켈 '여사'는 공경할 만한 칭호를 지녔다. 하지만 난 이곳에 상류층의 치다꺼리나 하러 온 게 아니었다.

마부는 마치 도자기를 다루듯 조심스레 문을 열어주고 내리도록 도와주는 등 온갖 예를 갖춰 날 현관에 내려주었다. 그러고는 헛간인지 마구간인지 모를 이 농가에 날 맡겨두고 떠났다. 하지만 문을 두드릴 필요는 없었다. 열려 있는 문틈을 통해 깅엄(체크무늬의 면직물-역주) 옷을 입은 하녀가 미소 띤 얼굴로 날 맞아주었기 때문이다.

"집사가 아니라 당신이 나와 꽤 반갑네요." 내가 하녀에게 말했다.

그러자 머뭇거리는 기색 하나 없이 그녀가 웃으며 말했다. "맞아요, 전 샐리예요, 아가씨. 곧장 가시면 정원에 하스켈 마님이 계실 거예요." 그녀의 안내는 필요 없었다. 이 오래된 저택의 진입로 자체가 정문에서 본

채까지 죽 이어져 있었기 때문이다. 본채로 들어서자 박박 문질러 닦은 부엌이 나타났다. 부엌을 보자 어린 시절 내 고향 펀델에 있던 레인 부인의 부엌이 떠올랐다. 이윽고 바람에 떨어진 배, 모과, 사과를 큰 바구니에 모으고 있는 하스켈 여사의 모습이 보였다. 여사를 보자 레인 부인의 모습이 떠올랐다. 난 사실 쪼글쪼글한 병약자의 모습을 예상했었다. 하지만 내 눈에 띈 건, 흰 머리카락을 바람에 흩날리며 모자도 안 쓰고 장갑도 안 낀 상태로, 양손에 멍든 과일에서 흘러나온 즙을 가득 묻힌 채 일하고 있는 웬 원기 왕성한 여성의 모습이었다. 꿀을 찾아 헤매던 말벌과 꿀벌들이 부인의 손과 바구니의 과일에 여기저기 달라붙었다. "그러다가 쏘이겠어요!" 내가 소리쳤다.

"이미 쏘였네요. 안식일에 일했으니 벌 받아 마땅할 수도 있겠지요. 하지만 하느님은 별로 신경 쓸 것 같지 않아요. 이 과일들로 훌륭한 과일즙이 나올 테니까요." 여사가 바구니를 내려놓은 후 몸을 꼿꼿이 세웠다. 그러고는 마치 노골적으로 날 평가라도 하듯 내 근사한 모자에서부터 세련된 부츠에 이르기까지 오랫동안 촘촘히 살펴봤다. 손이 엉망이 된 여사에게 명함을 건네 괜히 난처하게 하기보다 난 그냥 웃음으로 화답하며 여사가 그러도록 내버려 뒀다.

여사가 불쑥 말했다. "도시에서 이 시골까지 참 먼 길을 오셨군요." 이 말은 질문이 아니라 단정으로 들렸다.

"네."

"여기엔 어쩐 일로 오셨죠? 당신은 누구인가요?"

"제 이름은 에놀라 홈즈예요. 몇 가지 물어보고 싶은 게 있어서 왔어요."

"에놀라 홈즈 양에겐 부를 만한 경칭이 없나요?" 여자는 내 세련된 외모를 점잖게 조롱하며 말했다.

"예, 전 그냥 에놀라예요."

"그렇담 제게 뭔가를 물어보러 오게 된 연유는 무엇인가요, '그냥 에놀라 양'?"

이 시골 여사의 질문에 바로 답할 수 있으면 좋으련만, 마이젤라 하스켈 부인의 운명을 언급하는 건 너무나도 미묘한 문제여서 곧장 말을 꺼내기가 어려웠다. "저는 던헨치 백작의 두 번째 부인인 펄리시티 글러버 러드클리프의 가족을 대표해서 왔어요. 던헨치 백작은 서신을 통해 자기 아내가 최근 세상을 떠났고, 그 시신은 화장했다는 소식을 가족에게 전해왔어요. 지금 그녀의 가족들은 그럴 리가 없다고 의심하고 있답니다. 그래서 그녀뿐 아니라 백작의 첫 번째 부인인 마이젤라 하스켈 부인에게 대체 무슨 일이 일어난 건지 간절히 알고 싶어 하는 상태예요."

하스켈 부인이 숨을 한번 크게 들이마셨다가 천천히 내뱉고는 아무 말 없이 근처 펌프로 가 손을 씻은 뒤 앞치마에 닦았다. 그러고는 내게 따라오라는 손짓을 하며 날 정원 맨 끝의 외딴 석조 벤치로 인도했다. 나는 마치 침묵의 초대에 응하듯 그녀를 따라 옆에 앉았다. 하지만 영 입이 떨어지질 않아 그냥 기다리고 있었다.

마침내 하스켈 여사가 입을 열었다. "마이젤라는 제 보물이자 자랑거리였던 손녀딸이에요. 이 나이가 되어서도 마이젤라에 대한 사랑은 늘 한결같죠."

마치 오랫동안 단단해진 돌처럼 여사의 말에서 견고한 애정이 드러났다. 의심할 여지 없이 그녀에겐 손녀딸의 죽음을 억울해할 타당한 이유가 있었다. 그렇기에 난 기다렸고, 침묵했고, 감히 말을 내뱉을 엄두를 내지 못했다.

그녀가 똑같은 어투로 계속 말했다. "우리 같은 바보들, 단순한 시골 사람들, 그러니까 마이젤라의 어머니와 아버지, 형제들, 그리고 전 아무것도 의심하지 않았어요. 마이젤라에게 일어난 일에 관한 진실을 알게 됐을 땐, 이미 너무…… 늦은…… 상황이었죠."

그녀는 한마디 내뱉을 때마다 더욱 말을 잇기 힘겨

위 보였다. 나는 몸을 숙여 그녀와 시선을 맞춘 뒤 고개를 끄덕여가며 두 손을 모아 계속해달라고 간청했다.

결국 여사는 몇 마디를 꺼냈다. "그런데 어떻게 그 여성분은…… 그러니까 그 여성분 이름이 뭐였죠?"

"펄리시티요."

"러드클리프와 결혼한 여성분이 지니기엔 무척 아이러니한 이름('펄리시티'가 '더할 나위 없는 행복'이란 뜻이기에 내뱉는 말-역주)이네요." 하스켈 부인의 말투는 여전히 씁쓸했지만, 그래도 아까보단 나아진 상태였다. "우리는 뭔가 잘못됐다는 걸 한참 동안 눈치채지 못했는데 펄리시티의 가족은 어떻게 직감했나요?"

"펄리시티가 암호를 남겼어요. 거기 쓰인 단어를 말씀드려도 될까요?"

"예."

"바로 *정신병원*이에요."

"맙소사. 펄리시티 부인은 그걸 어떻게 알았을까요?" 순간 하스켈 여사가 모든 품위를 내던지기라도 한 듯 가까이 다가와 진지한 얼굴로 쳐다봤다. "가엾어라, 틀림없이 그 부인은 마이젤라의 속삭이는 소리를 들었을 거예요. 나이 지긋한 시먼스 박사도 임종 때 자백했거든요. 그렇지 않았다면 지금까지도 결코 몰랐을 거예요."

"시먼스 박사요?"

"이곳 세인트존스에 있는 우리 가족의 주치의예요. 시먼스 박사가 입을 열기 전까진…… 그 마음 약한 마이젤라가 상심한 나머지 어린 안젤리카를 따라 세상을 떠났다는 얘기는 지극히 자연스러운 것이었어요. 비록 마이젤라에게 무덤은 없고 사악한 화장 절차만 있었지만요. 그런데도 아둔한 우리 농부들은 아무것도 의심하지 않았어요. 그렇지만 시먼스 박사는 모든 내막을 알고 있었고, 근 십 년 동안 엄청난 양심의 가책을 느끼며 살았어요. 바로 캐도건 경에게 뇌물을 받아먹고 조종당해오다 결국 사랑스러운 마이젤라를 신경 흥분을 구실로 정신병원에 수용시킨다는 문서에 서명하게 된 일로 말이죠."

신경 흥분은 히스테리의 또 다른 용어였다.

"어느 정신병원에 수용시켰나요?" 방금까지 조심했던 모습과 달리 나는 강하게 말했다. 이 질문이 플로시를 찾는 열쇠가 될 수도 있었기 때문이다!

하지만 나이 지긋한 하스켈 부인은, 내 마음속 생각을 크게 드러낼 만큼 내가 얼마나 간절한지 이해한 듯하면서도, 이내 비탄에 잠긴 미소를 지으며 말했다. "템스강변에 있는 불온한 병원이었죠. 하지만 우리가 병원에 도착했을 땐 이미 마이젤라는 위중한 상태였고 얼마 후 세상을 떠났어요. 우리로선 하느님이 원통한 그녀의 영혼에 달콤한 안식을 주시도록 명복을 빌 뿐이었죠. 그런데 그런 일을 당하고도 우리는 던헨치 백작에게 할 수 있는 게 아무것도 없었답니다. 하지만 소위 이 정신병원이 유죄 선고를 받게 할 순 있었죠. 그때 그 병원은 폐쇄된 후 철거되었답니다. 고로 더는 존재하지 않죠."

14장

하스켈 여사와 나는 정원 벤치에 앉아 한참 동안 대화를 나누었다. 그녀는 자기 아들, 곧 마이젤라의 아버지가 인근의 다른 농가에 살고 있다고 했다. 하지만 그 아버지와 어머니를 찾아간들 더는 얻어낼 것도 없을 것 같고, 두 사람의 상처를 들추고 싶지도 않았다. 그래서 난 방문을 마친 뒤 모든 하스켈 가 사람에게 연민을 품고 돌아왔다. 하지만 그중 플로시만큼 지혜로운 사람은 없는 듯했다.

아, 티쉬에겐 뭐라고 하지? 지금 내 머릿속엔 플로시를 찾아 정신병원을 헤매고 다니는 엉성한 계획밖엔 떠오르지 않았다. 일단 빌려온 마차에 몸을 실은 나는 자리에 앉아 운치 따윈 전혀 느끼지 못한 채 서리주의 시골 경치만 멍하니 바라보고 있었다. 런던행 기차를 탄 후에도 창밖의 전신주들이 획획 지나가는 모습만 멍하니 쳐다보고 있었다. 또 기차가 워킹(서리주 서쪽의 한 도시-역주) 역에 천천히 들어서는 동안에도 플랫폼 위 사람들만 멍하니 바라볼 뿐이었다…….

그때 사람들 사이로 셜록 홈즈가 눈에 들어왔다.

셜록은 변장도 없이 트위드 정장에 사슴 가죽 모자를 쓴 차림이었다.

처음엔 침울한 채 멍한 눈으로 바라보느라 긴가민가했다. 하지만 정신을 차리고 눈을 깜박여보니 친숙한 사람이란 게 느껴졌다. 순간 나는 '헉'하는 소리와 함께 어디서 뾰족한 핀이 찌르기라도 하듯 벌떡 일어나 객실에서 뛰쳐나갔다. 그러고는 기차가 끼익 소리를 내며 멈출 때, 출입구의 승무원을 밀쳐내고 열차 밖으로 뛰쳐나갔다. 그러고는…… 오빠의 그 유명한 이름을 크게 부르는 건 내키지 않던 터라, 엄지와 검지를 입안에 넣은 채 아주 또렷하게 휘파람을 불었다.

이윽고 오빠가 돌아섰고 손을 흔들던 날 쳐다보았다. 물론 오빠를 제외한 모든 사람의 얼굴에는 '청록색 외출복에 잘 어울리는 모자까지, 꽤 단정하게 차려입은 여성이 왜 저리도 칠칠치 못한 행동을 하지?'라고 아연실색하는 표정이 역력했다. 한술 더 떠 난, 여행용 손가방을 손에 쥔 채, 내 해석대로라면 간신히 웃음을 참으며 다가오는 셜록을 향해 히죽 웃어 보였다.

"에놀라, 뭐 좀 알아낸 건 있니?" 우리만 있는 객실에 들어서자 오빠가 조롱하는 투로 쏘아붙이며 물었다.

"그건 제가 묻고 싶은 건데요." 내가 대꾸했다.

"사실," 오빠는 난처해 보였다. 전에 본 적 없는 오빠의 표정을 읽어내는 데 잠시 시간이 걸렸다. 그렇다, 오빠는 당황한 듯했다. "네게 알려줄 건 거의 없단다."

"작은 거라도 있으면 알려주세요."

"먼저 파이프 담배에 불 좀 붙이마." 오빠는 평소처럼 유해한 연기구름을 내뿜은 뒤 의자에 기대앉아 말하기 시작했다. "금요일 저녁과 어제, 난 진중한 아일랜드인으로 변장하고 이곳 워킹을 방문해 던헨치 마구간의 마부에 지원했지만 거절당했단다. 그 후 주민들과 이런저런 대화라도 나눠볼까 하고 어슬렁거렸지만 플로시에 대해선 아무것도 알아내지 못했어. 하인방에 들러 그곳 여성들과 차를 마시며 대화도 나눠봤지만 다들 경직된 자세로 옹색한 표정만 짓고 있더구나. 뭔가 알고는 있는데 내색하기 두려운 눈치였지."

"그래서 오빠도 진전은 없었군요."

"글쎄, 그 정도면 다행이게. 난 그곳을 떠나 오던 길로 되돌아간 후 숲에 숨었단다. 그러고는 늦은 밤, 던헨치 홀의 모든 불이 꺼질 때까지 풋잠을 좀 자둘 만한 골짜기 하나를 발견했지. 그러니까 거기서 잠깐 눈을 붙인 후 던헨치 홀을 털러 간 거야. 따분하게 시시콜콜한 얘기나 늘어놓고 싶진 않으니, 만일 내가 또 다른 일을 해야 한다면, 도둑이 제격일 거란 말만 해두마. 난 재빨리 던헨츠 홀의 서재로 침투해 러드클리프의 조상이 그려진 유화, 그러니까 덩치만 크고 추한 그 유화 뒤쪽에서 금고를 찾아 열어봤단다. 그러고는 거기서 펄리시티 부인이 갇힌 정신병원의 행방을 알려줄 메모나 종잇조각, 또는 어떤 단서든 찾을 요량으로 금고와 책상을 샅샅이 뒤져봤지. 하지만 거기선 아무런 흔적도 찾을 수 없었어. 그야말로 개미 새끼 한 마리 찾을 수 없었지."

"아무것도 찾지 못했다고 해서 찾을 게 없다는 뜻은 아니죠."

"아무것도 찾지 못한 정도가 아니었어. 서재에서 낭패를 본 뒤 위층으로 슬그머니 올라가 캐도건 경의 하인들과 대화하는 중에 알게 된 그의 방들로 들어갔어. 거기서 희미한 불빛에 의지해 몰래 그의 서랍장과 침대 탁자 위 서류들을 살펴보려고 했던 거지. 그런데 그때 캐도건 경이 갑자기 깨어나는 바람에 도망칠 수밖에 없었단다."

"맙소사! 캐도건 경이 오빠를 봤나요?"

"밤중에 뭔가 잠깐 스쳐 가는 걸 봤을진 몰라도, 그 밖엔 아무것도 못 봤을 거야. 물론 그렇게 빨리 스쳐 간 걸 보면, 단연코 그 남자는 꽤 튼튼한 폐를 지녔을 거야. 아무튼 그때 한 용감한 청년이 쏜살같이 말을 타고 달려가는 게 보이더군. 평소 마을의 수상한 자들을 쥐 잡듯이 수색하는 경찰 지구대에 알리려던 거였지. 그걸 보니 한시바삐 쓰리핀치스를 뜨는 게 현명하겠다 싶었어. 그래서 지금 내가 여기 있는 거고. 자, 에놀라, 이제 네 차례 같은데?"

난 어떻게 이야기를 시작하는 게 좋을지 생각하다가 익살을 떨며 말했다. "그럼 저도 파이프 담배 좀 빌려주실래요?"

"무슨 터무니없는 소리니, 에놀라." 말은 그렇게 해도 오빠는 자신의 입꼬리가 위쪽으로 씰룩거리는 건 막진 못했다.

"음, 티쉬와 저는 베들램을 방문했어요. 그런데 감정은 물론 계획에도 큰 타격을 입고 돌아왔죠. 어느 정신병원을 간다고 해도, 정작 플로시는 우리가 만날 수 없는 곳에 있으리란 걸 깨달았거든요."

"방문자 입장이 불가능한 병동이 있었단 얘기구나."

"맞아요. 또한 캐도건 경이 플로시를 어디에 가뒀든지 간에 플로시를 숨기는 데 상당한 돈을 지불하고 있는 게 분명해요."

"캐도건 경이 왜 플로시를 그렇게 처리했는지 짐작은 가니?"

"기다려보세요. 오늘 전 하스켈 가족과 대화를 나누기 위해 세인트존스를 방문했어요. 그런데 그 지역 의사가 임종 시에 자백을 한 덕분에 이제 우리는 정말로 캐디의 첫 번째 아내인 마이젤라가 정신병원에 갇혔었다는 걸 알게 됐어요. 그러니까……."

셜록은 분명 평소보다 꽤 흥분한 듯한 표정으로 내 말에 끼어들었다. "어느 정신병원이니?"

"그건 중요치 않아요. 하스켈 가족이 이미 그 정신병원을 전염병 취약 병원으로 몰아 폐쇄하도록 했거든요. 당시 많은 환자 중에서도 마이젤라는 그 악취 나는 템스강의 유독가스에 질식해 목숨을 잃었어요. 그때 분명 캐도건 경은 얼씨구나 하고 다시 플로시와 결혼했을 거예요."

"또 한 번 자신보다 신분이 낮은 여성과 결혼하기 위해서 말이구나." 셜록이 파이프 설대를 문 뒤 인상을 찌푸리며 한숨을 쉬었다. 결혼 생활과 같은 민감한 주제를 여자인 나와 이야기한다는 게 어딘가 꺼림칙했던 모양이다. "에놀라, 넌 캐도건 경이 왜 플로시 글러버와 결혼한 것 같으니? 아무리 그녀가 아름답고 재능 있다 해도 말이야, 차라리……." 오빠는 더 이상 얘기하기 난처한 듯 말을 끝맺지 못했다.

나는 오빠를 대신해 말을 끝맺었다. "그러니까 '차라리 식기 닦는 하녀부터 결혼식 들러리에 이르기까지 누구와도 결혼할 수 있었을 텐데' 그 말이죠? 오빠 질문에 제 식으로 답하자면, 캐도건 경은 여자를 필요에 따라 바꿀 수 있는 존재로 여기는 듯해요."

오빠의 눈썹이 치켜 올라갔다. "뭐라고?"

"여차하면 교체해버리는 존재, 그러니까 마치 소나, 옷핀이나, 체커판의 말처럼 언제든 필요하면 비슷한 걸로 바꿀 수 있는 존재 말이에요. 일전에 엄마가 이런 표현을 써가며 그런 바람둥이들에 관해 설명해준 적이 있어요."

"맙소사!" 내 솔직한 발언에 오빠는 어안이 벙벙한 눈치였다.

"오빠도 그게 사실이란 거 아시잖아요. 감히 말하건대, 캐도건 경이 신분 높은 여성과 결혼하지 않은 건, 권세 있는 집안의 상위층 여성에게 싫증이 날 경우 버리기가 훨씬 어렵기 때문이잖아요."

"그럼 결혼은 대체 왜 하는 건데?"

"대부분 후계자를 얻으려는 거죠. 그런데 무슨 영문에선지 캐도건 경은 플로시에게 금방 싫증이 났어요.

아마 캐도건 경에겐 플로시가 너무 점잖은 사람이었나 봐요."

 셜록은 한동안 말없이 파이프 담배를 뻐끔뻐끔 피웠고, 담배를 다 태운 후에도 계속해서 물고 있었다. 난 마차 창문 너머로 바깥 경치를 바라보았다. — 어느새 우리는 런던의 비참한 사우스워크 빈민가에 도달한 상태였다 — 하지만 내 마음속엔 온통 불안한 장면만 떠오를 뿐이었다. 우선, 맨발 차림의 한 아름다운 여성이 떠올랐다. 그녀가 입은 옷은 정신병원의 다른 환자들이 죄다 할퀴어와 누더기가 된 상태고, 머리카락도 반쯤 뽑혀 있는 상태였다. 다음으로 그녀를 거기에 가두고 헌신짝처럼 버린, 소위 신사의 가면을 쓴 비열한 러드클리프 경도 떠올랐다. 사냥개들을 앞세운 채 키 큰 말에 올라타 있는 러드클리프. 값비싼 스모킹 재킷(집에서 비공식적인 손님 접대 시 착용하는 남성용 웃옷-역주) 차림에 와인 잔을 들고서 미소를 띠고 있는 러드클리프. 취침용 모자를 가져다준 하녀에게 그자가 추파를 던지는 장면도 떠올랐다.

 이윽고 마차가 빅토리아 역에 다다르자 오빠는 눈을 깜박이며 일어나 파이프 담배를 챙겼다. "우리의 의뢰인에겐 뭐라고 하지?" 오빠가 물었다. "조사할 건 다 해봤다고 말할 수밖에 없겠지?"

"그 비열한 인간에 대해선 반드시 뭔가 할 수 있는 게 있을 거예요!" 열정이 넘쳐 커진 목소리에 스스로 놀라며 난 어투를 가다듬었다. "생각 좀 해봐야겠어요, 오빠. 전 그 연초의 도움 없이도 틀림없이 그렇게 할 거예요."

난 내가 오빠처럼 키도 크고, 얼굴도 길고, 유감스럽지만 코도 길다는 걸 알고 있었다. 하지만 내가 여성이라는 사실 외에도, 오빠와는 여러 면에서 상당히 다르다는 것 또한 잘 알고 있었다. 일찍이 왓슨 박사는 오빠가 두뇌 회전이 활발할 때는 곧잘 먹는 걸 잊곤 한다고 묘사했다. 하지만 난 먹는 것을 절대 잊어본 적이 없다. 좋은 음식을 먹고 잘 소화시키는 게 몸의 다른 부분만큼이나 뇌에도 큰 도움을 준다고 믿기 때문이다.

그래서 난 전문 여성 클럽으로 돌아오자마자, 양고기 등심에 민트 소스와 파슬리, 핫 포테이토 칩, 애플 덤플링(사과를 밀가루 반죽 피로 싸서 구운 경단-역주), 라이스푸딩 등을 곁들여 두둑이 배를 채웠다. 그러고는 방에 홀로 앉아, 으레 여자들이 버릇처럼 뜨개질을 하듯, 나도 무의식중에 연필과 종이를 꺼내 들었다. (엄마 덕분에 난 뜨개질이나 수놓기, 피아노 등을 절대 배울 일이 없었다. 가정적이거나 겉으로만 화려한 삶을 사는 여성의 모습은 결코 엄마가 바라던 여성상이 아니었다.) 그다음 내 손은 여유롭게 마치 위자보드(서양에서 점술이나 강령술에 이용된 일종의 심령 대화용 점술판-역주)의 지시용 포인터가 저절로 점괘를 가리키듯 알아서 스케치하기 시작했고, 이윽고 꽤나 잘생긴 캐도건 버 러드클리프 경의 심술궂은 캐리커처가 탄생했다.

스케치에 신이 난 나는 허공으로 엉덩이를 번쩍 치켜든 말에서 떨어진 캐디의 모습도 그렸다. 그 후 그는 혀를 쭉 내민 채 코트 뒷자락을 펄럭이며 도망가는 여자를 뒤쫓아 갔다. 처음에 도망치던 여자는 식기 닦는 하녀였는데 점차 베들램에서 봤던 환자 중 하나로 모습이 바뀌어갔다. 그러던 중 난 어느새 캐디는 제쳐두고, 소위 미친 여성들의 그림을 계속해서 그려나갔다. 그러니까 맨발의 누더기 차림으로 비참하게 벤치에 고꾸라져 있거나 바닥에 쓰레기처럼 웅크리고 있던 여성들 말이다. 그중 한 명은 플로시였다. 물론 난 플로시를 만난 적이 없다. 하지만 그녀의 사진을 본 적도 있고, 쌍둥이 여동생 티쉬도 만나본 터였다. 그렇게 난 무거운 누빔 캔버스 천으로 된 질긴 드레스 차림의 가냘프고 초췌한 플로시, 다시 잔뜩 엉킨 긴 머리를 늘어뜨린 채 누더기를 걸친 플로시, 야회복을 입은 꽤 사랑스러운 플로시, 고상한 신상 모자에 어깨가 멋스럽게 부풀어 오른 재킷 차림의 플로시를 한 장 한 장 그려나갔다. 그러고는 중산모, 조끼, 높이 세운 옷깃, 그리고 미끈하게 늘어뜨린 폭넓은 넥타이를 맨 채 똑똑하고 당당한 모습으로 플로시의 맞은편에 서 있는 티쉬도 그렸다.

내 경우 이렇게 한바탕 그리고 나면, 어딘가 모호한 마음의 한구석에서 도움이 될 만한 게 불쑥 떠오르곤 했다. 하지만 그걸 *생각해내기*보다 좋은 방법이 있었다. 바로 계속 그리는 거였다. 나는 다시 승마복을 입고 꽤 원기 왕성한 말에 탄 플로시를 그렸다. 이어서 티쉬를 그렸다. 하지만 이번엔 티쉬의 얼굴에 아주 뜻밖의 일이 일어났을 때의 표정을 담아 그렸다.

그때 누군가 문을 두드렸다.

종이가 온 바닥에 널린 상태에서 나는 일어나 잽싸게 문 쪽으로 달려가 "누구시죠?"라고 물었다.

"티쉬예요."

"티쉬!" 나는 문을 활짝 열어 티쉬를 맞았다. 난 손님이 왔다는 사실에 들떠 티쉬에게 전할 좋은 소식이 없다는 것도 까맣게 잊고 있었다.

방에 들어선 티쉬가 내 발밑의 코코넛 섬유 매트 위로 널린 그림을 보더니 소리쳤다. "이걸 다 직접 그리신 거예요? 와, 멋진데요! 오, 밟지 마세요!" 그러고는 쪼그리고 앉아 내 그림들을 집어 들며 하나씩 자세히 들여다보기 시작했다. "저도 캐도건 경에 대한 당신의 생각에 동의해요…… 오! 저도 그리셨네요!"

"오, 그건 당신이 아니에요." 문득 장난기가 발동한 내가 말했다. "이건 당신처럼 차려입은 플로시예요."

"물론이죠. 그래서 저도 예쁘게 그려주신 거군요."

어두움이 서린 듯한 티쉬의 농담에 내가 되받아쳤다. "티쉬, 당신은 예뻐요." 나는 티쉬 옆쪽 바닥에 주저앉아 포도주 빛 야회복 차림의 그림 중 하나를 집어 든 뒤 "이건 당신이 플로시처럼 차려입은 거예요."라고 농담했다.

하지만 내가 던진 그 말이 내 귀에 꽂히는 순간 마치 뭔가 마음 깊은 곳에서 뭉클한 게 솟아올랐다. 나는 입을 벌린 채 그 자리에 주저앉았다.

티쉬도 웃음기 하나 없는 얼굴로 누더기 차림의 그 맨발 여성 그림으로 손을 뻗었다. 그러고는 고통스러운 어투로 말했다. "이건 플로시의 현재 모습이고요."

"아." 막상 그걸 진지하게 떠올리자 마음에 잔물결이 일며 내 동공이 흔들렸다. "맙소사, 그렇네요."

15장

그날 밤 티쉬와 나는 한참 동안 대화를 나누었다. 난 플로시에게 일어난 일을 정확히 알아내기 위해 그간 셜록과 내가 기울인 노력을 낱낱이 전했다. 그러니까 그날 오후 기차에서 플로시에 관해 셜록과 나눈 대화며, 이제 더는 조사할 게 없는지 셜록이 물은 일에 관해 이야기했다. 그러면서 이제부턴 몇 가지 확실한 내용을 바탕으로 머릿속에 떠오르는 생각을 스케치해볼 계획이며, 그 계획의 실행을 위해선 그녀의 도움이 꼭 필요하다고 말했다. 그렇게 최선을 다해 내 계획을 전했다. 처음에 티쉬는 반신반의했지만 내가 그 계획을 진정으로 믿고 있다는 확신을 심어주자 두렵지만 용기 내어 기꺼이 시도해보겠노라고 말했다.

자정이 가까웠지만 우리 둘 다 잠들지 못할 건 불

보듯 뻔한 상황이었다. 그래서 난 티쉬를 설득해 그녀의 머리를 매만져도 좋다는 허락을 받았다. 먼저 그녀의 머리에 정교한 두건을 두른 다음 내 모자 중 가장 우아한 걸 골라 그 위에 씌웠다. 그러고는 티쉬의 입술과 뺨에 살짝 립스틱을 바른 뒤 티쉬의 남성스러운 옷 위로 끝부분이 모피로 장식된 미끈한 폴로네즈(스커트 위로 덮이는 긴 단이 달린 부인복-역주) 드레스를 입혔다. 또 그녀에게 내가 가진 최고급 키드 가죽 장갑과 가장자리에 레이스가 달린 앙증맞은 손수건을 건넨 뒤, 엄지손가락과 집게손가락 사이로 그 중간쯤을 보란 듯이 달랑거리며 쥐는 법도 일러주었다. 자고로 여자라면 항상 한 손에 뭔가를 지니고 다녀야 했기 때문이다. 그 후 마침내 런던의 모든 시계가 새벽 3시를 알릴 무렵, 우리는 셜록을 방문하기 위해 숙소를 나와 출발했다.

왓슨 박사에 따르면 위대한 셜록 홈즈는 평소 잠도 거의 자지 않고 밤새도록 연구를 하거나, 생각에 골몰하거나, 화학 실험에 빠져 있곤 했다. 그런데 웬일인지 그날 밤엔 셜록이나 허드슨 부인의 창문에서 어떤 불빛도 새어 나오지 않았다. 그렇지만 난 여러 가지 이유로 물러설 마음이 없었다. 특히 내 계획의 실행 가능성을 보기 위해 티쉬를 꾸미는 데 엄청 공을 들인 터라 더더욱 그럴 순 없었다. 고로 난 문을 쾅쾅 두드리고 벨을 눌러대 허드슨 부인을 깨웠고, 그 뒤 당연한 수순으로 오빠도 깨웠다.

곧이어 천 실내화를 신고 잠옷 위에 가운을 걸친 오빠가 하품을 하며 침실에서 나왔다. 오빠는 티쉬를 보더니 깜짝 놀라 눈을 깜박인 뒤 눈썹을 치켜뜨고 물었다. "펠리시티 부인?"

"봤죠, 티쉬?" 나는 흡족한 미소를 애써 감추며 티쉬에게 말했다. "당신은 해낼 수 있어요."

"티쉬?"라고 말했다가 얼른 말을 바로잡은 셜록이 "글러버 양, 앉으세요."라고 말하고는 내게 "글러버 양이 뭘 할 수 있다는 거지?"라고 물었다.

"언니로 변장하는 거요."

"그렇군. 그런데 왜 한밤중에 이걸 보여주는 거지?"

"이렇게 티쉬를 인형처럼 차려 입히는 걸 티쉬가 다신 허락할 것 같지 않아서요."

"맞는 말이에요." 의자에 앉아 있던 티쉬가 말했다. "그럴 필요도 없고요. 이제 전 이 엄청나게 큰 모자를 벗고 기꺼이 맨발과 누더기 차림으로 변할 테니까요."

그러자 눈썹을 더 치켜올린 셜록이 긴 몸을 구부려 소파에 앉았다. 눈썹이 제자리를 찾은 뒤 셜록이 날 매서운 눈으로 쩨려보며 말했다. "에놀라, 너 지금 네 그 기이한 계획 중 하나를 꾸미고 있는 거니?"

"네, 역대급의 기이한 계획이긴 하죠." 난 인정했다. 그러고는 자리에 앉아 오빠에게 이 계획에 관해 상세히 이야기했다.

"위험해." 30분 후, 좀처럼 본 적 없던 파이프 담배를 뻐끔뻐끔 빨며 셜록이 말했다. "아주 위험해. 모든 게 당신에게 달려 있군요, 글러버 양."

티쉬가 자신 없는 표정으로 말했다. "정말 제가 할 수 있을까요?"

"해야만 해요. 이 무모한 모험이 당신의 언니를 찾을 수 있는 유일한 희망일 수도 있어요. 인정컨대 더 나은 선택권 따윈 없어요."

"그러니까 당신은 기어이 우리가 이 일을 해야 한다고 생각하는군요."

"네, 그래서 우린 아주 세세한 것까지 잘 챙겨야 해요. 아마도 밀랍, 비누, 식초, 바셀린, 쌀가루, 분장용 화장품이 필요할 거예요. 그리고 당신의 머릿결은 어떤가요? 언니랑 머리 색깔도 똑같나요?

"아뇨. 그게, 음, 언니는 레몬주스로 머릿결을 관리하거든요(이럴 경우 머릿결이 매끄러워지고 머리카락의 색도 밝아짐-역주)." 티쉬가 자신의 수수한 머릿결에 얼굴을 붉히며 솔직히 말했다. 그러고는 잠시 머뭇거린 후 덧붙였다. "조금이라도 엉켜 있으면 제대로 된 효과를 거둘 수 없을 것 같아요. 그래서…… 아무래도 다 잘라내는 게 최선일 듯해요."

"글러버 양!" 셜록이 아연실색하여 반박했다.

"다시 자랄 때까지 제 가발을 빌려 쓰면 되죠, 뭐." 내가 별일 아니라는 듯 셜록에게 말했다. 자고로 *남자들은 사소한 일에 무척 흥분하는* 듯하다.

티쉬가 덧붙였다. "그럴 경우 캐도건 경은 흠칫 놀라 행여나 제가 용기를 잃고 제 본래 모습을 슬쩍 드러낸다 해도 제 말이나 행동을 눈치채진 못할 거예요."

"맞는 말이에요. 하지만 두 사람 때문에 머리가 좀 어지럽군요." 셜록이 파이프 담배에 다시 연초를 채우려는 듯 벽난로 위 선반의 페르시아 슬리퍼(『셜록 홈즈의 회상』에 수록된 단편 중 하나인 「머스그레브 가의 의식」 시작 부분을 보면 셜록이 페르시아 슬리퍼 코에 담배를 끼워 넣는 모습이 등장-역주)를 힐끗 쳐다보더니 이내 고개를 내저으며 단호한 몸짓으로 우리를 바라보았다. "너무 늦었군요. 내일 아침 다시 모이도록 하죠. 지금은 처리해야 할 일이 좀 있어서요." 셜록이 덧붙였다. "안데스 산맥의 금광 사건과 최근 추파카브라('염소의 피를 빨아먹는 자'라는 뜻을 지닌 전설의 흡혈 괴물-역주)의 칠레 주재 영국 대사 공격 사건에 관한 꽤 미묘한 문제도 포함해서 말이죠. 하지만, 인정컨대, 이런 작은 수수께끼 사건들은 기발하고 참신한 던헨치 홀의 특이한 사건에 비하면 그 발끝에도 미치지 못하죠. 부디 저와 제 성원이 두 분에게 힘이 되었으면 하네요."

아침까지 잠을 좀 자고 나니 흥분이 다소 진정되었다. 그런데 좀 더 냉정히 생각해보니, 플로시를 위해 티쉬를 보내기로 한 건 위험한 발상이란 생각이 들었다. 아무래도 티쉬를 보호하려면 마치 적지에 기습 공격 부대를 조직하듯 철저한 계획을 세워야 할 듯싶었다.

보아하니 셜록도 나와 같은 걸 깨달은 모양이었다. 내가 숙소에 도착할 무렵, 커다란 칠판을 세워놓고 마주 앉을 의자를 배열하고 있는 모습을 보아하니 그랬다. 그런데 그때 반갑게도 왓슨 박사가 불쑥 들어왔다. 나는 박사에게 인사를 하고 차 한 잔을 건넨 뒤 셜록에게 말했다. "지원군을 불렀군요."

"아무렴. 지원군이 더 많으면 좋으련만. 오, 반가워요, 글러버 양." 티쉬가 안으로 들어오자 셜록이 왓슨 박사에게 티쉬를 소개했다. "레티샤 글러버 양, 이쪽은 제 친구이자 동료인 왓슨 박사예요."

"글러버 양, 지난번 에놀라 양과 함께 방문했을 때

잠깐 뵈었죠?" 그래도 늘 그렇듯 왓슨은 자리에서 일어나 정중히 인사했고, 그 바람에 하마터면 차를 거의 쏟을 뻔했다.

티쉬가 셜록에게 물었다. "박사님도 저의 사정을 알고 계시나요?"

"왓슨 박사는 단지 우리가 아직 어딘지 모를 정신병원에서 당신의 쌍둥이 언니를 빼내야 한다는 것만 알고 있어요."

"그리고," 왓슨이 말했다. "감사하게도 전 이 기회를 빌려 공식 문서에 제 서명을 위조한 작자에게 톡톡히 대가를 치르게 할 작정입니다."

"그렇지, 그렇지." 셜록이 말했다.

내가 왓슨 박사에게 말했다. "간단히 말해, 우리의 계획은 맨발에 찢어진 옷차림과 괴로운 얼굴로 변장한 글러버 양을 그녀의 형부와 맞닥뜨리게 해서 그로 하여금 아내가 도망쳤다고 믿게 하는 거예요. 그러고는 바라건대 캐도건 경이 그녀를 다시 정신병원으로 데려가라고 명령하는 과정에서 그 병원의 위치를 말하도록 하는 거죠."

왓슨 박사가 놀란 듯 눈썹을 치켜올리고 낮게 휘파람 소리를 내며 호응했다.

"그렇지." 셜록이 말했다. "우리는 이 다소 위험한 프로젝트의 매 단계를 치밀하게 짜야 해." 그러면서 칠판에 글을 쓰기 시작했다. 우리는 모두 온순한 학생처럼 자리에 앉았다. 뭉뚝한 분필체로 셜록은 이렇게 썼다.

> 던헨치 근처에 본부를 세운다
> 레티샤 글러버 양을 우리의 비밀 경호 하에 던헨치 홀에 들인다
> 글러버 양이 강제로 마차에 태워질 때 동행하거나 뒤따라간다
> 정신병원의 이름을 알게 되는 순간 마차를 세운다, 그 외엔 어김없이 뒤따라간다
> 어떤 경우든, 왓슨은 자신의 박사학위를 이용해 펄리시티 부인을 빼내야 한다

늘 그렇듯 유순하지만 이해가 더딘 왓슨이 "펄리시티 부인이요?"라고 물었다.

"펄리시티 글러버 러드클리프 부인은 우리 의뢰인의 쌍둥이 언니이자 서리주에 사는 던헨치 백작, 캐도건버 러드클리프 2세의 불행한 아내예요."

"오."

"자, 그럼 우리 모두 거기까진 어떻게 가야 할까요? 일단 쓰리핀치스로 바로 갈 순 없어요. 그곳 사람들이

에놀라와 절 알아볼 거라 아마 많은 사람 입에 오르내릴 거예요."

"그럼 기차를 타고 워킹까지 간 후 쓰리핀치스의 반대 방향에서 사륜마차를 빌려 쓰리핀치스로 가면 되겠네요." 왓슨이 말했다. "그리고, 던헨치 홀 근처에서 빈 오두막도 좀 빌려야 할 거고요."

셜록이 맞장구쳤다. "좋은 생각이야. 그런데 거긴 내 얼굴이 너무 팔려서 말이지. 왓슨, 자네가 조속히 그곳에 가서 부동산 중개인을 좀 만나보겠나?"

"그러지, 오늘 가보도록 하겠네."

"티쉬와 전 티쉬가 입을 옷을 사기 위해 중고 옷가게를 방문할 거예요." 내가 말했다.

그러자 셜록이 말했다. "에놀라, 일단 목적지에 도착하면 나도 연극 세계에서 터득한 몇 가지 변장술로 제법 글러버 양이 섬뜩하게 변할 수 있도록 도울게."

그때 티쉬가 작은 목소리로 물었다. "그런데 던헨치 홀에는 제가 어떻게 들어가죠?"

"아, 실은, 그게 문제예요. 날이 어두워진 후 그 매력적인 백작이 식사를 하거나 혼자 앉아 있을 저녁때 들어가야 하거든요. 그 저택 관리인에게 뇌물을 먹이거나 그게 안 되면 폭력을 써서라도 말이죠. 일단 문을 통과하고 나면, 그다음은 글러버 양 혼자서 잘 해낼 수 있죠?"

"집사와 캐디 정도는 속일 수 있을 것 같아요." 티쉬의 작은 목소리가 살짝 커졌다. "전 플로시를 닮았고, 플로시가 화났을 때처럼 행동하거나 말할 수 있거든요. 맹세코 플로시가 화난 모습은 충분히 봤어요."

"좋아요." 셜록이 입 가장자리를 씰룩거리며 말했다.

"아마 캐디가 제게 할 수 있는 최악의 행동은 절 때리는 걸 거예요." 순간 티쉬의 목소리에서 맞는 것은 물론 그를 마주치고 싶지도 않은 기미가 느껴졌다.

"우리 중 한 명 이상이 당신의 신변 보호를 위해 바로 바깥에 있을 거예요. 하지만 우리가 개입할 필요가 없을 경우, 그러니까 당신이 던헨치 홀에서 쫓겨난 다음, 아마 당신을 밀폐된 마차에 태울 텐데요. 바라건대, 그자들이 마차를 가져올 때 에놀라가 마차에 슬쩍 들어가 좌석 밑에 숨을 수 있어야 해요. 그때 왓슨과 전 그 마차를 뒤따라가야 하고요. 하지만 그러려면 정문 바로 밖에도 어딘가 숨어서 우릴 기다려줄 이륜마차나 그런 게 있어야 해요. 제 말은 그 마차를 끌 말을 붙들고 있으면서 정문의 저택 관리인을 감시해줄 또 한 명의 믿을 만한 남자가 필요하단 뜻이죠."

한동안 침묵이 감돌았다.

"글러버 양, 혹시 남자 친척은 정말 없으신가요?"

"전혀요."

"왓슨? 혹시 자네가 제안할 만한 사람은 없나?"

왓슨도 없는 듯했다. 하지만 순간 마음이 따뜻해지는 기발한 아이디어를 불쑥 떠올리며 내가 말했다. 아니, 사실은, 거의 소리칠 뻔했다. "돕고 싶어 할 만한 사람을 제가 알아요. 튜키예요!"

16장

계획한 날은 월요일이었지만 막상 금요일이 돼서야 모든 걸 준비할 수 있었다.

우리는 각자 할 일이 있었다. 우선 난 튜키에게 미리 서신을 보냈다. 왓슨은 사흘에 걸쳐 우리의 목적에 가장 부합하는 빈 오두막을 찾아냈다. 티쉬와 난 던헨치 홀의 평면도를 그려본 뒤 미리 점검해보았다.

셜록은 모든 계획을 문서화하고 수많은 목록을 만든 뒤 서리주와 주변 지역의 상세한 지도를 구했다. 티쉬와 난 런던 이스트엔드의 빈민가에 가서 끔찍한 의상과 더불어 이동 중 호기심 어린 눈길을 피하게 해 줄 상복을 구하러 중고 옷가게를 찾았다(이건 내 아이디어였다). 그리고 티쉬가 일을 해야 하는 날엔 셜록과 내가 기차를 타고 벨비디어에 가서 튜크스베리 자작 겸 배질웨더 후작을 만났다. 난 혼자 갈 수 있다고 했지만, 셜록은 내가 튜크스베리를 만나는 걸 직접 보기 전엔 절대 믿지 못하겠다고 했다. "귀족의 아들이자 후계자가 네 정신 나간 계획을 믿고 한밤중에 이륜마차를 몬단 말이니, 에놀라?" 배질웨더 홀로 들어가는 진입로로 올라갈 때 오빠가 투덜거렸다. "터무니없는 일이야."

나는 되받아쳤다. "그럼 우리 지인 중에 그렇게 태평하게 놀면서 우리를 도와줄 수 있는 건강하고 똑똑한 젊은이가 있는지 어디 한번 대볼래요?"

오빠가 코웃음을 치는 순간 어디선가 기운찬 목소리가 들려왔다. "이봐요!" 모자를 안 쓴 것만 빼면 흠잡을 데 없는 슈팅 재킷(사격이나 사냥을 할 때 입는 재킷-역주)에 엷은 황갈색 반바지를 입은 튜키가 단숨에 난간을 뛰어넘어 우리를 맞았다. "안녕하세요, 절 집에 데려다준 홈즈 씨!" 튜키는 마음을 다해 셜록과 악수를 나눴다. "다시 만나서 반가워요, 에놀라!" 그러고는 두 팔을 벌려 마치 형제를 대하듯 날 힘차게 껴안을 태세를 취했다.

나는 뒤로 물러서면서도 미소 띤 얼굴로 진지하게 말했다. "튜키, 제발 진정하고 집중해서 들어주세요. 그 '검은색 사륜마차' 있잖아요. 실은 그게 납치범들이 사람들을 정신병원으로 운반할 때 쓰는 일종의 운송 수단이란 걸 알아냈어요. 그래서 당신의 도움이 필요해요."

튜키가 즉시 진지해졌다. "두 분 중 누구를 위해서든 제가 할 수 있는 게 있다면 뭐든지요······."

"우리 둘 다 도움이 필요해요," 셜록이 끼어들었다. "약속하기 전에 먼저 들어보는 게 좋으실 거예요. 그럼 같이 산책이나 하실까요?"

당연히 엿듣는 하인들로 가득 찬 집에서 자란 튜키는 바로 알아들었다. 셜록과 내가 상황을 설명하는 동안 튜키는 우리를 데리고 정원과 숲 사이를 거닐었다. 튜키는 더할 나위 없이 만족한 반응을 보였다. "그럼 제가 할 일은 도킹행 기차를 타고 거기서 내린 뒤 재빠른 말 한 필과 유람 마차 한 대를 빌린 다음 던헨치 홀 근처에서 필요한 도움을 드리기만 하면 되는 건가요? 당연히 할게요. 다만 캐도건 경의 얼굴에 펀치를 한 대 날려도 될까요?"

"제가 먼저 날린 다음이라면 얼마든지요." 셜록이 미식가의 묵을 대로 묵은 포도주처럼 덤덤한 목소리로 말했다. "그리고 물론 공작님과 공작부인이 이런 무모한 계획에 참여하는 걸 기꺼이 허락해주신다면요."

"이건 전혀 무모해 보이지 않아요. 오히려 아주 훌륭

한 일인걸요." 튜키가 말했다. "그리고 물론 제 부모님은 기꺼이 여러분을 돕는 일을 허락해주실 거예요. 게다가 개인적으론 마차를 모는 경험도 쌓을 수 있을 테고 말이죠. 실은 제가 마차 모는 일엔 영 젬병이거든요."

튜키는 우리를 웃게 할 의도였지만 자기 혼자만 웃었다. 하지만 잠시 후 배질웨더 홀에서 우리를 앞에 두고 부모님과 이야기할 때는 꽤 진지한 모습을 취했다. "이건 제가 적게나마 홈즈 양에게 빚을 갚을 기회예요."

"물론 그렇겠지. 모험을 할 기회이기도 하고 말이야." 기품 있는 얼굴에 경계하는 표정을 지으며 공작부인이 덧붙였다. 그럼에도 공작부인과 공작은 아들이 이 계획에 참여하는 데 동의했다. 아무래도 셜록 홈즈의 자자한 명성이 한몫 톡톡히 한 듯하다.

셜록은 튜크스베리 자작 겸 배질웨더 후작에게 손수 작성한 지침서와 지도를 건네며 "이제 우리의 운명은 모두 당신에게 달려 있어요."라고 진지하게 말했다.

티쉬는 계획을 준비하는 한 주 내내 거의 굶다시피 했다. 실제로 언니가 '죽었다'는 소식을 들은 뒤 티쉬는 거의 먹지도, 잠들지도 못해 수척하고 창백해진 상태였다. 셜록의 관점에서 보면 이는 티쉬가 불운한 플로시의 행세를 제대로 해낼 훌륭한 징조였다. 하지만 난 티쉬에게 마음이 쓰였다. 그래서 약속의 날 아침, 난 티쉬를 전문 여성 클럽의 한 방으로 불러 아침 식사를 들도록 했다. 햄, 생선, 핫 롤 그리고 달콤한 비스킷을 곁들인 소 혓바닥이 나오는 훌륭한 아침 식사였다. 하지만 티쉬에게 그렇게 잘 먹도록 권했음에도, 별로 소득은 없었다. 그녀는 먹는 둥 마는 둥 단지 몇 수저만 뜰 뿐이었다.

"티쉬, 힘내야 해요! 이러다 너무 약해져 제 역할을 못 하기라도 하면 이제 플로시는 어떻게 해요?"

티쉬는 미소 지었지만 피곤해 보였다. "괜히 호들갑 떨지 말아요, 에놀라. 누가 보면 당신이 엄마인 줄 알겠어요."

맙소사, 내가 누군가의 엄마처럼 보일 수 있다니! 당황한 나는 떠날 채비를 위해 내 방으로 갈 때까지 한동안 아무 말도 하지 않았다. 그러고는 남의 이목을 끌지 않도록 최대한 눈에 띄지 않는 옷차림을 했다. 황갈색 서지(짜임이 튼튼한 모직물-역주) 정장 차림에 쪽 진 머리, 그리고 그 위로 평범한 모자를 썼다. 티쉬는 머리부터 발끝까지 완전히 가린 미망인 상복 차림에 뻣뻣한 검은색 모자와 그 챙에 달린 두꺼운 검은색 베일로 얼굴을 가렸다. 이윽고 아래층으로 내려가서 우리를 기다리던 마차로 다가갈 무렵 — 가방과 소풍용 바구니는 이미 마차에 실은 상태였다 — 티쉬가 내 팔에 달라붙으며 속삭였다. "맙소사, 제가 어디로 가는지 잘 보이지도 않네요."

셜록과 왓슨은 기차역에서 우리를 만났고, 이번에 셜록은 사냥 모자도 실크해트도 쓰지 않은 차림이었다. 비록 완전한 변장은 아니었지만, 무릎이 늘어난 갈색 바지며, 살짝 닳은 재킷, 오래된 홈부르크 모자(챙이 좁은 중절모의 일종-역주)가 어느 정도 서민 같은 느낌을 풍겼다. 왓슨은 굳이 변장이 필요 없었다. 놀랍게도 그는 단 한 번도 튀는 법이 없었기 때문이다.

우리는 승강장에서 만날 때도, 짐을 처리할 때도, 기차에 탈 때도, 심지어 객실에 우리만 남았을 때도 소곤소곤 말하려고 애썼다. 그러고는 늦여름 9월에 날씨가 참 화창하다느니, 또 기차가 런던을 벗어날 땐 시골 경치가 참 좋다느니, 이런 일상적인 대화 외엔 거의 어떤 대화도 나누지 않았다. 베일을 아래로 드리운 티쉬는 거의 말을 하지 않아 기차 승무원이 보기에도 영락없이 슬픔에 잠긴 젊은 과부였다. 셜록은 신문을 읽었고 대각선으로 마주 앉은 왓슨과 난 가끔 승무원을 의식하며 잡담을 나누었다.

마침내 워킹에 도착한 우리는 기차에서 내렸다. 워

킹 역은 내게 다소 생소했지만, 분명 셜록에겐 그렇지 않아 보였다. 능숙하게 짐꾼을 불러 짐 내리는 걸 돕도록 한 셜록은 마차가 대기하는 곳으로 우리를 안내했다. 그곳에는 무려 네 마리의 말이 끄는 널찍한 '사륜마차'가 대기하고 있었다. 기본적으로 그 마차는 사람을 태우는 여객용 마차로 보기엔 너무 평범한 대형 마차였다. 그러니까 망토도 걸치지 않고 모자에 코케이드(소속, 계급, 신분 따위를 나타내기 위해 모자에 붙이는 일정한 표지-역주)도 부착하지 않은 그야말로 평범한 시골 사람이 모는 마차였다. 게다가 지극히 평범한 그 말들엔 반짝이는 마구도, 고삐도 없었다. 또한 금줄이나 은줄 세공도, 화려한 커버 같은 실내 장식도 없었다. 일단 마차가 덜컹거리며 출발하고 마부가 우리 대화를 못 듣게 되자, 내가 거리낌 없이 말했다. "앞으로 고생 좀 해야겠네요."

"이참에 돈 없고 별 볼 일 없는 패거리 행세나 해야겠군." 홈즈가 말했다.

"내가 구한 오두막도 만만치 않으니 한번 기다려봄세." 왓슨이 소년처럼 짓궂은 미소를 지으며 덧붙였다.

그때 베일로 얼굴을 가린 티쉬가 갑자기 괴로운 말투로 입을 열었다. "그런데 만약 캐디가 집에 없으면 어떡하죠?"

엄중한 상황이니만큼 무뚝뚝해진 셜록의 입에서 꽤 신랄한 말이 나오기 전에 얼른 왓슨이 선수를 쳤다.
"홈즈 씨에겐 믿을 만한 정보원이 있답니다, 글러버 양."
"맞아요." 셜록이 제법 인내심을 보이며 단언했다. "지금 러드클리프 경은 던헨치 홀에 머물고 있고 다른 손님은 없는 상태예요."

바퀴 자국이 움푹 파인 시골길을 따라 마차는 걷잡을 수 없이 흔들리고 또 획획 미끄러지며 달렸다. 분명 이 마차는 멈추거나 달리는 제어 능력이 없어 보였다. 하지만 이 상황에 괜히 이런 말을 꺼냈다가 실언이라도 하게 될까 봐 우리는 그냥 침묵했다.

황폐한 샛길로 끝도 없이 달리는 이 여정에 비하면, 런던발 워킹행 기차 여정은 거의 후다닥 지나갔다고 해도 과언이 아니었다. 그래도 이런 지형을 가로질러 이리도 많은 짐을 '끌고 가려면' 분명 네 마리의 말은 꽤 필요한 듯했다. 우리가 은밀히 던헨치 홀에 도착하려면 이 방법이 꼭 필요하단 사실을 난 거듭 스스로 상기했다.

마침내 왓슨이 일어나 창밖으로 머리를 내밀어 마부에게 소리치자 마부도 우렁찬 소리로 대답했다. 그렇게 왓슨과 마부 사이에 몇 차례의 대화가 오간 뒤, 어느새 마차는 높은 산울타리 사이의 꾸불꾸불한 길에 이르렀고, 드디어 우리의 '본부' 앞에 멈춰 섰다.

바로 왓슨이 말한 그 별 볼 일 없는 오두막이었다. 오두막은 외벽의 회반죽 조각이 떨어져 나가 벽 내부의 석조 재료가 그대로 드러난 상태였다. 그 외관은 두 창문과 코같이 생긴 문, 그리고 특유의 낮은 지붕 때문인지 마치 인상 쓴 네안데르탈인이 연상되는 모습이었다. 난로와 탁자 그리고 의자 몇 개뿐인 방 두 개짜리 실내도 역시 별 볼 일 없기는 마찬가지였다. 하지만 배가 고파오던 난 아무래도 상관없었다. 곧바로 소풍 바구니에서 오찬 음식을 꺼냈다. 다소 늦어져 음식이 좀 식어버리긴 했으나 놀랍고 난처하게도, 이 맵게 양념한 달걀이며 구운 콩 샌드위치, 크래커, 정어리에 나 말고는 아무도 관심이 없는 눈치였다.

오두막의 뒤쪽 창밖을 내다보던 셜록에게 식은 치즈 토스트를 권해봤지만 손을 내저었다. "내 생각이 크게 틀리지 않는 한, 여기선 틀림없이 던헨치 홀이 보일 거야."

"맞아. 지금 우린 그 저택의 뜰 바로 뒤에 있어." 짐을 챙겨 마차에서 내린 후 안으로 들어온 왓슨이 역시나 내가 내민 샌드위치에 거절의 손짓을 보내며 말했다. "홈즈, 좋은 생각이 있어. 만약 여기서 걸어 들어갈 수 있는 길을 찾아낸다면, 굳이 저택 관리인을 상대하지 않아도 될 듯해."

"좋은 생각이야!" 오빠가 소리쳤다. 날이 어둡기 전에 부러진 나뭇가지들을 움켜쥐고 힘차게 길을 나선 두 사람은 곧 시야에서 사라졌다.

 나는 한숨을 쉰 뒤 걸신들린 듯 먹어 치우던 스위스 치즈를 옆으로 치운 다음 자리에서 일어나 티쉬에게로 갔다. 티쉬는 검은색 천이 드리워진 가로등 기둥처럼 방 한가운데 서 있었다. 나는 마치 동굴 속에서 티쉬의 얼굴을 발견한 양 두터운 베일을 들어 올린 뒤 티쉬의 얼굴을 자세히 들여다봤다. 온통 검은색 모자와 베일로 휘감고 있는 티쉬의 얼굴은 몹시 창백해 보였다. "티쉬, 지금 무슨 생각을 하고 있든 정신 차려야 해요, 기운 내요." 나는 티쉬의 머리를 감싼 검은 수의를 들어 올리기 위해 모자 핀을 잡아당긴 뒤 일부러 익살스럽게 말했다. 티쉬는 오두막의 희미한 불빛이 마치 대단한 빛이라도 되는 양 눈이 부신 듯 눈을 깜박이며 서 있었다. 나는 티쉬의 손을 잡고 테이블로 인도했다. "이리와 앉아 좀 먹어요, 티쉬."

 그녀는 앉았지만 이내 "못 먹겠어요."라고 말했다.

 "정말요? 크래커라도 좀 먹어봐요." 나는 정어리 통조림을 땄다.

 "안 돼요. 먹으면 체할 것 같아요."

내가 정어리와 크래커를 우적우적 씹으며 물었다.
"왜요? 왜 그렇게 두려운 건데요? 그 야비한 백작이 두려운 건가요?"

"네. 하지만 더 두려운 건……" 티쉬가 침을 꿀떡 삼키고는 아래를 내려다보다 다시 날 올려다봤다. 왠지 아주 어렵사리 말문을 여는 눈치였다. "더 두려운 건 정신병원이에요. 끌려가서…… 이내 버려지는 곳."

"티쉬, 왓슨 박사와 오빠가 당신이 갇히도록 내버려두진 않을 거예요! 우리가 당신의 언니를 구하려고 할 때 앞장서줄 사람은 오직 당신뿐이에요. 플로시를 구하는 일이라니 정말 근사하지 않나요?"

"언니의 상태가 괜찮기만 하다면요. 하지만 만약…… 만약 언니도 다른 사람들처럼……."

순간 티쉬에게 엄습해온 두려움이 내게도 낱낱이 와닿기 시작하면서 난 식욕을 잃고 정어리와 크래커를 한쪽으로 치웠다. "언니분을 찾은 후의 일에 대해선 미처 생각하지 못했네요." 내가 부드럽게 말했다. 플로시를 찾은 후에 과연 플로시는 어디로 가야 할까? 동생인 글러버 양과 함께가 아니라면 어디 머물 데도 없지 않은가? 만약 플로시가 정신병원에서 이미 미쳐버린 상태라면? 과연 티쉬는 어떻게 생계를 유지하면서 언니를 돌볼 수 있을까?

나는 숨을 깊이 들이마셨다. "티쉬, 두 가지만 말할게요. 첫째, 전 항상 당신을 도울 거예요. 둘째, 때로는 한 번에 한 문제씩 해결하는 게 상책이에요." 난 그녀를 다른 방으로 데려가기 위해 단호하게 일어났다. "지금 우리 두 사람은 할 일이 매우 많아요."

17장

"제 머리부터 자르죠." 티쉬가 말했다.

 '그래, 가장 힘든 일부터 해치우자.' 난 생각했다. 굳이 말은 안 했지만, 그래도, 매몰차게 싹둑싹둑 잘라낼 마음은 없었다. 우선 난 귀 뒤로 넘겨 핀으로 고정해둔 그녀의 삼단 같은 머리카락을 풀었다. 그러고는 뒷머리를 빗겨 약 50센티미터 길이로 도톰하고 단단히 땋은 후 맨 아래와 맨 윗부분을 각각 묶었다. 그다음 땋은 부분의 위쪽을 가위로 싹둑 잘라 그녀의 무릎에 올려놓았다. 티쉬는 흔쾌히 수긍하며 그 위에 한 손을 올려놓았지만, 말을 하거나 올려다보진 않았다.

 머리를 바짝 깎으며 왠지 그녀가 눈물을 터뜨릴 것 같았지만 티쉬는 울지 않았다. 마침내 내가 물었다.
"기분이 어떠세요?"

"말 그대로 머리가 꽤 가벼워진 것 같아요. 으슬으슬 춥기도 하고요. 이러다간 두피에 소름이 돋겠는데요."

티쉬가 기운을 되찾은 것 같아 나는 안도의 미소를 띠고 머리의 보온을 위해 숄을 둘렀다. 이어 숄을 터번 모양으로 고정한 뒤 나머지 부분도 변장시킬 준비를 했다. 셜록은 변장을 위해 남자인 자신의 도움을 받는다는 것이 티쉬에겐 부담스러운 일인 걸 알았기에 내게 변장에 필요한 세부 사항을 미리 전달해뒀다. "자, 이제 옷을 갈아입으세요." 내가 티쉬에게 말했다. "이제 팔다리와 어깨의 피부를 지저분하게 만들 차례거든요."

"신나는데요."

"준비되면 불러주세요." 그렇게 말하고 나는 난로가 있는 다른 방으로 갔다.

난로는 우리가 가져온 불쏘시개와 막대기로 내가 혼자 오찬을 먹을 때 이미 피워둔 상태였다. 분장에 필요한 것들, 가령 오빠의 도움을 받아 옮겨둔 작은 물통과 대야, 그리고 거기에 길어 나른 물 등도 이미 모두 준비된 상태였다. 일단 난로로 옮긴 주전자 물을 확인해보니, 물은 그런대로 따뜻했다. 난 기다리는 동안 두 팔을 뒤쪽 창문턱에 기댄 채 하늘에 윤곽을 드리운 던헨치 홀의 암울한 뾰족 탑들을 응시했다.

"준비됐어요!" 티쉬가 날 불렀다.

나는 물 주전자를 티쉬가 있는 다른 방으로 옮겼다. 그러고는 티쉬의 변장한 옷차림에 대해 칭찬을 늘어놓았다. 그러니까 우리가 티쉬를 위해 산 얼룩지고 더럽고 민망한 중고 속옷들과 심지어 그 속옷들마저 가려주지 못하는 낡고 빛바랜 원피스 말이다. 그 옷을 입은 티쉬는 이미 무척 충격을 받은 모습이었다.

"와, 가히 훈장감인데요." 내가 티쉬에게 말했다. "여왕이 수여하는 훈장 말이에요."

"왜요?"

"당신은 용감한 사람이니까요, 티쉬." 나는 그녀를 안아 자리에 앉힌 다음 집에서 만든 갈색 잿물 비누를 가져와 물에 담갔다. 그러고는 그녀의 맨 팔다리에 비누 거품 칠을 하기 시작했다.

"그렇담 이건 가장 영광스러운 목욕 훈장이군요!" 티쉬가 농담을 던졌다.

"그리 간단하면 좋겠지만 비누가 마르도록 좀 놔둬야 해요. 그사이 손 분장도 좀 해야 하고요."

"손이요?"

"플로시가 당신처럼 손톱을 짧게 깎았나요?"

"아뇨, 플로시는 타이피스트가 아니라 더 길렀죠······ 오, 맙소사."

"걱정 말아요. 제게 해결책이 있어요." 나는 우선 셜록이 마련해준 질 좋은, 말린 피스타치오 껍데기를 티쉬의 손톱 아래 피부 면에 정확히 맞추었다. 그러고는 고무 접착제로 고정시킨 후 그 끝을 들쑥날쑥하게 살짝 잘랐다. 이 장면을 지켜보던 티쉬의 눈이 휘둥그레졌다. "와, 정말 놀랍네요!"

이 '놀랍다'는 말이 이제 자기 손톱이 부쩍 길어지고, 갈라지고, 지저분해 보인다는 뜻이었다면, 그건 꽤 맞는 말이었다.

"이제 발톱도 그렇게 만들어야 해요. 정신병원에서 맨발로 다닌 설정이니까요."

하지만 그전에 나는 난로와 창틀과 문간에서 나름 흥미로운 조합인 검댕과 먼지와 때를 모았다. 그러고는 마치 며칠간 안 씻은 발처럼 보이기 위해 무릎을 꿇고 티쉬의 발에 그 혼합물을 문질렀다.

"성경에서도 이런 걸 하지 않았나요(성경에 보면 마리아가 옥합을 깨뜨려 예수님의 발에 향유를 붓고 자기 머리카락으로 그 발을 닦는 장면이 나옴-역주)?" 티쉬가 한없이 순진무구한 얼굴로 물었다.

"아마 그 반대일걸요(성경에선 깨끗해지도록 닦아준 것이고, 에놀라는 분장을 위해 더러워 보이도록 문지른 것이기에 반대라고 말함-역주)."

"그럼 당신의 머리카락으로 제 발을 닦을 일도 없겠네요?"

너무나도 우스꽝스러운 티쉬의 말투에 웃음이 튀어나왔다. "티쉬, 당신은 정말 못 말릴 사람이네요!"

"맞아요. 아, 제 발톱에도 피스타치오 껍데기를 붙인다고 하지 않았나요?"

"네, 그랬죠." 그렇게 티쉬의 발톱 분장이 끝날 무렵, 어느새 티쉬의 피부는 팔다리에 완전히 말라붙은 비누 거품 때문에 거칠고, 방치되고, 혐오스러운 한센병(나병) 환자 같은 상태로 변했다. 잠시 나는 양손을 옆구리에 대고 선 채 마치 요리사가 완성된 수플레를 감상하듯 그녀를 죽 훑어보았다.

"몸에 단단한 껍질을 두른 것 같아요." 티쉬가 불평하나 없는 목소리로 말했다. 하지만 실은 재미난 듯하면서도 어딘가 쓸쓸해 보였다.

"네, 그런데 변장이 그리 튼튼한 것 같진 않아요. 어디에 살짝 닿기라도 하는 날엔 섬세한 변장이 망가질 수 있으니 조심해야 해요." 나는 스스로 감탄하듯 고개를 옆으로 기울인 채 중얼거렸다. "음, 거의 완벽한 상태에 손대는 건 질색이지만……." 나는 중얼거렸다.

"하지만 손댈 거잖아요."

"물론이죠."

"그럼 다음엔 뭘 하죠?"

"식초를 써보려고요." 나는 다른 방에서 톡 쏘는 향의 하얀색 액체가 든 병을 가져왔다. 그러고는 그 액체를 접시에 조금 부은 뒤 손가락으로 적셔 티쉬에게 몇 방울을 튀겼다. "너무 많이 쓰면 안 돼요. 그랬다간 당신에게서 피클 공장 같은 냄새가 나는 걸 캐디가 알아차릴지도 몰라요. 오, 보세요!"

식초 방울이 티쉬의 '피부'에 닿자 물집이 생기면서 마치 부스럼이나 진물이 흐르는 종기처럼 변했다. 티쉬가 그 모습을 보더니 탄성을 지르며 말했다. "오, 좋네요! 더 뿌려주세요!"

난 그렇게 했다. 하지만 진정한 예술가는 멈출 때를 알아야 한다는 엄마의 가르침을 잘 새기며 더는 뿌리지 않았다. 그다음 분장이 마르도록 티쉬를 마치 이젤 위 수채화처럼 꼼짝 못 하도록 의자에 앉힌 후, 다른 방의 난로 위에서 밀랍을 녹였다. 내 일이 대부분 끝나자, 갑자기 날이 어두워진 듯하면서 텅 빈 오두막이 쓸쓸하게 느껴졌다. 왠지 저택 뒤로 통하는 길을 찾으러 갔던 셜록과 왓슨이 돌아왔으면 싶었다. 그게 아니면 마차를 몰고 튜키가 왔으면 싶었다.

아, 그런데 튜키는 어디 *있지?* 지금쯤 여기 왔어야 하는 거 아닌가.

"아냐, 괜히 안달할 필요 없어." 난 혼자 중얼거렸다.

그러나 한번 마음속에 일렁인 걱정과 추측의 바람은 마치 새된 소리를 내는 백파이프(스코틀랜드 고지 사람의 취주 악기-역주) 소리처럼 요동치기 시작했다. 아니면 혹시 길을 잃었나? 셜록이 길도 잘 알려주고 상세한 지도도 주었지만, 어찌어찌 헤매다가 길을 잃은 건 아닌가? 아니면 혹시 늦잠을 자고 허둥지둥 다음 기차를 탔다가 내릴 역이라도 지나쳐버렸나? 아니, 난 그보단 튜키를 더 잘 알았다. 튜키는 그런 멍청한 사람이 아니었다. 그렇게 뒤죽박죽 윙윙거리며 떠오르던 생각은 이젠 아예 울부짖고 있었다. 아, 무슨 사고라도 당한 게 틀림없어! 만약 뼈라도 부서진 채 피투성이가 되어 도랑에 누워 있다면?

그때 현관에서 누군가 말하는 소리가 들려왔고, 순간 내 마음은 튜키인가 하는 기대감에 휩싸였다. 나는 치마가 빙그르르 돌아갈 정도로 재빨리 현관 쪽으로 몸을 돌렸다. 하지만 거기엔 주변을 살피고 돌아온 셜록과 왓슨뿐이었다.

"뒤로 통하는 길을 찾았어요!" 왓슨이 특유의 소년 같은 흥분을 드러내며 말했다.

"튜크스베리 자작은 어디 있니?" 셜록이 물었다.

"오빠, 오셨어요?" 내가 은근슬쩍 말을 돌리며 말했다.

"에놀라," 셜록이 집요하게 물었다. "네 어린 친구는 어떻게 됐냐니까? 그 친구 없인 이 계획을 추진할 수 없어."

"근데 왜 그는 우리와 함께 워킹을 경유해서 오지 않은 거야?" 왓슨이 물었다.

"우리가 탄 사륜마차와 튜키가 탄 유람 마차가 줄지어 다니면 너무 눈에 띌 것 같았거든. 잠깐만, 에놀라, 대체 네 친구는 어디 있는 거니?"

"제게 무슨 천리안이라도 있나 보죠, 셜록 오빠?" 혹시나 걱정하는 것처럼 보일세라 내가 애쓰며 물었다. "오빠가 티쉬를 소름 끼칠 만한 사람으로 변신시켜놓을 때쯤이면 튜키도 와 있지 않을까요?"

"그나저나 글러버 양의 변장은 어떻게 돼가니?"

"직접 한번 가서 보시죠."

오빠는 내 말대로 티쉬가 있는 방으로 갔다. 이윽고 꽤 만족한 듯한 오빠의 탄성이 들려왔다. "우와! 글러버 양, 정말 기막히게 근사하네요." 오빠는 티쉬에게 다가간 뒤 내가 그녀의 머리에 감아둔 숄을 벗겼다. 그러고는 마치 예술 작품을 공개하듯 야단스럽게 숄을 들어 올린 다음 한 걸음 물러나 감탄의 말을 내뱉었다. "글러버 양, 당신의 머리를 이렇게 희생하다니…… 정말 경의를 표합니다. 바짝 자른 머리가 우리

목적에 그야말로 딱 들어맞네요. 제가 얼굴 주변으로 마무리 손질을 좀 더 해도 될까요?"

티쉬가 창백하게 미소 띤 얼굴로 고개를 끄덕였다.

난 등골이 오싹해질 만큼 매료되어 셜록이 분장하는 장면을 지켜봤다. 셜록은 티쉬의 눈 주변으로 조심스레 숯덩이를 발라 눈 윤곽을 분장한 뒤 창백한 얼굴이 더 돋보이도록 쌀가루를 발랐다. 그다음 눈꺼풀과 눈 주위가 마치 해골 눈처럼 그늘져 보이도록 여러 회색 톤의 분장용 화장품을 광대뼈와 턱 밑, 코 옆을 따라 부드럽게 문질렀다. 그러고는 이미 창백해진 입술이 더 돋보이도록 분장용 화장품을 한 번 더 바르고, 섬뜩한 윤기가 나는 바셀린을 이마와 코 밑에 펴 발랐다. 그리고 나선 가뜩이나 거의 없는 그녀의 머리카락에 생기라곤 하나도 남지 않을 때까지 끈적끈적한 기름과 숯을 문질러댔다. 그러자 이제 머리카락은 솔처럼 뻣뻣해지거나 두피에 착 달라붙었다. 마지막으로 오빠는 그녀의 코 밑과 아래쪽 눈꺼풀, 그리고 입 주변을 따라 내가 미리 녹여 식혀둔 밀랍을 바른 뒤 점액 상태이던 밀랍이 말라 매우 흉측한 모습으로 보일 때까지 손으로 매만졌다.

셜록이 자신의 작품을 살펴보려고 일어났을 때 나도 모르게 손뼉을 쳤다. "브라보! 셜록 오빠, 경의를 표해요! 티쉬, *제가* 다 겁을 집어먹을 만큼 정신 나간 사람처럼 보여요. 한번 보시겠어요?" 나는 그녀에게 손거울을 흔들어 보였다.

티쉬는 머뭇거리다가 "좋아요."라고 속삭였다.

나는 가까이 다가가 그녀가 거울에 비친 자기 모습을 볼 수 있도록 거울을 들어 올렸다. 그러자 티쉬가 헉하고 숨을 내쉬고는 이내 움찔하며 물러났다.

"티쉬?"

"우리는……" 그녀는 거의 말도 못 할 충격을 받은 눈치였다. "……그럼 정말 우리는…… 플로시가……."

"오, 안 돼! 안 돼, 안 돼요!" 티쉬를 안심시키고 싶은 마음에 허둥대던 난 발을 헛디디며 그녀의 발 옆쪽으로 털썩 주저앉았다. "분명 플로시는 머리가 그렇게 짧게 잘리지도, 그렇게 섬뜩한 모습으로 변하지도 않았을 거예요. 지금 당신의 모습이 플로시의 모습은 아니에요, *진짜로요*, 티쉬. 그저 당신은 우리가 임의로 추정한 플로시의 모습으로 분장한 것뿐이에요."

"하지만…… 캐디가…… 믿을까요?"

그때 뒤에서 왓슨 박사의 지혜롭고 명료한 목소리가 들려왔다. "만일 캐도건 경에게도 영혼이 있다면, 그는 당신의 모습을 통해 자신이 저지른 죄의 실상을 보고 공포에 떨 거예요."

나는 티쉬에게 말했다. "당신은 캐도건 경에게 최악의 악몽이 될 거예요. 도저히 합리적인 생각은 할 수 없을 만큼 심한 양심의 가책을 느낄 거예요."

그리고 셜록이 말했다. "빌어먹을, 그런데 그 젊은 친구, 튜크스베리는 대체 어디 있는 거야?"

18장

햇빛이 오두막 창문을 통해 낮고 비스듬히 드리워졌다. 왓슨은 테이블에 앉아 식사를 했고, 셜록은 오두막 안을 서성거렸다. 그리고 티쉬는 다소 기이한 모습의 매끄럽고 하얀 석상처럼 앉아 있었다.

"튜크스베리가 곧 오지 않으면, 계획을 바꿔야 해!"

셜록이 딱히 우리 중 누구도 지칭하지 않은 상태에서 큰 소리로 말했다.

이윽고 해가 지기 시작했다.

"그 바보 같은 후작이 곧 나타나지 않으면 아무것도 진행할 수 없을지도 몰라!"

이제 해는 먼 언덕 아래로 가라앉고 황혼 무렵의 오래된 상앗빛만 남은 상태였다.

셜록이 말했다. "튜키를 절대 믿지 말았어야 했어."

"튜키 탓하지 말아요!" 내가 소리쳤다. "뭔가 잘못된 게 틀림없어요!"

바로 그때였다. 마치 초조한 노부인처럼 내가 두 손을 막 비비기 시작할 무렵, 어디선가 이쪽으로 다가오는 맹렬한 말발굽 소리가 들려왔다. 나는 밖으로 뛰쳐나가 곧 들이닥칠 흙먼지 바람을 바라보며 큰 소리로 투덜거렸다. "아, 안 돼!" 앞으로 달려 나가보니 튜키가 웬 노란 말과 몸싸움을 벌이고 있었다. 나는 그 말의 굴레를 잡은 뒤 튜키가 녀석을 멈출 수 있도록 도와주었다. 안 그랬다간 녀석은 이 오두막마저 거뜬히 지나쳐 갈 기세였다. 어찌나 빨리 달려왔던지 보글보글 이는 거품 땀에 흠뻑 젖은 모습(말의 땀에는 비누 성분인 계면활성제 라세린이 들어 있어 땀을 흘릴 때 흰색 거품이 생김-역주)으로 말이다. "맙소사, 제제벨을 빌렸군요!"

"그게 이 빌어먹을 짐승의 이름인가요?" 완전 녹초가 된 튜키가 유람 마차의 마부석에 축 늘어진 채 말했다. 튜키의 얼굴을 보아하니 제제벨에 대한 온갖 욕설을 늘어놓고 싶은 표정이 역력했다.

"대체 어떻게 된 거죠?" 셜록이 발버둥 치는 제제벨, 그러니까 고개를 젖혀댄다든지, 껑충거린다든지, 주저앉아버린다든지, 아니면 달아나려고 갖은 애를 쓰는 녀석의 나머지 한쪽 굴레를 휘어잡으며 물었다.

"실은 빠른 말을 달라고 했거든요. 물론 제지가 빨랐던 건 부인하지 않아요. 하지만 의도한 방향대로 정확히 갈 수 있는 말을 빌렸어야 했어요. 녀석은 방향을 무시하는 건 물론, 제대로 된 길로 가지도 않았거든요."

"누가 봐도 제멋대로인 건 물론이고요. 이 녀석은 은밀히 기다려야 할 우리의 계획과는 좀 동떨어져 보이는군요." 셜록이 암말을 째려보며 말했다. 지금처럼 끔찍한 상황만 아니었다면 익살이 드러났을 법한 시선이었다. "하지만 적어도 당신은 마차와 함께 여기에 왔군요, 튜크스베리 경, 이제 우리 모두 작전 회의를 좀 하지요."

고로 우리는 일단 제지를 튼튼한 말뚝에 묶고 말목에 채운 귀리 사료 자루로 녀석을 진정시킨 뒤, 작전 회의를 진행했다. 다만 진정해야 하는 면에 있어서는 티쉬도 조금 필요한 상황이라, 난 먼저 그녀의 머리 위에 숄을 걸쳐 얼굴을 가려준 뒤 "튜키는 식사에 정신이 팔려 당신을 자세히 못 볼 거예요."라고 안심시켰다. 그러자 이내 그녀도 다른 방에서 나와 우리에게 합류했다.

셜록은 마치 교수처럼 팔짱을 끼고 엉덩이를 테이블에 기댄 채 마치 홍학처럼 한 다리를 구부린 모습이었다. "왓슨의 꽤 현명한 그 계획은…… 그러니까 울타리 뒤쪽 밀렵꾼이 드나드는 구멍을 통해 은밀히 글러버 양을 던헨치 저택으로 진입시키려던 계획은 안타깝게도, 어둠이 내려앉은 지금은 실행이 불가능해요." 그가 심사숙고하듯 말했다. "거친 나무숲을 헤쳐 나가려면 햇빛이 필요하거든요. 고로 이제 우리는 저택 정문으로 들어가야 해요. 그런데 우리 말의 날뛰는 성향을 볼 때 잠복은 힘들 것 같아요. 누구라도 정문 밖에서 그러고 있다간 저택 관리인의 눈에 띌 테니까요."

"그래서 지금은 저택 관리인을 후려치고 통과해야 할 판이죠." 왓슨이 말했다.

"위험하고 내키지 않는 일이야." 셜록이 말하고는 갑자기 티쉬 쪽으로 시선을 돌렸다. "글러버 양, 온종일 굶으셨죠? 몸이 휘청거리진 않으신가요?"

티쉬는 고개를 끄덕였지만 거의 모기만 한 소리로 말했다. "그건 상관없어요."

"일단 당신이 캐디 백작과 대면한 후라면 틀린 말은 아니에요. 하지만 잔디밭을 가로질러 던헨치 홀까지 걸어갈 힘은 있나요? 아니면 그냥 현관문 앞에 내려드릴까요?"

"티쉬를 문 앞에 내려준다고요?" 내가 소리쳤다.

"응, 글러버 양을 튜크스베리 경이 끌고 온 유람 마차 안에 숨기는 거지. 그 마차는 왓슨이 몰면 되고. 지금 튜크스베리 경이 딱 상류층 방문객같이 차려입었으니, 저택 관리인이 우리를 그냥 들여보내준다면, 폭력 같은 건 안 써도 될 거야. 그래도 혹시 돌발 상황이 생길지 모르니…… 에놀라, 글러버 양, 이 점은 같이 생각해주세요. 두 사람 다 거기에 가봤을 텐데요, 혹시 저택 관리인이 방문한 사람을 저택 본관에 알릴 방법이 있던가요?"

"이를테면, 전화 같은 거요?" 내가 농담을 던졌다.

"왜 아이에게 메시지를 쥐여 보내는 방법 같은 거 있잖아."

"밤에는 당연히 방법이 없죠." 내가 따져 묻듯 말했다.

"언니의 결혼식이 진행되는 동안," 문득 아픈 기억이 떠오른 듯 티쉬가 입을 열었다. "마차들이 바깥 정문은 그냥 통과했고, 본채 현관문 앞에서 손님들을 확인했어요. 그러니까 지금 계획대로라면 제가 바로 그 현관문 앞에 갈 때까지 캐디는 몰랐으면 하는 거죠?"

"맞아요. 우리가 바라는 바는 캐디가 오직 자신만이 알고 있는 정신병원에서 당신이 맨발로 탈출해 먼 길을 달려왔다고 믿는 거예요. 그래서 말인데 또 다른 질문을 해볼게요. 과연 우리가 잔디밭으로 마차를 몰고 갈 수 있을까요? 말발굽 소리와 바퀴 소리를 죽이려면 그래야 할 것 같거든요."

티쉬와 호기심 어린 표정을 나눈 내가 고개를 끄덕이며 말했다. "홀의 앞쪽 뜰은 꽤 트여 있어요."

"또 아무도 모르게 진입하려면 랜턴은 끄고 가야 할 것 같은데 과연 그렇게 하고 갈 수 있을까요?" 셜록이 말했다.

순간 가스등이 환하게 켜져 있던 포르티코가 떠올랐다. "아마도요."

노병의 배짱과 낙천적인 모습, 둘 다를 지닌 왓슨이 말했다. "가서 한번 확인해보죠, 뭐."

티쉬는 유람 마차 좌석 밑에 숨었고, 난 티쉬의 모습을 가리기 위해 스커트를 활짝 펼치고 앉았다. 처음으로 치맛단에 14미터에 달하는 주름 장식이 달린 한물간 드레스가 아쉬웠다. 다소 누추한 옷을 입은 탓에 셜록은 내 옆쪽 어두운 구석에 앉았고, 튜크스베리는 우리 귀족의 자태로 건너편에 앉아 저택 관리인을 대면할 준비를 했다. 마부 역할을 할 왓슨은 떠나기 전 제지에게 물 한 양동이를 주었지만, 아마도 지금쯤 자신이 베푼 친절을 간절히 무르고 싶어 할 듯했다.

"워워! 이봐, '워워' 하면 좀 멈춰야지!" 던헨치 홀의 쇠로 된 정문 앞에서 제지를 멈추려고 애쓰는 왓슨이 보였다. 여태 그가 이렇게 화난 모습은 처음 보는 듯했다. 왓슨의 성난 목소리에 저택 관리인이 바로 나왔다.

튜크스베리 자작 겸 배질웨더 후작이 유람 마차의 창밖으로 실크해트를 쓴 머리를 내밀었다. 그러고는 귀족 특유의 오만이 잔뜩 묻어나는 따분한 말투로 저택 관리인에게 말했다. "오랜 친구를 깜짝 방문하려고 왔소만."

"물론입니다, 나리." 저택 관리인이 정문을 열자 우리의 유람 마차가 덜커덩거리며 정문을 통과했다. 우리 뒤로 정문이 닫히자마자 잔디밭 위로 제지를 몰던 왓슨이 다시 한번 꾸짖었다. "워워, 이 녀석! 잔디밭 위로 가야지! 빌어먹을 녀석, 대체 왜 이 모양이야?" 실제로 왓슨은 정문과 던헨치 홀 사이의 가장 후미진 곳에 제지를 멈추기 위해 무척이나 애를 먹었다. 즉시 셜록과 튜키는 유람 마차의 랜턴을 끄기 위해 슬그머니 밖으로 나갔다. 아마 마차가 어둠 속에서 잔디 위를 구르려고 할 때, 둘 중 한 명은 제지를 통제하던 왓슨을 돕기 위해 제지의 머리 쪽으로 갔을 듯싶었다. 물론 직접 보진 못해 정확하게 말할 순 없다. 그 무렵 난 티쉬가 벤치 밑에서 나오는 걸 도와주고 있었기 때문이다. 행여라도 합성세제 비누나 밀랍이 티쉬의 몸에서 떨어질세라 난 조심조심 움직였다. 유람 마차 창문을 통해 충분한 빛이 들어오는 가운데 내 옆에 유령같이 선 티쉬가 보였다. 어느새 우리의 유람 마차가 포르티코에 가까이 다가간 모양이었다.

다만 티쉬는 유령보다 지금의 모습을 더 잘 유지해야 할 듯싶었다. "티쉬," 내가 부드럽게 말했다. "그 잘난 캐디가 저지른 일을 온 마음으로 기억하도록 해요."

그녀가 고개를 끄덕였다.

"당신이 플로시라면 캐디에게 뭐라고 할지 생각해보고요."

다시 고개를 끄덕이던 티쉬가 유람 마차의 움직임이 멈추자 고개를 들었다.

"그리고 단도는 되도록 깊이 넣어둬요."

그녀가 셜록의 도움을 받고 마차에서 내리며 날 힐끗 쳐다봤다. 물론 내가 내릴 땐 아무도 도와주지 않았다. 튜키는 제지의 머리 쪽에서 눈코 뜰 새 없이 바빴다. 이후 튜키와 왓슨은 제지가 끄는 유람 마차를 잔디밭 한쪽 구석의 어두운 곳으로 이동시켰다. 나는 던헨치 홀의 벽 옆쪽 측백나무 덤불 사이로, 그러니까 내 기억에 식당 바깥벽 쪽의 불 켜진 창문 아래로 달려가 쭈그려 앉았다. 셜록은 어디론가 숨어버렸다. 그리고 그때 맨발, 맨머리에 거의 반나체나 다름없는 누더기만 걸친 섬뜩한 차림의 티쉬가 현관까지 뚜벅뚜벅 걸어가 노크를 했다. 그제야 난 여기에 있던 장례

화환이 없어졌다는 걸 깨달았다.

노크를 하며 현관문 앞에 서서 기다리던 티쉬가 생각을 고쳐먹고는 무례할 정도로 한참 동안 문을 요란하게 두드리더니 이내 다른 손까지 동원해 부서져라 쳐댔다. 마침내 문이 열리자 그녀가 집사를 지나쳐 집 안으로 뛰어 들어갔다. 그러자 여태껏 봐온 집사 중 가장 집사답지 않은 어투로 그가 고함쳐댔다. 사실, 그때 그 집사가 내뱉은 말은 너무나도 무례해서 다시 여기에 옮겨 적을 수도 없을 정도였다.

동시에 티쉬는 내 기대치를 훌쩍 뛰어넘어 더 강하고 맹렬하게 소리쳐댔다. "캐디, 이 귀족의 탈을 쓴 악랄한 사기꾼아, 어디 있어!"

모든 시선이 티쉬에게 쏠려 있어 아무도 날 눈치채지 못할 것 같은 생각이 들 때쯤, 난 쪼그린 자세에서 벽 위쪽으로 몸을 살짝 일으켰다. 그러고는 목을 길게 뺀 뒤 창문 아래쪽의 구석 틈을 통해 몰래 안을 들여다봤다.

촛불이 켜진 식탁 끝에 손가락 사이로 식후 담배를 입에 문 채 미동 하나 없이 앉아 있는 던헨치 백작의 옆모습이 보였다. 그때 갑자기 식당 문이 열리며 티쉬가 안으로 뛰어 들어갔고, 순간 소스라치게 놀란 백작이 손가락 사이에 껴둔 시가를 떨어뜨렸다. 그도 그럴 것이 어둠 속에서 그녀의 바짝 깎은 희멀건 머리는 마치 뼈가 다 드러난 백골 같아 보였기 때문이다.

"당신! 날 정신병원에 넘긴 이 유다 같은 남편아!" 티쉬가 기겁할 만큼 훤히 드러난 새하얀 맨팔을 마구 흔들며 백작에게 돌진하는 가운데 날카롭게 소리쳤다. "어떻게 당신이 나한테 이럴 수 *있어*?"

아무리 범상치 않은 여성 하나가 들어왔기로서니 캐디는 허둥지둥 일어서다 그만 의자를 뒤엎고 말았다.

"브린들!" 그가 집사를 향해 소리쳤다. "가서 도움을 청해!"

이미 던헨치 홀에는 불이 들어오고 있었고 복도에서도 상당한 웅성거림이 들렸지만, 티쉬의 거친 소프라노 울음소리는 이들을 모두 제압했다. "당신은 나와 결혼한 남자야!" 그녀가 소리쳤다. "그리고 날 소중히 여기겠다고 맹세했지! 이 뱀 같은 바람둥이, 어쩜 그리 비열하게도 날 시커먼 마차에 실어 보낼 수 있지?" 그러고는 긴 테이블의 한쪽으로 달려가 마치 캐디에게 폭행이라도 할 듯 달려들었다.

캐디는 참 품위 없게도 뒷걸음질치며 테이블 반대편으로 피했다. 물론 고함 소리는 위풍당당했다. "플로시, 제발 진정해. 당신 원래 모습을 좀 떠올리라고."

"내 원래 모습을 *떠올리라고*? 머리카락을 기르던 그 여자 말이야?" 티쉬는 의자를 딛고 다시 테이블 위로 올라가 내가 다 오싹해질 정도로 소리 내어 웃었다. 그러고는 '남편'이란 작자에게 종종걸음으로 다가가 도자기와 크리스털을 마구 던져댔다.

"훌륭하군!" 셜록이 내 귓가에 대고 속삭였다. "아주 배우 뺨치겠는걸!" 그러고는 내 맞은편 창문 모서리 쪽에 앉았다.

티쉬가 테이블 너머 자신을 향해 펄쩍펄쩍 뛰어오자, 얼빠진 채 공포에 질려 휘둥그레진 캐디의 눈이 더럽고 너저분한 티쉬의 발에 꽂혔다. 캐디가 혼란스러운 듯 뒷걸음질치다 발을 헛디며 넘어질 뻔하더니 "브린들! 마차를 불러!" 하고 야단스럽게 소리쳤다.

"정말 역겹군! 이 신발 밑바닥에 달라붙은 오물 같은 인간아!" 티쉬가 귀가 쨰질 듯 날카로운 목소리로 소리쳤다. "이런, 지금은 신발도 안 신었지!"

캐디가 꽁무니를 빼며 방에서 와다닥 뛰쳐나갔다. 티쉬는 꽥꽥 비명을 질러대며 그를 쫓아갔다. 나는 더는 그녀를 볼 수 없었지만, 통로 쪽에서 티쉬의 고함치는 소리를 들을 수 있었다. "안 돼! 이 야만인 같은 손 치워!" 아무래도 하인들이 그녀를 진압하려는 듯했다. 티쉬가 야만인 정도의 약한 욕설을 캐도건 백작에게 내뱉었을 리는 만무했기 때문이다.

"아주 정신이 나갔군, 플로시." 더는 그녀를 혼자 상대할 필요가 없게 된 캐디가 잔인하고 성난 목소리로 내뱉었다. "이제 원래 있던 곳으로 돌아가야지."

"그런데 부인은 어디서 나타난 걸까요, 백작님?" 브린들이 음침한 목소리로 물었다. "대체 여기는 어떻게 온 걸까요?"

순간 저택 관리인에게 알아보러 누군가를 보냈을지도 모른다는 생각에 심장이 얼어붙었다.

하지만 티쉬는 계속 열정적으로 지껄였다. "빗자루를 타고 왔겠지! 내 마술 슬리퍼를 신고 말이야. 다들 보이지 않나 봐?"

이윽고 캐디가 폭발했다. "그 불결한 발, 거기서 한 발짝도 움직이지 마. 데리고 나가, 브린들!"

"당신은 백작은커녕 남자도 아냐. 이 비겁한 겁쟁이!" 티쉬가 소리쳤다.

"누가 저 여자한테 재갈 좀 물려."

곧이어 몸부림치는 티쉬를 제압하는 소리가 들려왔다. "짐승 같은 놈들." 셜록이 중얼거렸다. "그래도 백작이 티쉬 앞에선 오금 좀 저렸겠어. 이제 내가 나설 차례군." 그러고는 잠시 내게 하는 말인지 혼잣말인지 애매하게 중얼거리더니 다음 순간 어둠 속으로 사라졌다.

티쉬에 대해 셜록과 같은 확신이 없던 나는 염려만 할 뿐, 티쉬를 도울 어떤 방법도 찾지 못한 채 그대로 자리를 지키고 있었다. 아직은.

19장

 시간이란 참 신기하다. 시계가 가리키는 대로 일정하게 가는 듯하다가도 때론 이상할 정도로 빠르거나 느리게 가기 때문이다. 뭔가 벌어지기 전 어둠 속에서 기다리는 지금 이 순간, 시간은 내 평생 가장 느릿느릿 흘러가고 있었다. 그렇게 마구간 방향에서 새어 나오는 소리를 듣기까진 어마어마한 시간이, 또 던헨치 홀 쪽으로 오는 러드클리프 경의 마차를 보기까진 영겁의 시간이 흐르는 듯했다. 이제 셜록이 그랬듯 내가 나설 차례가 오기 전, 시간은 마치 남자라면 턱수염이라도 자랄 만큼, 엄청 느릿느릿 다가왔다.

 그때 튼튼한 클리블랜드 베이(17세기 영국에서 유래한 말의 품종-역주) 한 쌍이 끄는 마차가 날 바로 지나쳐 갔다. 나는 마차의 등불 빛을 피해 측백나무 뒤에 웅크리고 숨었다. 하지만 마차의 뒷바퀴가 내 옆을 스쳐 가는 순간, 쏜살같이 뛰쳐나가 약간의 간격을 둔 채 마차 쪽으로 달려간 뒤 마차와 보조를 맞춰 종종걸음 으로 따라갔다. 그러고는 마차가 포르티코로 들어와 던헨즈 홀 문 앞에 멈출 때, 얼른 그늘진 마차 뒤편에 숨었다.

나는 무슨 소리라도 들어볼 요량으로 마차 옆쪽에 가서 웅크렸다. 하지만 쿵쿵거리는 내 심장 소리 외 엔 거의 아무것도 들리지 않았다. 그렇게 십여 분 동안 난 티쉬에게 무슨 일이 일어나고 있는지 볼 수도, 들 을 수도 없었다. 난 그녀가 훌륭히 해냈고 무사히 모 습을 드러내리라고 애써 혼잣말로 중얼거렸다. 하지 만 내 심장은 좀처럼 이 말을 들으려 하지 않았다. 그 렇지 않아도 힘든 일을 겪은 그녀가 이제 더 큰 일을 겪게 될 터였기 때문이다. 바로 검은색 4인승 사륜마 차가 그녀를 기다리고 있었던 것이다.

이윽고 던헨치 홀의 문이 열리는 소리가 들렸다. 아 울러 왁자지껄 떠들썩한 소리도 이어졌다. 그리고 다 행히도, 변함없는 열정으로 티쉬가 언성을 높여 쏘아 붙이는 소리가 들려왔다. "순 잡종견 같은 인간들아, 이 줏대 없는 족속들아!" 이어서 어디선가 몸을 부대 끼는 듯한 쓱쓱 소리가 들려왔다. 예정대로 티쉬는 내가 내는 어떤 인기척에도 주의가 집중되지 않도록 몸부림치는 중이었다.

마부의 눈과 귀가 모두 티쉬를 둘러싼 소란으로 향하길 바라며, 난 가급적 조용히 손을 뻗어 마차 옆문을 열었다. 그러고는 슬그머니 안으로 들어가 손을 뒤로 뻗어 몰래 문을 닫았다.

고래 배 속에 들어간 요나(고래 배 속에 들어갔다가 사흘 만에 살아 나온 것으로 유명한 성경의 인물-역주)도 이 어둠 속의 내 처지보단 나았을 것 같단 생각이 들었다. 팔을 뻗어도 아무것도 만져지지 않는 상황에서 얼른 숨을 곳을 찾아야 했기 때문이다! 그때였다. 사람들의 웅성거리는 소리가 급속도로 가까워져오는 가운데 어딘가 낯익은 가정부 목소리가 들려왔다. "마님, 제가 알고 있는 사랑스러운 플로시 마님답게 제발 진정하세요. 사랑스러운 마님, 그들이 마님의 소중한 머리카락에 뭔 짓을 했든, 마님은 언제나 제 천사 같은 양일 거예요……." 목메 있던 도슨의 목소리가 차츰 잦아들었다. 난 마음속으로 그녀를 축복했다. 그녀의 수다가 벌어준 시간 덕분에 겉 천이 두둑한 좌석 밑으로 더듬더듬 걸어가 숨을 수 있었기 때문이다.

"저리 가, 입만 살아 멍청이처럼 웃고 있는 이 겁쟁이! 날 내버려 둬!" 티쉬가 쏘아붙였다. 이후로 몸부림치는 소리가 좀 더 들리더니 이내 마차 문이 열렸다. 내가 숨어 있는 곳에선 발만 보일 뿐이었는데 순간 튼튼한 브로그(앞코에 구멍을 뚫어 특유의 문양을 만들거나 날개 모양의 바늘땀 장식을 넣어 좀 더 화려하게 디자인한 구두-역주)가 보여 가슴이 철렁 내려앉았다. 앗, 티쉬는 어디 있는 거지?

"캐디는 어디 있어?" 내 바로 위에서 티쉬가 발끈하며 내지르는 소리였다. 그녀는 내가 숨어 있던 바로 그 좌석에 앉으며 말했다. "하긴 그런 겁쟁이가 얼굴이나 들이밀 수 있겠어?"

"자, 마님." 내 맞은편 좌석에 앉은 도슨이 말했다. 그리고 성냥 긋는 것 같은 소리가 나더니 얼핏 불꽃이 타오르는 게 보이다가 이내 어둠 속에서 옅게 사그라들었다. 이제 불꽃은 안정되었다. 분명 도슨이 촛불을 켠 듯했다. 마차에 초를 들고 오다니 좀 이상하긴 했지만, 아마 어둠 속에서 광녀에게 습격당하고 싶진 않았던 모양이다.

누군가가 티쉬에게 신발을 신겼고, 도슨은 지금 우리와 함께 있었다. 뜻밖의 두 새로운 국면을 곰곰이 생각하고 있을 무렵, 마차 문이 닫히며 바퀴가 굴러가기 시작했다. 아마도 조만간 도슨에 대해 뭔가 조치를 취해야 할 듯싶었다.

하지만 잠시 동안은, 그러니까 마차가 던헨치 홀에서 멀어진 뒤 저택 관리인이 정문을 여느라 잠깐 멈춘 동안은, 좌석 밑에 그대로 있었다. 그러면서도 맘속으론 셜록, 튜키, 그리고 왓슨 박사가 계획대로 우리를 뒤따라오는지 알 수 있는 방법이 있길 바랐다. 물론 셜록 일행이 유람 마차를 타고 급히 우리를 뒤따라올 경우, 저택 관리인은 바로 눈치채고 본채로 달려가 의심스러운 정황을 보고할 것이다. 하지만 그렇다 한들 상관없었다. 이미 그땐 따라잡기에 너무 늦을 것이었기 때문이다.

나는 좌석 밑에서 열심히 귀를 기울였다. 하지만 들리는 소리는 거의 없었다. 그저 마차의 움직임으로만 우리가 대문을 통과했다는 걸 알 수 있을 뿐이었다. 일단 큰길로 들어선 마차가 덜컹거리며 재빨리 달리기 시작했다. 이제 내가 나설 차례였다. 하지만 난 어느새 약간의 난관에 봉착해 있었다. 물론 내가 도슨보다 한 수 위라는 사실에는 의심의 여지가 없었다. 하지만 좌석 밑에서 웅크리고 있다 갑자기 튀어 나가는 행동에는 위험이 따를 터였다. 만약 그 순간 도슨이 마부에게 알리려고 고함이라도 치면 어쩌나? 도슨과 마부라는 두 적을 동시에 상대하는 건 어떻게든 피하고 싶었다.

갑자기 도슨이 마치 정말로 감정에 이끌리기라도 한 듯 이런 말을 내뱉었다. "던헨치 부인, 부인이 아셔야 할 게 있어요. 이 모든 건 전혀 부인 때문에 벌어진 일이 아니에요. 일을 이렇게 만든 건 백작님이에요. 원래 그렇게 생겨 먹은 분이니까요. 그러니까 누구의 잘못도 아니란 뜻이죠……."

그 말에 티쉬가 갑자기 독사가 공격하듯 반응했다. 뭔가 불분명한 괴성을 지르며 몸을 숙이더니 도슨의 신발을 빼앗아 얼굴에 홱 던져버린 것이다. 그 후 일이 어찌 흘러갔는지는 정확히 서술하기 힘들지만, 순간 도슨은 헉하고 허둥지둥 머리를 수그리다 거의 넘어질 뻔했다. 때마침 그 기회를 틈타 좌석 밑에서 슬쩍 나온 나는 쩔쩔매는 그녀를 쳐다보았다. 그때 티쉬가 "암소다!"라고 소리치며 도슨에게 다른 신발마저 던져버렸다. 다시 한번 머리를 획 수그리던 도슨은 급기야 바닥에 꽈당 나자빠졌다. 그건 아마도 날 보고 놀랐거나, 아니면 더 타당하게도 교차로에 이른 마차가 급회전했기 때문일 것이다.

바닥에 널브러진 도슨은, 평소 둔감한 성격임에도, 생각보다 흥분한 듯 휘둥그레진 눈으로 소리치려고 입을 벌렸다. 하지만 난 그녀가 찍 소리를 내기도 전에 달려들어 입을 틀어막았다. 그러고는 그녀의 가슴을 무릎으로 눌러 제압한 뒤 한 손으론 계속 입을 틀어막고, 다른 한 손으론 단도를 들이대며 "아무 소리 내지 마."라고 경고했다.

티쉬는 신발을 찾기 위해 일어섰고, 내 시선은 그녀의 얼굴 대신 입고 있던 옷에 꽂혔다. 누군가 그녀에게 옷을 입혔고, 난 놀라움 반 안도감 반으로 그녀를 쳐다보았다. 티쉬는 원래 입고 있던 너덜너덜한 원피스 위로 꽉 끼는 디머티(골이 지게 짜서 줄무늬가 있는 가볍고 얇은 면직물-역주) 재질의 드레스를 입고 있었다. 아울러 머리와 어깨엔 숄을, 발에는 축 늘어진 면양말을 착용하고 있었다.

"괜찮아요, 티쉬?"

내가 플로시로 가장한 여인을 티쉬라고 부르자, 여전히 내 무릎 아래 제압당하고 있던 도슨이 깜짝 놀란 눈치였다.

"지쳤어요." 티쉬가 이 대답을 입증이라도 하듯 털썩 주저앉으며 말했다.

"정말 멋졌어요. 대단해요."

"모든 게 계획대로 되고 있나요?"

"확실히는 모르겠지만 그런 것 같아요."

"그럼 이 피스타치오 껍데기 좀 떼어내도 될까요?"

"그리고 이 밀랍 등등도 말이죠? 물론이죠."

여전히 입이 틀어막힌 상황에서도 도슨은 놀람과 궁금증을 드러내며 내 손가락 틈으로 말을 하려고 안간힘을 썼다. 나는 도슨 쪽으로 고개를 돌려 그녀의 눈을 내려다보고는 그 어느 때보다 진지한 어투로 말했다. "도슨, 지금 당신이 보고 있는 건 앞으로 다신 못 볼 자매간의 진솔한 사랑이에요. 티쉬는 쌍둥이 언니를 위해 머리를 깎고, 굶주리고, 거지나 입는 드레스를 입어가며 혹독한 시련을 견뎌냈어요. 이 모든 건 던헨치 백작이 티쉬를 그녀의 언니로 오인하도록 속이기 위한 시도였죠. 당신에게 해 끼칠 마음은 없어요." 이 말을 하는 중에도 내 단도는 여전히 도슨을 겨누고 있었다. "우리의 유일한 목적은 펄리시티 부인을 찾아 자유롭게 해주는 거예요. 도슨, 전 당신이 선한 사람이란 걸 알아요." 그 순간 하마터면 '비록 줏대는 없지만 말이에요'라고 덧붙일 뻔했지만, 다행히 그 말을 입 밖에 내진 않았다. "제가 단도를 칼집에 넣더라도 훼방 놓지 않겠다고 약속해줄래요?" 사실 난 단도를 든 정의의 사도처럼 엄중히 말하고 싶었지만, 어느새 그녀를 구슬리고 있었다.

 내 말에 도슨이 힘차게 고개를 끄덕이면서 그녀의 입을 틀어막고 있던 내 손도 자연스럽게 풀렸다. 난 자리에서 일어나 내 코르셋 가슴 부분을 버티는 살대

안쪽 칼집에 도로 단도를 꽂아 넣었다. 그러고는 도슨을 일으켜 세운 뒤 혹시라도 어떤 속임수를 쓸세라 그녀가 다시 자리에 앉을 때까지 불꽃 같은 눈으로 지켜보았다.

"도슨," 내가 물었다. "당신의 주인은 왜 그런 창피하고 비열한 방법으로 펄리시티 부인을 없애려고 한 걸까요?"

도슨이 눈을 깜박이며 멍하니 쳐다보다 대답했다. "이런, 배질웨더 양, 그건 그냥 그분의 방식이에요. 한 여자를 오래 견디지 못하죠. 백작님은 부인이 종달새처럼 웃고 노래하는 모습에 진력이 났어요. 놀라운 건 애초에 그분이 마님과 결혼했단 사실이에요. 그래도 아마 결혼할 당시엔 마님을 정말 사랑한다고 생각하셨을 거예요."

맞은편에 앉아 있던 티쉬가 다시 캐디를 향해 입에 담지 못할 욕설을 퍼부었다. 이제 더는 놀라지도 노하지도 않은 채 도슨이 티쉬에게 시선을 돌렸다. 티쉬는 이미 자기 피부에서 섬뜩한 변장을 대부분 벗겨내거나 문질러버린 상태였다.

"글러버 양," 도슨이 대단하다는 듯 아부하는 말투로 말했다. "전 그게 당신인 줄 짐작도 못 했어요."

티쉬는 찌푸린 얼굴로 답을 대신할 뿐이었다. 격렬

한 분노의 흔적이 형체 없는 누더기처럼 그녀의 얼굴에 덕지덕지 붙어 있었다.

그러나 도슨은 굴하지 않고 계속 이야기를 늘어놓았다. "그런데 글러버 양은 어떻게 알고 언니를 찾으러 온 건가요?"

"플로시가 죽었단 말을 곧이곧대로 믿을 만큼 제가 그리 멍청해 보였나요?"

"대부분은 그랬으니까요." 도슨이 고분고분 대답했다.

"대부분은 쌍둥이가 아니니까요. 플로시는 절 남겨두고 세상을 떠났을 리가 없어요. 만약 그랬다면 제게 느낌이 왔을 거예요." 그녀의 말투가 바뀌었다. "지금도 전 언니의 존재가 느껴져요. 언니는 여기서 그리 멀지 않은 곳에 있어요!"

"그 말은 맞아요." 도슨이 그 어느 때보다 감동한 눈치로 말했다. "지금 점점 가까워지고 있어요."

"*어디로* 가까워진다는 거죠?" 내가 물었다.

도슨이 매우 온순하게 대답했다. "지적장애와 정신결함을 지닌 자들을 위한 레서 스미스년클 요양원이요."

내가 (나중에 혹시 필요할지도 몰라) 그 이름을 외워두려고 할 때, 마침 곡선을 그리던 마차가 점점 느려지다가 멈춰 섰다. 마차에서 내려오는 마부의 발소리가 들리자, 우리 모두 긴장감에 온몸이 뻣뻣해졌다. 특히 얼어붙은 사람은 나였다. 도슨이 허튼짓할 경우를 대비해 다시 단도를 뽑아 들어야 할지, 아니면 마부가 문을 열 경우를 대비해 좌석 밑에 숨어야 할지 갈피를 잡지 못하고 있었던 것이다.

다행히 마부는 문을 열지 않았다. "도슨," 마부가 외쳤다. "들어가서 확인 좀 하고 올 테니 펄리시티 부인 좀 지키고 있을래요?"

그러자 도슨이 뜻밖에 유쾌한 어조로 "그럴게요."라고 화답했다.

자갈 위를 밟는 마부의 오도독오도독 장화 발소리가 점점 멀어져갔다. 이젠 안전할 것 같은 느낌에 내가 마차 문 — 마부가 간 방향의 맞은편 문 — 을 열고 머리를 내밀었다.

마차 랜턴의 희미한 불빛 너머론 어둠만이 가득한 상태였다.

셜록 일행이 못 따라왔을지도 모른다는 실망감에 — 물론 아직 실망하기엔 이르지만 — 행여나 심장이 더 방망이질 칠세라 마음을 가라앉히며 난 바로 마차에서 내려 마차 뒤쪽으로 걸어갔다.

사방은 쥐 죽은 듯 조용했다.

귀를 기울여봤지만 내게 안도감을 줄 바로 그 말발굽 소리는 들려오지 않았다.

이미 우리는 정신병원에 도착해 있었다. 하지만 왓슨이나 튜키, 홈즈, 혹은 이들이 탄 유람 마차라든가 이들의 그 빌어먹을 노란 말의 흔적이나 인기척 따윈 보이지도, 들리지도 않았다.

20장

"티쉬," 정신병원의 맞은편 쪽 마차 문을 열며 내가 말했다. "나머지 사람들이 안 왔어요. 길을 잃은 게 분명해요. 일단 철수해야 할 듯해요."

"절대 그럴 수 없어요!" 성난 쌍둥이 언니 역을 맡고 있는 티쉬가 마치 진짜로 신발을 집어 던질 기세로 말했다. "전 들어가서 언니를 만날 거예요."

"하지만 티쉬, 그건 안 될 말이에요!" 나는 대책을 세우려고 애쓰며 티쉬에게 일어날 수 있는 최악의 상황, 곧 티쉬가 정신병원에 갇힐지도 모를 상황에서부터 차근차근 역으로 되짚어봤다. "정신병원 관계자들이 당신 말대로 플로시를 호락호락 내어줄 리 없어요."

"그자들은 펄리시티 부인을 노라로 알고 있어요." 마치 극장에 앉아 있듯, 우리를 열성적이면서도 차분하게 관찰하던 도슨이 내뱉었다. "노라 헬미 부인이요."

"그럼 플로시가 *이름*을 잃어버린 건가요?" 티쉬가 충격을 받은 듯 멍한 목소리로 말했다.

"노라 헬머요?" 내가 소리쳤다. 분명 캐디는 최근 논란이 되고 있는 연극 『인형의 집』(1879년 노르웨이의 극작가 헨리크 입센이 발표한 희곡으로 당시 여성이 남성에게 종속된 삶을 살 수밖에 없던 시대에 은행가 헬머의 아내 노라의 삶을 통해 새로운 여성상을 선보인 작품-역주)을 보러 갔고, 그 연극의 여주인공 이름을 갖다 쓰는 방식으로 여주인공까지 조롱했던 것이다. "이런 사악한 인간! 티쉬, 감히 캐디가 이런 짓까지……."

화가 치밀어 오른 티쉬가 내 말을 잘랐다. "망설일 생각이었다면 여기까지 오지도 않았어요! 이제 언니가 어디 있는지 알게 됐으니 가서 도움 좀 청해봐요!"

"길도 모르는 이 외딴곳에서 걸어서요?" 티쉬에게 최악의 상황이 정신병원에 갇히는 거라면, 내게 최악의 상황은 오도 가도 못 하게 된 거였다. 그렇다고 이 마차를 타고 던헨치 홀로 돌아갈 수도 없지 않은가? 그건 티쉬도 마찬가지였다. 지금은 어떻게든 둘 다 위험에 빠지지 않도록 해야 한다. "티쉬……."

바로 그때 티쉬가 "쉿!" 하며 얼른 가라는 손짓을 보내왔다. 틀림없이 티쉬도 나처럼, 랜턴의 흔들리는 불빛이 우리를 향해 다가오는 걸 본 모양이었다. 난 최대한 조용히 마차 문을 닫은 뒤 서서히 뒷걸음질쳤다. 하지만 티쉬가 원하는 행동을 하도록 내버려 둘 순 없었다. 그렇게 그녀가 그냥 정신병원으로 가도록 내버려 둘 순 없었다.

문득 한 가지 아이디어가 불쑥 떠올랐다. 재빠른 기습을 요하는 아이디어였다. 다행히 마부는 내게 주의를 기울일 이유가 없었다. 내 존재 자체도 모르고 있었기 때문이다.

정신병원에 들어갔다가 마차로 돌아온 마부가 문을 열고 도슨에게 이야기를 하고 있었다. 마차 뒤편의 마부 쪽으로 살살 다가가자 이내 당황한 마부의 목소리가 들려왔다. "정신병원 직원들 말이 노라 헬머 양은 도망치지 않았대요. 지금 원래 병동에 그대로 있다는데요?"

"맞아요." 도슨이 의기양양한 목소리로 말했다. "이분이 바로 부인의 쌍둥이 여동생이에요."

숨은 곳에서 몰래 보고 있자니 마부의 얼굴은 마치 금붕어처럼 얼이 빠진 상태였다. 난 마부의 주변을 살피며 꼼꼼히 눈에 담아뒀다.

"그러면 전 이제 어떡하면 되죠?" 마부가 호소하듯 물었다.

"백작님은 그녀도 똑같이 정신병원에 갇히길 원해요." 도슨이 말했다. 난 못마땅한 얼굴로 도슨을 쏘아보았다. 아, 바람 부는 대로 이리저리 휘둘리는 걸 보니, 분명 도슨은 갈대 같은 여자임에 틀림없었다.

"하지만…… 하지만 그건 말도 안 돼요. 플로시도 아닌 엉뚱한 분이잖아요."

"그럼 다른 선택의 여지라도 있나요? 그녀가 안 되면, 그럼, 당신이나 당신의 아내를 데려갈까요?"

티쉬가 초조하게 말했다. "그냥 절 린드 부인이라고 하고 안으로 데려가주세요." 티쉬는 아직도 날 놀라게 하는 행동을 멈추지 않았다. 린드 부인은 『인형의 집』에서 노라 헬머의 어릴 적 절친 이름이었다.

마부가 애매하게 머뭇거리며 헛기침을 했다. "글쎄요……"

티쉬가 마차의 디딤대에 한 발을 내려놓자 마부는 손을 뻗어 그녀가 내리도록 도와주었다.

바로 그때 나는 마부와 티쉬에게 달려들었다. 친애하는 독자가 유념해줬으면 하는 건, 비록 중량감은 없어도 키 크고 힘도 센 *내가* 마치 인간 공성 망치(과거 성문이나 성벽을 두들겨 부수는 데 쓰던 나무 기둥같이 생긴 무기-역주)처럼 두 사람 위로 몸을 날렸다는 점이다. 눈 깜짝할 새 이뤄진 공격으로 두 사람은 벌러덩 나자

빠졌다. 그러니까 티쉬는 마차 안쪽 좌석에 털썩 주저 앉았고, 마부는 무성한 장미 덤불에 처박혔다.

"에놀라!" 티쉬가 소리쳤다. "절대 용서하지 않을 거예요, 절대!"

나도 모르게 입술을 꾹 깨물 정도로 티쉬의 말에 마음이 저려왔다. 나는 티쉬 쪽 마차 문을 닫고 쏜살같이 앞으로 달려가 마치 나무라도 되는 양 마차 위로 기어 올라갔다. 그러고는 마부가 단단히 매어둔 고삐를 쥐고 채찍을 낚아챈 뒤 사정없이 말들에게 휘둘렀다. 말들이 쏜살같이 달려 나가면서 나도 마부석에 털썩 주저앉았다.

나는 다시 정신을 차린 다음 능숙한 솜씨로 고삐를 다루며, 행여나 돌진하는 말들이 진입로를 벗어나지 않도록 조심하면서, 덜컹거리는 마차를 왔던 방향으로 세게 몰았다. 마차가 달려갈수록, 장미 덤불에서 일어나려고 애쓰는 마부의 욕설과 가시 돋친 나뭇가지의 딱딱 부러지는 소리가 점점 희미해졌다. 만족스러운 결과였다.

나는 고삐를 당겨 워워 달래가며 질주하던 말들의 속도를 늦췄다. 다행히도 유서 깊은 훌륭한 품종인 클리블랜드 베이는 제제벨보다 훨씬 잘 훈련된 말이었다. 마차가 진입로 끝에 다다를 무렵 속도를 늦춰 속보로 몰고, 도로로 접어드는 곳에선 더 고삐를 당겨 좀 더 천천히 몰았다. 이렇게 안 했으면, 특히 내 앞을 비추는 거라곤 마차 랜턴이 유일한 상황에서, 기어이 마차는 지금쯤 뒤집혔을 것이다.

속도를 늦추면서도 행여나 티쉬가 뛰어내릴세라 무척 걱정스러웠다. 그래서 이때다 싶은 순간 서둘러 '쯧쯧' 혀를 차며 채찍을 휘둘러 다시 말들이 속보로 맵시 있게 걷도록 했다.

몇 킬로미터를 서둘러 가자 어느새 도로가 끝나고 간선도로가 나타났다. 순간 어디로 가야 할지 감이 안 왔지만, 이렇게 어물쩍대다간 주저하던 티쉬에게 반항할 빌미를 줄지도 모를 일이었다. 속도를 늦춰 천천히 말을 몰며 왼쪽으로 시선을 돌렸다가 — 주변은 캄캄했다 — 다시 오른쪽으로 시선을 돌렸다. 그런데 어디선가 희미한 불빛이 눈에 들어왔다. 나무들 사이를 눈여겨보니 그 불빛은 커다란데 꽤 멀리 있는 것 같기도 하고, 더 가까이 있는데 꽤 작아 보이기도 했다. 대체 무슨 불빛인지 나로선 전혀 알 수 없었다. 하지만 그건 중요치 않았다. 한밤중에 길을 잃은 나는, 마치 불을 향해 날아드는 나방처럼, 불빛을 향해 다시 속보로 말을 몰았다.

마차 전용 도로에서 완만한 커브를 돌 무렵, 불빛은

더 분명하게 보였다. 불빛은 여기서 그리 멀지 않은 곳에서 비쳤다. 그 불빛이 움직이는 걸 본 순간 두려움으로 등줄기가 오싹해져왔다. 이제야 그 불빛의 정체를 깨달았기 때문이다. 그건 우리 길을 가로막고 있는 자의 랜턴 불빛이었다! 혹시 강도일까? 그자를 피해 달아나기 위해 이 다루기 힘든 큰 마차를 휙 돌려버릴 수도 없고, 그렇다고 그자를 그대로 지나쳐 갈 길이 보이는 것도 아니었다. 지금 내 유일한 선택은 그자를 덮치는 길밖엔 없는 듯했다.

"거기 누구죠!" 그자가 랜턴을 흔들어대며 소리쳤다.

그 목소리를 듣는 순간, 상대를 알아본 난 하마터면 숨이 멎을 뻔했다. 어찌나 놀랐던지 고삐를 낭겨 말을 세우면서도 목소리가 잘 나오지 않았다.

날 보기 위해 랜턴을 들어 올린 그가, 내가 누군지도 모른 채, 성큼성큼 다가왔다. 그러고는 평소보다 한 옥타브 높은 목소리로 외쳤다. "에놀라?"

"셜록 오빠, 어떻게 된 거죠?" 이런, 이 상황에 참으로 어리석은 질문이었다. 몰고 오던 마차를 멈추며 뭔 일이 일어난 건지 뻔히 눈앞에 펼쳐지는 상황이었기 때문이다. 세 사람이 탄 유람 마차는 도로 옆 도랑에 빠져 바퀴가 헛돌고 있었고, 튜키와 왓슨은 속수무책의 표정으로 마차를 살피고 있었다. 사태를 이렇게 만

들어놓고도 훌쩍 도망가버린 걸 보니, 역시 제제벨 녀석의 존재감은 알아줄 만했다.

"어떻게 된 거죠?" 셜록이 내 말을 그대로 흉내 냈다. "나야말로 무슨 일이 있었는지 물어봐야겠구나. 왓슨이나 내가 알기로, 넌 마차 운전도 못 하는 녀석인데 도대체 이 마차는 왜 몰고 있는 거니?"

그때 대꾸할 틈도 없이 마차 문이 열렸다. 티쉬와 도슨이 마차 밖으로 나왔고, 도슨의 손에는 거의 다 타버린 촛불이 들려 있었다.

"에놀라 홈즈," 분노와 눈물로 목이 멘 티쉬가 소리쳤다. "다시 돌아가 언니를 바로 데려오지 않는 한, 전 영원히 당신을 미워할 거예요."

"음," 셜록이 말했다. "글러버 양이 널 영원히 싫어하게 둘 순 없겠구나, 그렇지?"

잠시 후, 다시 한번 우리가 '지적장애와 정신 결함을 지닌 자들을 위한 레서 스미스년클 요양원'에 도착할 무렵, 그곳을 비추고 있는 건 우리 마차의 랜턴만이 아니었다. 요양원에서 나온 여러 남녀가 든 랜턴들도 저마다 그곳을 비추고 있었다. 이들의 관심은 하나같이 잔뜩 흥분한 한 남자에게 쏠려 있었다.

"저 사람이 마부예요." 나와 함께 마부석에 탄 채 여기까지 마차를 몰고 오도록 도와준 오빠에게 내가 말했다. "실은 마차를 탈취해 올 때 마부를 큰 장미 덤불 속에 처박아야만 했어요. 안 그랬다면 아마 마부는 티쉬를 요양원으로 데려갔을 거예요."

이 말에 셜록이 키득키득 웃는 소리가 들리는 것 같았지만 확신할 순 없었다. 그때 마부가 우리를 향해 달려와서는 "너! 이 도둑놈! 고발해버리겠어! 강도, 폭행, 구타로 말이야!"라고 고함쳐댔기 때문이다.

"허튼소리. 자, 진정해요, 친구." 마차에서 내린 셜록이 평소의 힘 있고 명령하는 어투로 말했다. 그러고는 즉석에서 마부에게 잉글랜드은행(1694년 설립된 영국의 중앙은행-역주)에서 발행한 접힌 지폐 한 장을 건넸다. 나로선 그 지폐의 금액을 추측할 뿐이었지만, 바로 마부를 진정시키기엔 충분했다. "그리고 넌," 콥종(다리가 짧고 튼튼한 마종-역주)의 말에 오를 준비를 마친 마구간 소년에게 오빠가 말했다. 아마도 경찰 지구대를 부르러 갈 소년인 듯했다. "곧 문제가 모두 해결될 테니, 어서 말을 타고 출발하렴."

소년은 두말없이 그 지시를 따랐고, 이제 셜록은 요양원 사람들 쪽으로 몸을 돌렸다. 그들은 처음엔 셜록을, 다음엔 고삐를 쥐다 마부석에서 내려온 '놀랍게도 틀림없는 여성인 나'를, 또 그다음엔 마차 문을 열고 나온 각종 별난 모습의 우리 일행을 빤히 처다보고 있었다. 그 별난 일행이란 바로 의사의 검은 가방을 든 왓슨, 머리끝에서 발끝까지 멋쟁이처럼 차려입은 튜키, 살집 있는 겸손한 얼굴이 나름 즐거워 보이는 도슨, 그리고 다양한 색의 분장용 화장품을 떼어내려다 얼굴 전체가 얼룩덜룩해진 티쉬였다.

하지만 셜록이 입을 떼자 모든 시선은 셜록에게 쏠렸다. "이 요양원의 주인은 누구죠?"

"선생님, 전, 롤런드 미즐소프 박사라고 합니다." 긴 얼굴과 가슴 부분 모두 안쪽으로 움푹 들어간 기묘한 외모의 남자가 앞으로 나와 아부하듯 말했다. "선생님은 누구신지요?"

"그건 알 필요 없어요. 어차피 당신은 왓슨 박사가 상대해줄 테니."

순간 남자의 눈이 놀란 말의 눈처럼 커지며 희번덕거리더니 왓슨에게 휙 시선을 돌렸다. 셜록 홈즈 연대기의 저자인 왓슨의 명성으로 추측건대, 분명 그자는 그 이름을 알아봤을 것이다.

아, 잠깐, 그게 아니었다.

그가 놀란 건 왓슨의 다음 말 때문이었다. "전 노라 헬머라는 환자를 대신해서 왔습니다. 하지만, 확신컨대, 그게 그녀의 진짜 이름이 아니란 건 당신도 잘 알 것 같군요. 지금 그녀의 여동생이 언니를 돕고자 이 일에 나섰고, 우리는 그녀가 즉시 풀려나길 바랍니다."

그사이 슬쩍 보니, 용케도 젖은 손수건을 구한 도슨은 티쉬가 얼굴을 닦는 걸 도와주고 있었다.

마치 항복과 저항 사이에서 고민하는 듯 미즐소프가 잠깐 눈에 띄게 휘청거렸다. 그러면서도 왓슨의 요청에 대한 답변은 미룬 채, 자기 사람들에게 요양소로 돌아가라고 격렬한 손짓을 보냈다. 구경꾼들이 사라지고 혼자만 남게 되자, 그가 긴장한 표정으로 말했다. "무슨 근거로 그런 말씀을 하시는 거죠?"

"이쪽으로 와보시죠. 당신도 알다시피 노라 헬머는 여기에 있을 사람이 아니에요." 왓슨이 조롱하는 어조로 말했다.

하지만 미즐소프의 뻔한 속셈을 이미 꿰뚫고 있던 셜록이 덧붙였다. "노라 헬머를 수용한 근거 서류를 좀 보고 싶은데요."

"그건 좀 어렵겠는데요!" 그가 다시 놀란 말처럼 겁먹은 표정으로 말했다.

"아, 그건 불법인가?" 그러면서 셜록이 왓슨에게 말했다. "여보게, 심프슨스 레스토랑의 저녁 한 끼를 걸고 장담하네만, 틀림없이 그 서류엔 자네 서명이 들어있을 걸세. 캐디 백작의 이름은 교묘히 빼버린 것 같고. 그런데 가짜 서명도 잘 못 읽는 걸 보니 분명 미즐소프 박사는 시력이 꽤 나쁜 것 같아."

미즐소프 박사가 간청했다. "제발, 여러분! 우리 중 입방아에 오르고 싶은 사람은 단연코 아무도 없을 겁니다."

그때 어디선가 고압적인 목소리가 들려왔다. "그럼 언니를 내줘요, 지금 당장."

약한 불빛이 새어 나오는 랜턴들 사이로, 마치 그 옛날 말 탄 무사들이 쓰던 긴 창처럼 티쉬가 홀로 꼿꼿이 서 있었다. 세 남자는 마치 벽기둥이 말하는 것을 보고 있기라도 하듯 눈을 동그랗게 뜬 채 그녀를 쳐다봤다. 그러고는 머리를 맞댄 채 뭔가 의논한 뒤 나지막이 중얼거렸다. 한편 도슨은 마부의 몸에서 장미 가시를 뽑아주고 있었고, 튜키는 다른 한쪽에서 그 마부에게 이야기를 건네고 있었다. 마침내 주변에 아무도 없게 않자, 난 티쉬 옆으로 다가가 손을 잡았다. 그러자 그녀는 희미한 미소로 날 반겼다. 아까 날 미워하고 용서하지 않겠다던 일 따위는 까맣게 잊은 듯했다. 남자들이 움직이기 시작하자 티쉬는 내 손을 더 꼬옥 움켜쥐었다.

이윽고 셜록, 왓슨, 그리고 그 위선적인 정신병원 의사가 안으로 들어갔다. 하지만 티쉬는, 그 뒤로 정신병원 현관문이 닫힐 때까지도, 굳이 따라가려 하지 않았다. 아마 이제 자신이 할 수 있는 건 다 했다는 사실을 받아들였거나, 아니면 언니가 갇힌 모습을 차마 볼 수 없었는지도 모르겠다. 또 한편으론 몸이 쇠약해진 느낌도 들었을 것이다. 온종일 아무것도 먹은 게 없었으니 뭐 당연한 노릇이었다. 그녀는 말 한마디 없이 파르테논 신전의 기둥처럼 서 있었지만, 난 그녀가 떨고 있는 걸 느낄 수 있었다.

우리가 그렇게 손을 맞잡은 채 꽤 한참을 서 있는데 다시 정신병원의 현관문이 열렸다.

갑자기 티쉬가 말없이 나지막이 흐느끼더니 이내 내 손을 떨구고 비틀비틀 달려가 언니의 품에 안겼다. 두 사람은 껴안은 채 울부짖었다. 왠지 플로시보다 티쉬가 훨씬 더 측은해 보였다. 플로시는 아름다운 여성이었다. 그녀의 긴 머리카락은 손질하지 않은 채로 그저 조금 헝클어져 있을 뿐이었다. 마치 거울을 보듯 동생과 판박이인 그녀의 사랑스러운 얼굴은 창백했지만 여윈 모습은 아니었다. 그녀의 옷 또한 칙칙한 색에 평범한 차림새였지만 그래도 온전한 형태의 드레스였다. 둘은 껴안고 서로 바라보다가 어깨에 기대어 흐느낀 뒤 다시 서로 바라보았다. "티쉬, 네 머리가!" 플로시가 소리쳤다.

"다시 자라면 돼." 티쉬가 미소 지으며 말했다. 이제 고민은 모두 사라진 듯, 여태 본 중 가장 따뜻하고 환한 미소였다.

굳이 얘기하자면 나도 미소 띤 얼굴로 자매의 모습을 쳐다봤고, 플로시의 뒤를 이어 바로 정신병원에서 나온 오빠와 왓슨도 웃는 얼굴로 서 있었다. 플로시가 티쉬에게 말했다. "여긴 그럭저럭 살 만했어. 물론 온갖 비명에 밤잠을 설치고, 여태 본 중 가장 끔찍한 광경을 목격하긴 했지. 캐디가 날 철저히 배신한 일에 관해서도 곱씹어봤어. 그러니까 자기 뜻을 거스른단 이유로 날 불운한 운명에 던져 넣고, 검은 마차에 태워 이곳에 처넣은 일 말이야."

그때 튜키가 셜록과 대화를 나누기 위해 걸어오는 게 보였다. 셜록은 튜키의 말에 고개를 끄덕인 뒤 모두에게 말했다. "마부가 우리를 마차에 태워주기로 했어요. 자, 어서 가시죠."

순간 플로시가 놀란 듯 고개를 홱 쳐들었다. "절 어디로 데려가려는 건데요?"

"도킹 기차역으로요." 셜록이 말했다.

"이제 언니는 나와 함께 살 거야." 티쉬가 말했다.

"오, 티쉬! 정말?"

"물론이지."

"하지만, 난 두려워. 과연 우리가 캐디에게서 벗어날 수 있을까?"

"그건 저와 제 오빠에게 맡겨두시죠." 내가 말했다.

내 말에 플로시가 사랑스러우면서도 수심 가득한 눈으로 날 쳐다봤다. 마치 '당신은 누구시죠?'라고 묻는 듯한 시선이었다.

"이분은 내가 아끼는 친구 에놀라 홈즈야." 티쉬의 진심 어린 말에 내 마음이 따뜻해졌다.

"그리고 이분은 제 오빠 셜록 홈즈예요." 내가 플로시에게 말했다. "던헨치 백작을 만나는 건 당신을 대신해 우리가 나서야 할 일인 듯해요. 행여나 집요한 캐디가 당신을 되찾고 싶어 하면, 우리는 그를 추문으로 위협할 거예요. 그는 당신을 망자로 몰아 가짜 사망 신고까지 했으니 이번에 법의 엄중함을 제대로 깨닫게 될 거예요. 바라건대, 이 일로 아마 상당한 금액의 합의를 끌어낼 수 있을 듯해요. 그렇지 않나요, 셜록 오빠?"

"아마 그럴 수 있을 거야." 오빠가 대답했다.

누가 오빠 아니랄까 봐 좀 더 신중하게 이야기하는 말투가 거슬리긴 했지만 뭐 개의치는 않았다. 이제 뭘 할 수 있을지, 그러니까 내가 하려고 작정한 일이 손바닥 보듯 훤히 눈에 들어왔기 때문이다.

"그러니 당신은 어떤 경우에도 염려할 필요 없어요." 난 펠리시티 부인을 안심시키며 말했다. "우리가 모든 걸 처리할 테니까요."

셜록 홈즈의 에필로그

에놀라가 고집한 사건명인 이른바 이 '검은색 사륜마차 사건'은 분명 유일무이한 흥밋거리를 제공했고, 난 이 기회를 놓치지 않았다. 그런데 또 한 가지 분명한 건, 우리가 런던으로 돌아온 뒤 내 겁 없는 여동생이 또다시 특유의 경솔한 모습을 보였을 때, 내겐 강한 안도감이 들었단 사실이다. 우리가 펄리시티 부인을 구조한 순간부터 몇 주 동안, 여동생은 티쉬와 플로시의 일에 사로잡혀 온갖 야단법석을 떨어댔다. 참견쟁이 에놀라의 관심이 내가 아닌 그들에게 쏠리다니 참으로 반가운 일이 아닐 수 없었다. 에놀라는 여러 종류의 꽃과 다과가 잔뜩 든 바구니를 주문해 티쉬의 숙소로 보내기도 하고, 두 사람을 위해 하녀와 요리사를 고용하기도 했다. 또 재봉사에게 의뢰해 플로시에게

'필요한' 옷을 지어주는가 하면, 티쉬에게 자기 가발을 빌려주고 새 금발 가발을 사주기도 했다. 뿐만 아니라 이제 글러버 자매가 기운을 차렸다 싶은 순간, 에놀라는 그들을 데리고 쇼핑에 나서기 시작했다. 그러더니 어느새 거의 매일 같이 쇼핑을 나가 점점 더 많은 물건을 사들였다. 그렇게 사들인 물건은 드레스, 정장, 양말, 외투와 망토, 부츠, 슬리퍼, 양산, 손가방, 장갑, 각종 자질구레한 장신구가 달린 모자 등 여러 가지였다. 나는 '옷단 주름 장식'이 뭔지 잘 몰랐지만, 확신컨대 아마 세 사람은 그런 것들도 좀 사들인 듯했다. 그 후 내가 이들이 산 물건들에 어떤 관심도 보이지 않자, 세 사람은 튜크스베리를 하루 동안 런던으로 초청해 자신들의 새 옷장에 대한 감상평을 듣기도 했다. 고로, 에놀라를 만날 일이 거의 없던 난, 대체로 평온하게 지냈다. 단, 한 가지 일만 빼면 말이다.

그건 바로 달갑지 않게도 던헨치 백작, 캐도건 버 러드클리프 2세로부터 펄리시티 부인을 위한 합의금을 받아내는 일이었다.

사실 난 이 일을 여동생 모르게 손수 마무리할 작정이었다. 혈기 왕성한 나이의 에놀라는 모험과 스릴 넘치는 그동안의 방식대로 캐도건 버 러드클리프 백작을 최대한 위협해 돈을 뜯어낼 생각이었지만, 아무리 비열하기 짝이 없는 백작이라도 난 그런 강탈의 방법은 쓰고 싶지 않았다. 이 의견을 에놀라에게 말해보기도 했지만 에놀라는 격렬히 반대했었다. 하지만 여성이, 심지어 아무리 총명한 여성인들, 명예를 아는 신사의 처신 방법을 다 이해하긴 어려운 법이었다.

고로 난 에놀라가 일을 벌이기 전에 속히 행동에 나서기로 했다. 그렇게 난 우리가 던헨치 파크 홀을 떠나온 지 하루 반 만에 다시 리볼버 권총을 지닌 내 충실한 친구 왓슨과 함께 그곳으로 돌아갔다. 일단 던헨치 파크 홀에 도착했을 때 백작은 극심한 정서 불안증 증세를 보이고 있었다. 그의 음침한 집사가 우리의 출입을 막고 서 있을 때조차도 안에선 백작이 미친 듯 소리치는 음성이 들려왔다. "저것들을 떼어내서 불태워버려, 전부! 다 태워버리라고!"

참으로 어처구니없는 일이었다. 문득 부인들을 화장했던 이 작자가 이번엔 또 뭘 화장시키고 있는지 보고 싶어졌다. 난 집사에게 "빅토리아 여왕 폐하의 분부로 왔소이다!"라고 말한 뒤 왓슨과 함께 집사를 밀치고 안으로 들어갔다. 그러고는 그 불운한 백작이 왁자지껄한 소음을 내지르고 있는 쪽으로 나아갔다. 그 부도덕한 귀족은 응접실 안 카펫 위에서 마치 치명적인 독사라도 잡는 듯 죽일 듯이 뭔가를 밟아대고 있었다.

하지만 막상 안으로 들어가서 보니 그건 단지 액자에 담긴 그림, 곧 예쁜 꽃들을 그린 수채화일 뿐이었다. 러드클리프는 유리를 박살 내고 액자를 쪼갠 뒤 그림을 꺼내 난롯불 속에 집어 던지고 있었다.

"아하," 상황을 알아챈 내가 내뱉었다. "이제 더는 펄리시티 부인을 망가뜨릴 수 없으니 그녀의 작품이라도 망가뜨리자?"

그러자 백작이 마치 황소가 달려들 듯 위협적인 기세로 고개를 홱 돌리더니 버럭 소리쳤다. "당신들은 누구야?"

"전 백작님 부인의 의뢰를 받고 온 대리인 셜록 홈즈라고 합니다."

그가 버럭 화를 내자 인근에 있던 하인들이 황급히 흩어졌다. 그들은 제물처럼 바쳐진 그림들을 바닥에 떨어뜨린 채 그대로 밖으로 뛰쳐나갔다. 친절하게도 왓슨은 다시 하인들이 들어와 이 비열한 귀족과 날 방해하지 못하도록 응접실 문의 빗장을 걸어 잠갔다. 그런 뒤 응접실 입구에 자리를 잡고는 몸소 권총을 들고 보초를 섰다.

"자, 같이 좀 앉으실까요?" 내가 캐도건 경에게 정중히 청했다. "이제부터 백작님은 합의금 조로 부인에게 지속적인 재정 지원을 약속하셔야 합니다."

"천만의 말씀."

"아뇨, 그러시게 될 겁니다." 내가 진지하게 말했다. "그렇지 않으면, 입원 서류상에 의료 서명을 위조한 혐의로 법정 조사를 받게 될 겁니다."

그 후의 대화는 다소 험악해졌다. 사실, 이때 백작이 너무 난폭해져서 내 호신 무기, 그러니까 손걸이 줄과 무거운 나무로 만든 휴대용 경찰봉을 꺼내 보이기도 했다. 이런 와중에도 왓슨은 냉정을 잃지 않고 문 옆 자기 자리를 그대로 지켰다. 나처럼 왓슨도 대부분 악당이 겁쟁이라는 걸 잘 알고 있었던 것이다. 아니나 다를까 백작은 재빨리 엄포를 놓기 시작했다.

"그 서명은 증명할 수 없을 거요!"

"아뇨, 그 친구는 분명 할 수 있을 겁니다." 방 건너편에서 내 선한 친구 왓슨이 되받아쳤다. "아니면 적어도 그 서명자 중 한 명에 대해선 증명할 수 있을 거예요. 제가 바로 그 왓슨 박사거든요."

백작은 다급히 탈출구를 찾아 이리저리 눈을 굴리며 한 대 맞기라도 한 듯 슬슬 뒷걸음질쳤다. "브린들!" 그가 집사를 향해 소리쳤다. "하인들을 데려와!"

"앉아요." 다소 인내심을 잃은 내가 경찰봉으로 캐도건을 위협해 테이블 의자에 앉혔다. "우리를 쫓아내려 한다면, 우리는 법률 당국과 함께 돌아올 겁니다. 그걸 원하나요?"

 백작은 대답 없이 자리에 앉았다. 그 사이 내 뒤쪽에서 왓슨이 브린들에게 주인의 필기도구, 펜, 잉크, 압지 등을 가져오라고 조용히 지시하는 소리가 들렸다.

 나는 캐도건 버 러드클리프 2세에게 말했다. "이제 백작님은 모든 걸 글로 진술하게 될 겁니다. 자, 그럼, 첫 번째 부인인 마이젤라 하스켈의 사망 사건에서부터 시작할까요?"

 물론 백작은 주저했고, 난 그를 다그쳐가며 하나하나 진술을 끌어내야 했다. 그러니까 그는 의무이행 서류들을 위조했고, 아내를 정신병원에 가뒀고, 아내의 가족에게 아내가 죽었다고 말했으며, 아내의 화장도 조작했다. 그렇게 그는 내가 서 있는 곳에서 읽을 수 있을 만큼 큼지막한 글씨로 그간의 행적을 써 내려갔다. 마침내 난 그에게 서류에 서명하고 날짜를 기재한 후 내게 넘기도록 했고, 그 서류를 읽은 왓슨이 증인으로 연서했다.

 나는 언짢은 얼굴을 하고 있는 백작의 맞은편에 앉으며 말했다. "이제, 합의금을 정할 차례군요."

 "이 공갈범!" 그가 버럭 화를 내며 말했다.

 "아, 신사겠죠." 내가 엄중히 말했다. "전 공갈이나 칠 만큼 비열한 인간이 아니거든요! 당신이야말로 스스로 자신이 신사가 아니라는 걸 입증했죠. 이 증거를 요구한 것도 바로 그 때문입니다." 난 그의 진술서가 담긴 내 호주머니를 가볍게 두드렸다. "당신이 신사라면, 이 진술서는 단지 신사로서 동의한 문서일 뿐이지 금전을 강요받은 문서가 아닙니다. 뭐, 생각은 자유입니다만, 이제 곧 당신은 아내를 정신병원에 집어넣고 매달 지불했던 금액을 매달 은행 계좌로 넣어야 할 겁니다. 그 이상도, 이하도 아닌 딱 그 금액을요." 사실 난 그 금액에 대해 사전에 알아본 적이 있었다. 그런데 그 액수는 플로시가 아주 소박하게나마 자신을 부양할 만한 액수였다. 그러니까 아마 티쉬가 타자기로 벌어들이는 수입보단 많을 듯했다.

이보다 훨씬 나쁜 조건을 예상했던 백작은 얼굴이 밝아져서는 열심히 펜과 종이를 찾았다.

그런데 바로 그때였다. 뒤에서 한껏 고조된 여자의 목소리가 들려왔다. "이 똥 덩어리 같은 놈아!"

난 그대로 몸이 굳었다. 아니, 그럴 리가 없었다!

하지만 몸을 일으켜 돌리는 순간 난 똑똑히 보았다. 런던 최고의 의상에 도도하게 모자를 받쳐 쓰고 서 있는 사람은 바로 에놀라였다. 에놀라 옆엔 만만찮게 근사한 차림의 웬 낯선 중년 여성도 서 있었다. 두 사람 뒤로는 날 제대로 쳐다보지도 못하고 멋쩍어하며 문간에 서 있는 왓슨의 모습도 힐끗 보였다.

이윽고 에놀라의 무서운 시선이 날 지나쳐 백작에게 꽂혔다. "허튼소리! 터무니없는 소리!" 에놀라가 더 언성을 높여 소리치고는 바로 캐디에게 명령했다. "플로시에게 매달 최소 그 세 배는 주도록 하세요. 안 그러면 하스켈 여사와 전 당신이 두 아내에게 한 짓을 세상에 낱낱이 까발릴 거예요. 펄리시티의 일뿐만 아니라 마이젤라의 일까지 모두요."

난 에놀라가 이곳에 나타난 사실에 적잖이 당황했다. 하지만 이내 마음을 추스르고는 그 애한테서 시선을 돌리고 돌아선 뒤 혹시 백작이 뭔가를 집어 던지진 않을지 살폈다. 하지만 웬걸, 그런 염려 따윈 필요 없었다. 이미 백작은 패잔병처럼 보였다. 그는 마치 침략군이라도 본 양 두 여인을 응시한 채 얼빠진 멍청이처럼 앉아 있었다. 그러나 그의 염려하는 눈빛은 주로 입 한번 뻥끗 않고 서 있던 하스켈 여사에게 쏠려 있는 듯했다. 평소의 남다른 눈썰미로 재빨리 죽 훑어보니, 그녀는 작은 키에 시든 사과를 닮은 꽤 촌스럽고 볼품없는 외모의 나이 든 여성이었다. 하지만 모자를 당당히 눌러쓴 그녀와 에놀라의 모습은 그야말로 그리스 신화에 나오는 에리니에스(그리스 신화에서 세 자매로 나오는 복수 및 저주의 여신들-역주)처럼 보였다. 사실 난 이때까지 여자들이 공들여 치장한 모자를 기껏해야 어리석거나, 최악의 경우 우스꽝스럽다고만 여겼었다. 하지만 던헨치 홀의 그 침울한 분위기에 처한 순간, 모자도 달리 보이기 시작했다.

하스켈 여사는 마치 위협용 소품 같은 모자 아래로 고개를 기울이며 "그렇게 하시죠."라고 지시하듯 말했다.

그러자 백작은 즉시 펜을 쥐고 놀랄 만큼 민첩한 속도로 단 몇 분 이내 필요한 서류에 서명했고, 곧이어 훨씬 늘어난 합의금의 첫 달 분 수표를 내게 넘겼다.

"이제," 내가 백작에게 말했다. "당신 아내나 아내의 여동생 레티샤 글러버를 어떤 식으로든 만나거나 간섭하려 들지 않겠다는 서면 약속도 해주시죠."

그 말에 백작은 "이봐요……."라고 엄포를 놓기 시작했다.

하지만 에놀라는 곧 그 입을 다물도록 했다. "티쉬 때문에 당신이 소리치며 방에서 화다닥 뛰쳐나갔던 일을 잊으신 건 아니죠?" 에놀라는 꽤 고소해하는 얼굴로 말을 이었다. "저는 당신이 기꺼이 글러버 자매에게서 가급적 멀리 떨어져 있을 거라 믿어요."

백작은 에놀라의 얼굴을 쏘아본 뒤 언짢은 표정으로 필요한 서류를 작성했다. 물론 서로 악수는 하지 않았다. 마침내 일이 마무리되고, 어느새 왓슨과 난 여인들을 한 명씩 호위하고 있었다.

에놀라는 내 팔을 잡고 있었다. 하지만 일단 우리가 나온 뒤로 던헨치 홀 문이 닫히자, 난 여동생에게 대체 무슨 말을 해야 할지 감이 오지 않았다. 그래서 난 계단을 내려오면서도 침묵을 지켰다. 물론 인정하건대, 에놀라가 거기 있었다는 사실, 그 애가 이 일에 끼어든 사실이 불쾌하긴 했다. 하지만 그 순간 내 눈에 가장 먼저 띈 어떤 움직이는 존재가 이 모든 생각을 몰아내버렸다. 바로 꽤나 익숙한, 그 거칠게 뛰어다니던 노란 말 녀석이 하스켈 여사를 기다리던 사륜마차에 버젓이 매어져 있었던 것이다!

"제발, 제제벨은 아니라고 해줘!" 내가 소리쳤다.

"아뇨. 녀석은 제제벨의 쌍둥이 자매 재스민이에요." 이어 에놀라는 나로선 짐작할 수 없는 미소를 싱긋 짓고는 하스켈 여사와 함께 마차를 타고 출발했고, 그 온순한 암말이 빠른 걸음으로 이끄는 마차는 순조롭게 그리고 차분히 점점 우리 시야에서 사라졌다.

왓슨이 옆에 다가와 섰다. "분명 제제벨은 아니야." 그러고는 이렇게 말했다. "와, 우연치곤 두 암말이 닮아도 너무 닮았네." 그는 내게 천연덕스러운 미소를 지어 보였고, 난 답례로 눈썹을 치켜올렸다. 하지만 에놀라를 던헨치 홀에 들여보낸 일로 더는 왓슨을 비난

하고 싶진 않았다. 에놀라가 자신이 원하는 길을 가려 할 때 얼마나 설득력 있는 녀석인지 난 잘 알고 있었기 때문이다.

"이제 정말 쌍둥이와 관련된 일이라면 진절머리가 나는군." 내가 말했다. "자, 그럼 슬슬 가볼까?"

그렇게 난 일단 런던으로 돌아간 뒤 왓슨을 데리고 나가 저녁을 먹었고, 우리는 성공적인 사건 해결에 대해 축배를 들었다.

플로시는 현명하게도 자신의 합의금 중 일부를 양철 제품을 사서 옷칠 — 양철 제품에 옻으로 칠도 하고 그림도 그려 넣는 방식으로 양철이 부식되지 않도록 코팅하는 일 — 작업하는 데 썼고, 타고난 예술적 재능 덕분에 그녀의 제품은 대부분의 다른 제품보다 훨씬 뛰어났다. 이제 그녀는 버젓이 코번트 가든(영국 런던의 시티 오브 웨스트민스터에 있는 지역으로 과거 수도원 부설의 청과물 시장이 있던 데서 유래한 이름-역주)에 노점을 마련해 그릇이며, 쟁반, 양초 가리개 등을 성공적으로 팔아 큰 수익을 남기고 있다. 에놀라는 이런 소식을 잊을 만하면 내게 전해주곤 한다. 그리고 적어도 일주일에 한 번씩은 아주 예쁜 화분이라든지 성냥갑, 아니면 그 비슷하게 딱히 필요 없는 물건들을 사가지고 와서는 내 아파트에 가져다 놓거나, 날 만나게 될 경우 직접 전해주기도 한다. 정말 이 핑계 저 핑계 다 대가며 내 아파트에 들르곤 하는 여동생은 이제 꽤 반가운 존재다. 하지만 아직 내가 맡은 또 다른 사건에 끼어들려는 눈치는 안 보인다. 뭐, 나도 끼워줄 마음은 없다. 물론, 에놀라는 이번에도 의심할 여지 없이 어떻게든 끼어들 테지만.

옮긴이의 글

내가 에놀라를 처음 만난 건 1권 『사라진 후작』을 우리말로 옮기기 시작한 3년 전으로 거슬러 올라간다. 그 후 2권을 제외하고 3, 4, 5, 6권에 걸쳐 사시사철 쉬지 않고 팔색조 에놀라와 만나는 동안, 어느새 난 에놀라의 '옮긴이'라기보다 '친구'이자 '팬'이 되었다.

자고로 팬이라면 번역이 마무리돼도 절대 주인공에 대한 애정이 식지 않는 법. 나 역시 그 철칙을 매우 잘 지켰다. 다만 다음 소설 속 새 주인공과 교감해야 하는 와중에도 너무나도 그 철칙만 잘 지켰다는 게 흠이라면 흠. 그만큼 난 누가 봐도 마치 가수 벤의 「열애중」의 "너만 모르게 나는 아직 너와 열애중"이란 노랫말처럼 시도 때도 없이 '에놀라앓이'를 시전해 보였다.

하지만 잊을 만하면 가슴을 훅 치고 들어와 사람들

의 입꼬리를 연신 끌어 올리곤 하는 에놀라의 '요절복통' 매력에 과연 어느 누가 빠지지 않을 수 있으랴. 때론 굴뚝 청소부처럼 좁은 공간을 비집고 올라가기도 하고, 때론 고아원 예배당의 오르간 꼭대기에 올라 우렁찬 오르간 연주 소리에 인간 드럼통이 되기도 하고, 때론 신부의 웨딩드레스를 뒤집어쓰고 신들린 연기를 선보이기도 하며 쉴 새 없이 우리를 배꼽 쥐게 하던 그 천진난만한 엉뚱미 말이다.

아무튼 그렇게 청승맞은 에놀라앓이를 시전해 보이던 어느 날, 가뭄의 단비 같은 소식이 들려왔다. 바로 에놀라 7권인 『검은색 사륜마차』가 미국에서 새롭게 출간된다는 뉴스! 그날 서재 한쪽 책상에 앉아 때아닌 '책멍'에 정신줄 놓고 있던 나는 그 뉴스에 너무 기쁜 나머지 마치 용이 불을 뿜듯 마시던 커피를 사방에 내뿜어버렸다…… 그래도 다소 주접스러운 이 환영식(?)을 시작으로 난 다시 한번 '나의 스타 에놀라'와 교감할 기회를 얻었다.

티격태격 못 잡아먹어 안달인 '현실 남매'의 달콤살벌한 케미!

전 이야기 편 중 최초로 에놀라 홈즈가 아닌 셜록 홈

즈의 프롤로그로 시작하는 이번 이야기는 유독 진지한 셜록과 천방지축 에놀라의 밀당 케미가 돋보인다. 둘의 첫 대면은 우울증 상태의 셜록을 가장 먼저 알아본 왓슨 박사의 SOS로부터 시작된다. 왓슨 말마따나, 베이커가 221번지로 득달같이 달려간 에놀라의 눈에 가장 먼저 띈 건, 캄캄한 방에 초췌한 얼굴로 송장처럼 누워 있는 셜록! 그런 셜록을 에놀라는 세상 다정한 오누이처럼 살뜰히 챙겨준다. 단 다정해진 대신 괴상망측한 치료법을 들이대가며 거들먹거리는 여동생을 참아내야 하는 건 오로지 셜록의 몫……

"아편팅크, 벨라도나, 안티몬, 모두 때아닌 죽음을 초래하지만 않는다면 효과 좋은 재료들이죠…… 분명 왓슨 박사님도 뭔가를 추천해줄 거예요. 아니면 땀을 내서 우울증을 고칠 수도 있어요, 오빠!" 그러면서 광적으로 반짝이는 시선으로 오빠를 쳐다봤다. 분명 과장된 감성에 젖은 그 모습은 단지 오빠의 반응을 구하는 수준을 넘어 기필코 환자를 돕기로 작정한 열정적인 여성처럼 보였을 것이다. 나는 내 기괴한 목록으로 시선을 돌려 항목을 추가했다. 땀. 터키식 목욕. 아니, 찬물에 담가볼까! "토닉, 땀 목욕, 얼음물은 어때요?" 내가 재잘거렸다. "아니면……" 그러고는 마치 벼락을 맞고 천재적인 생각이 떠오르기라도 한 양 상체를 꼿꼿이 세웠다. "아니면 그 새로운 전기 목욕 중 하나는 어때요! 들어봤나요, 셜록 오빠? 사람을 물속에 넣고 전기를 통과시킨다는 이야기요……." (p. 28~29)

셜록과 한결 다정해진 만큼 한층 더 짓궂어진 에놀라를 보고 있노라니, 문득 처음 셜록을 만났을 때 에놀라의 모습이 떠오른다. 그때만 해도 뻔한 인사치레조차 없이 무뚝뚝하기만 한 셜록의 모습에 적잖이 실망했던 에놀라! 하지만 그 후 상당 기간 쫓고 쫓기는 밀당 속에서 에놀라는 에놀라대로 혈육의 정에 끌리고, 셜록은 셜록대로 인습에 반기를 든 여동생의 정체성을 이해하게 된다. 그렇게 한 뼘 한 뼘 가까워진 두 사람이 드디어 이번 이야기 편에선 툭하면 티격태격 못 잡아먹어 안달인 '현실 남매'의 케미를 제대로 보여줄 예정이다!

석연치 않은 백작부인의 죽음과 검은색 사륜마차!

송장처럼 누워 투정을 부리던 셜록과 이런 셜록을 어르고 달래던 에놀라에게 의문의 명함이 전달된다. 글자뿐 아니라 네 귀퉁이의 십자 뜨기 같은 문양마저 타이프로 친 특이한 명함. 이윽고 폭 좁은 치마 위로 남성 셔츠 같은 상의와 조끼를 착용한 의뢰인이 아름다운 얼굴에 수심이 가득한 모습으로 셜록의 방에 나타난다. 이윽고 그녀는 에놀라의 호기심에 잔뜩 불을 지피며 형부에게서 받았다는 '허술하기 짝이 없는 내용의 편지'를 내미는데…….

> 이렇게 나쁜 소식을 전하게 되어 정말 유감입니다. 이 소식을 어찌 전해야 할지 난감하지만 있는 그대로 그냥 전하겠습니다. 플로시의 병세가 갑자기 위독해지는 바람에 플로시가 유명을 달리했습니다. 질병의 감염을 우려해 플로시의 유해는 매장하는 대신 화장을 택했고요. 아무래도 처제가 플로시의 가장 가까운 혈육이라 플로시의 유골은 이 편지와 함께 처제에게 보냅니다. 틀림없이 저처럼 처제도 큰 비탄에 빠지겠지만 언니에 대한 추억이 처제를 위로하길 기도하겠습니다. (p. 38)

의뢰인의 쌍둥이 언니의 충격적인 죽음을 알려온 편지 속엔 언니가 세상을 떠난 경위라든지, 사망 시간, 의사의 진단 여부, 유언 관련 내용은 어디에도 없고, 그저 당시 관행과는 너무나도 다른 '장례식 없는 화장'만 언급되어 있을 뿐이었다. 또한 셜록에 따르면, 형부가 편지와 함께 동봉해서 보냈다는 그 유골은 심지어 사람의 유골도 아니었다. 게다가, 이후 튜크스베리가 전해준 정보에 따르면 "백작의 첫 번째 아내도 화장되었는데 검은색 사륜마차에 실려 끌려갔다"고 한다. 대체 의뢰인의 쌍둥이 언니에겐 무슨 일이 일어난 걸까……!

주연의 자리를 위협하는 신스틸러 '제제벨'의 등장

〈에놀라 홈즈 시리즈〉에는 늘 배꼽을 쥐게 하는 유머 코드가 한두 군데 등장한다. 이번 이야기 편에서 그 역할은 천방지축 에놀라마저 까무러칠 정도의 천둥벌거숭이 노란 말, '제제벨'이 맡는다. 사실 제제벨은 빌릴 때부터 찜찜한 구석이 있었다. 무슨 영문에선지 그 말과 마차를 빌려준 마부가 자꾸 에놀라 몰래 키득키득 웃어댔던 것. 역시 불길한 예감은 틀리는 법이 없었다. 곧이어 마차를 끌기 시작한 제제벨은 에놀라가 잡아당긴 고삐에는 아랑곳하지도 않은 채 제멋대로 자기만의 길을 나서기 시작한다……!

우리가 또 다른 무서운 곡선을 그리며 내달리는 순간, 내 흐릿한 시선 앞쪽으로 한 마을이 나타났다. 벌써 쓰리핀치스란 말인가? 이렇게 미친 듯 내달렸으니 어찌 보면 당연한 노릇이었다. 다만, 이젠 어떻게든 제지의 속도를 늦춰야 했다……

아니, 늦추는 정도론 어림없었다! 어떻게든 마차에서 내리려면 이 악동 녀석을 멈춰야 했다. 안 그랬다간 녀석은 날 커리워트와 헤어체이스, 아니면 오직 하늘만 알고 있을 어느 미지의 장소까지 끌고 갈 기세였다.

(중략) 하는 수 없이 난 한 손으론 고삐를 힘껏 잡아당기고 다른 한 손으론 채찍을 집어 들어 제제벨 녀석의 버르장머리 없는 엉덩이를 마구 후려쳤다.

결과는, 한편으론 만족스러웠다. 길길이 날뛰고 발을 차대며 난동을 부리던 녀석이 별안간 뒷발로 서서는 주춤거렸던 것이다. 다행히 난 그사이 뛰어내릴 수 있었다. 그대로 마차에 타고 있었더라면 총알처럼 튕겨 나갈 수도 있는 상황이었다. 그렇게 난 행여나 다칠세라 황급히 풀밭이 우거진 길가로 뛰어내렸다.

쿵 하는 소리와 함께 잔디밭에 코를 박고 떨어진 후 데굴데굴 굴렀다. 모자도 어디로 날아가버린 상태에서 가까스로 얼굴을 들어보니, 제제벨은 앞발로 땅을 긁으며 방향을 바꾼 뒤 그토록 원하던 전속력으로 질주해 그 텅 빈 마차를 매단 채 다시 도킹, 아마도 자신의 마구간이 있는 곳으로 돌진해 가고 있었다. (p. 73~74)

그렇다. 우리의 천둥벌거숭이 '제제벨'은 마치 영화 〈포레스트 검프〉의 주인공처럼 오직 앞으로만 달릴 줄 아는 폭주 기관차였다. 고삐를 당겨도 '질주,' 고삐를 멈춰도 '질주,' 마부가 있든 없든 오직 '질주'만 하는 '질주' 인생, 아니 '질주' 마생이었던 것이다. 왈가닥 천방지축 에놀라에 천둥벌거숭이 제제벨이라니, 전생에 쌍둥이가 아니었나 싶을 정도로 서로 빼다 박은 둘의 조합은 그만큼 독자에게 입꼬리가 올라가는 유쾌함도 두 배, 가슴 뻥 뚫리는 신남도 두 배 안겨줄 예정이다! 주연의 자리를 위협할 정도로 존재감 있는 신스틸러 제제벨의 활약은 여기서 끝이 아니니 마지막까지 주목해주길 바란다.

〈넷플릭스〉의 그 금발 훈남 튜크스베리 자작이 또 나온다고?!

번역한 작품이 출간되어 베스트셀러가 되거나 영화화되었을 때 역자의 보람은 남다르다. 그만큼 작년 말 한 매체에서 가장 많이 본 넷플릭스 영화(기간: 2020년 2~11월) 2위로 〈에놀라 홈즈〉가 뽑혔을 때 매우 뿌듯했던 기억이 난다. 동명 소설을 영화화한 경우가 대부분 그렇듯 이 역시 원작의 줄거리와는 다소 차이가 있었다. 하지만 시청률이 말해주듯 맛깔 나는 명품 각색과 초호화 배우들의 연기가 더해져 또 다른 포텐 터지는 에놀라가 탄생한 것만은 분명해 보였다. 이중 유독 눈이 간 캐릭터라면, 〈맨 오브 스틸〉의 조각 비주얼로 친숙한 '헨리 카빌의 셜록 홈즈', 〈기묘한 이야기〉로 일약 스타덤에 오른 '밀리 바비 브라운의 에놀라 홈즈', 그리고 한눈에 마음을 빼앗길 만한 마성의 외모를 소유한 '루이스 패트리지의 튜크스베리'다. 특히 튜크스베리는 '내 남자면 좋겠다'라는 네티즌의 전폭적 지지를 얻으며 원작에도 없는 에놀라와의 핑크빛 미래에 대한 설렘을 안긴 바 있다. 다행히, 이번 이야기 편에서도, 좀 더 성숙해진 모습의 튜크스베리가 등장한다. 이미 1권 〈사라진 후작〉에서 에놀라와 일종의 동지애를 싹틔웠던 튜크스베리는 7권에서도 중요한 순간마다 에놀라에게 적잖은 도움을 준다. 특히 홈즈 남매와 왓슨, 티쉬와 함께 벌인 협공 작전에선 평소와는 다른 '따분하면서도 오만이 잔뜩 묻어나는' 귀족 특유의 실감 나는 연기로 백작의 저택을 무사통과 하는 중책을 완수하기도 한다. 부디 〈에놀라 홈즈 시리즈〉 7권의 후속 이야기 편이 추가로 나와 이 둘의 핑크빛 연애가 물꼬를 틀 수 있기를 두 손 모아 바라본다.

티쉬는 유람 마차 좌석 밑에 숨었고, 난 티쉬의 모습을 가리기 위해 스커트를 활짝 펼치고 앉았다. 처음으로 치맛단에 14미터에 달하는 주름 장식이 달린 한물간 드레스가 아쉬웠다. 다소 누추한 옷을 입은 탓에 셜록은 내 옆쪽 어두운 구석에 앉았고, 튜크스베리는 우리 귀족의 자태로 건너편에 앉아 저택 관리인을 대면할 준비를 했다. 마부 역할을 할 왓슨은 떠나기 전 제지에게 물 한 양동이를 주었지만, 아마도 지금쯤 자신이 베푼 친절을 간절히 무르고 싶어 할 듯했다.

"워워! 이봐, '워워'하면 좀 멈춰야지!" 던헨치 홀의 쇠로 된 정문 앞에서 제지를 멈추려고 애쓰는 왓슨이 보였다. 여태 그가 이렇게 화난 모습은 처음 보는 듯했다. 왓슨의 성난 목소리에 저택 관리인이 바로 나왔다.

튜크스베리 자작 겸 배질웨더 후작이 유람 마차의 창밖으로 실크해트를 쓴 머리를 내밀었다. 그러고는 귀족 특유의 오만이 잔뜩 묻어나는 따분한 말투로 저택 관리인에게 말했다. "오랜 친구를 깜짝 방문하려고 왔소만."

"물론입니다, 나리." 저택 관리인이 정문을 열자 우리의 유람 마차가 덜커덩거리며 정문을 통과했다.
(p. 237~238)

희대의 바람둥이 백작과 에놀라가 벌이는
'고도의 수 싸움'

천의 얼굴 에놀라에 필적할 만한 '강한 악당 캐릭터'는 이번 이야기에서도 등장한다. 하지만 7권에서의 악당, 캐디 백작은 강하기만 한 게 아니라 매혹적이기까지 하다. 바로 흠잡을 데 없이 예의 바른 행실에 빳빳하게 세운 깃, 미소 띤 얼굴, 매력적인 검은 눈이 두드러지는 고상한 교양인의 표본이자 한눈에도 반할 만한 최강의 미남이었던 것. 하지만 전 이야기 편의 어떤 악당보다 단수 높은 자아도취적 사이코패스 앞이라도 마냥 기죽고만 있을 에놀라가 아니었다. 단도에도 능하지만, 감히 대 탐정 셜록을 들었다 놨다 할 정도로 심리전에도 능한 에놀라가 아니던가! 이윽고 신분을 감추고 저녁 식사 자리에 나타난 에놀라는 희대의 바람둥이 백작에게 먼저 선공을 날린다. 호랑이 소굴에 들어가 당당히 선공까지 날린 에놀라의 운명이 과연 어찌 될지, 에놀라와 음흉한 백작 사이에 펼쳐지는 '고도의 수 싸움' 역시 이번 이야기 편의 기대를 저버리지 않을 명장면이 아닐까 싶다.

그 생각을 하고 있자니 점점 더 캐디가 탐탁지 않아 보였다. 하지만 난 우매한 숙녀 같은 가면을 쓴 채 촛불이 켜진 탁자를 내려다보며 재잘거렸다. "아! 정말 아름다운 장신구네요! 보아하니 바이런 경을 매우 존경하시나 봐요."

"바이런 경이요? 당치 않은 소리군요!" 집주인이 격앙된 반응을 보였다. "바이런 경은 선천성 기형의 발을 지닌 한낱 응석받이 소년에 불과한 자였어요!"

나는 온갖 순진한 얼굴로 저만치 앞에 앉은 백작을 향해 눈을 깜박이며 말했다. "하지만 여기 장신구는 바이런 경을 똑 닮았는걸요."

기쁘게 말하건대, 그때 난 백작의 얼굴을 홍당무로 만들어버렸다. 제아무리 자아도취에 빠진 백작이라도 문제의 장신구가 자신을 본떠 만든 거라고 말할 만큼 뻔뻔스럽지는 못했던 모양이다. 백작이 불쑥 말했다. "빌어먹을 장신구 좀 고만 들먹여요!" (p. 117~118)

의뢰인 최초로 '심장 조이는 단판 승부'에 나서는 티쉬!
바람둥이 악당 캐디는 참으로 복도 많은 사람이다. 자신과 대결하려는 사람이 줄을 섰으니 말이다. 그런데 이번엔 그야말로 뜻밖의 인물이 백작과 맞장을 뜨기 위해 나선다. 바로 의뢰인 티쉬다! 만만치 않은 백작을 상대로 셜록, 왓슨, 티쉬, 튜크스베리로 구성된 협공팀을 꾸린 에놀라가 백작부인의 행방을 캐내기 위해 이 계획의 가장 중요한 첫 임무를 티쉬에게 맡겼던 것. 하지만 사실 그 임무는 티쉬가 맡기엔 너무나도 벅찬 역할이었다. 마치 막 정신병원을 탈출한 듯, 박박 깎은 머리에 팔다리가 훤히 드러나는 처참한 누더기 차림으로 백작의 집에 쳐들어가는 '쌍둥이 언니의 역할'을 맡았던 것…… 오직 사라진 언니를 찾겠다는 일념으로 모진 변장에도 굴하지 않고 살벌한 메소드 연기를 펼치며 악당의 소굴에 쳐들어간 티쉬의 모습은 요즘 각박해진 세파에 얼어붙은 독자를 모처럼 훈훈한 가족애로 따뜻하게 어루만질 예정이다.

촛불이 켜진 식탁 끝에 손가락 사이로 식후 담배를 입에 문 채 미동 하나 없이 앉아 있는 던헨치 백작의 옆모습이 보였다. 그때 갑자기 식당 문이 열리며 티쉬가 안으로 뛰어 들어갔고, 순간 소스라치게 놀란 백작이 손가락 사이에 껴둔 시가를 떨어뜨렸다. 그도 그럴 것이 어둠 속에서 그녀의 바짝 깎은 희멀건 머리는 마치 뼈가 다 드러난 백골 같아 보였기 때문이다.

"당신! 날 정신병원에 넘긴 이 유다 같은 남편아!"
티쉬가 기겁할 만큼 훤히 드러난 새하얀 맨팔을 마구 흔들며 백작에게 돌진하는 가운데 날카롭게 소리쳤다.

"어떻게 당신이 나한테 이럴 수 있어?"

아무리 범상치 않은 여성 하나가 들어왔기로서니 캐디는 허둥지둥 일어서다 그만 의자를 뒤엎고 말았다.

"브린들!" 그가 집사를 향해 소리쳤다. "가서 도움을 청해!"

이미 던헨치 홀에는 불이 들어오고 있었고 복도에서도 상당한 웅성거림이 들렸지만, 티쉬의 거친 소프라노 울음소리는 이들을 모두 제압했다. "당신은 나와 결혼한 남자야!" 그녀가 소리쳤다. "그리고 날 소중히 여기겠다고 맹세했지! 이 뱀 같은 바람둥이, 어쩜 그리 비열하게도 날 시커먼 마차에 실어 보낼 수 있지?" 그러고는 긴 테이블의 한쪽으로 달려가 마치 캐디에게 폭행이라도 할 듯 달려들었다.

캐디는 참 품위 없게도 뒷걸음질치며 테이블 반대편으로 피했다. (p. 240~241)

셜록의 '당근'과 에놀라의 '채찍'이 공존하는 최후의 담판 현장!

든든한 협업을 바탕으로 우여곡절 끝에 티쉬의 언니를 구출해내는 협공팀. 하지만 에놀라와 셜록에겐 아직 할 일이 남아 있다. 바로 캐디 백작을 재정적으로 응징하는 '최후의 담판'이 남아 있었던 것! 그런데 우리의 홈즈 남매는 여기서도 '현실 남매'답게 의견이 팽팽히 갈린다. 혈기 왕성한 에놀라는 스릴 넘치는 그동안의 방식대로 백작을 위협해 돈을 뜯어내고 싶어 했지만, 셜록은 아무리 비열한 백작이라도 강탈보단 신사도를 쓰고 싶어 했던 것. 결국 에놀라가 일을 벌이기 전 속히 행동에 나서는 셜록…….

"당신이 신사라면, 이 진술서는 단지 신사로서 동의한 문서일 뿐이지 금전을 강요받은 문서가 아닙니다. 뭐, 생각은 자유입니다만, 이제 곧 당신은 아내를 정신병원에 집어넣고 매달 지불했던 금액을 매달 은행 계좌로 넣어야 할 겁니다. 그 이상도, 이하도 아닌 딱 그 금액을요." 사실 난 그 금액에 대해 사전에 알아본 적이 있었다. 그런데 그 액수는 플로시가 아주 소박하게 자신을 부양하기에 충분한 액수였다. 그러니까 아마 티쉬가 타자기로 벌어들이는 수입보단 많을 듯했다. (p. 279)

그렇게 셜록의 신사도로 잘 마무리되나 싶던 백작과의 최종 담판. 하지만 희대의 파렴치한 악당에게 고작 '최소 생활비 청구'라는 결정에 만족할 리 없던 에놀라! 아니나 다를까 곧이어 통쾌한 대미를 장식할 반전이 기다리고 있었다. 바로 "이 똥 덩어리 같은 놈아!" 라는 사이다 욕설을 날리며 백작의 전처의 조모까지 대동한 에놀라가 담판 현장에 돌연 등장한 것. 물론 그 순간도 당황스러움은 오직 셜록의 몫. 하지만 이번 이야기 편 역시 역대급 고단수 악당을 상대로 셜록의 '당근' 전략과 에놀라의 '채찍' 전략이 환상의 케미를 이루며 짜릿한 대미를 장식한다.

> 바로 그때였다. 뒤에서 한껏 고조된 여자의 목소리가 들려왔다. "이 똥 덩어리 같은 놈아!"
> 난 그대로 몸이 굳었다. 아니, 그럴 리가 없었다!
> 하지만 몸을 일으켜 돌리는 순간 난 똑똑히 보았다. 런던 최고의 의상에 도도하게 모자를 받쳐 쓰고 서 있는 사람은 바로 에놀라였다. (중략)
> 이윽고 에놀라의 무서운 시선이 날 지나쳐 백작에게 꽂혔다. "허튼소리! 터무니없는 소리!" 에놀라가 더 언성을 높여 소리치고는 바로 캐디에게 명령했다. "플로시에게 매달 최소 그 세 배는 주도록 하세요. 안 그러면 하스켈 여사와 전 당신이 두 아내에게 한 짓을 세상에 낱낱이 까발릴 거예요. 펄리시티의 일뿐만 아니라 마이젤라의 일까지 모두요." (p. 279~280)

마지막일 줄로만 알았던 6권 『집시여 안녕』 이후 '서프라이즈'로 다시 찾아온 에놀라! 이번에도 에놀라는 영국 곳곳을 누비며 홈즈 가문다운 명석한 두뇌와 귀여운 천방지축 면모를 여과 없이 뽐낼 예정이다……!

명품 소설 속 명품 주인공들 사이엔 진짜로 '평행이론'이라는 게 존재하는 듯싶다. 빅토리아 시대 억압된 여성상에 반기를 들고 특유의 재기발랄한 끼와 당찬 에너지로 독보적인 여탐정의 길을 찾아 나선 에놀라 홈즈의 운명이 어린 시절 우리의 마음을 홀딱 앗아간 『키다리 아저씨』의 제루샤 애봇, 『빨강머리 앤』의 앤 셜리, 『오만과 편견』의 엘리자베스 베넷의 운명과 꽤 닮아 있기 때문이다. 키다리 아저씨의 후원으로 대학에 진학해 작가의 꿈을 키워간 제루샤, 초록색 지붕집의 무뚝뚝한 독신 남매에게 입양된 뒤 불철주야 학업에 정진해 교사가 된 앤, 가문의 재산과 명예로 물든 사회에 일격을 가하며 진정한 사랑을 일궈낸 엘리자베스…… 이들 모두 에놀라처럼 어떤 난관에도 '자신만의 꿈'을 향해 나아간 '순수, 열정, 자유'의 영혼이었다!

이번 7권에서도 에놀라의 열정과 에너지, 톡톡 튀는 사이다 발언이 코로나로 힘든 시기를 보내고 있을 독자에게 가슴 뻥 뚫리는 통쾌함과 짜릿함, 신나는 일탈을 선사하길 바란다.

아울러 자신만의 순수, 열정, 자유의 영혼을 간직한 채 뚜벅뚜벅 여탐정의 길을 걸어간 에놀라처럼, 독자 여러분 또한 어떤 난관에도 자신만의 꿈을 향해 한발 한발 내디디길 바란다.

> 다시 한번 '에놀라앓이'로 설레었던
> 2022년, 어느 봄날에
> 김진희

옮긴이 김진희 연세대학교에서 경영학 석사학위를 받고 UBC 경영대에서 MBA 본 과정을 수학했다. 홍보 컨설팅사에 재직하면서 지난 10여 년간 삼성전자, 한국 P&G, 한국 HP 등의 글로벌 브랜드 뉴미디어 광고 및 홍보 컨설팅을 수행했다. 출판 편집자와 출판 기획자로 활동하고 있으며 광고, 홍보, 미디어 및 대중문화 분야에서 글을 쓰고 있다. 주요 역서로는 '소설 분야'의 『집시여 안녕』, 『비밀의 크리놀린』, 『별난 분홍색 부채』, 『기묘한 꽃다발』, 『사라진 후작』, 『구름사다리를 타는 사나이』, '자기계발 및 경제경영 분야'의 『착한 엄마가 애들을 망친다고요?』, 『내 시간 우선 생활습관』, 『진흙, 물, 벽돌』, 『프로젝트 세미콜론』, 『펀치 오브 넘』, 『이것이 경영이다』, 『4차 산업혁명의 충격』, 『크러싱 잇!』, 『왓츠 더 퓨처』, 『IoT 이노베이션』, 『이코노미스트 2016 세계경제대전망』, 『하버드비즈니스리뷰』 등이 있다.

에놀라 홈즈 시리즈 7
검은색 사륜마차

초판 1쇄 발행 · 2022년 4월 4일

지은이   낸시 스프링어
옮긴이   김진희
펴낸이   김요안
편집   강희진
디자인   김이삭

펴낸곳   북레시피
주소   서울시 마포구 신수로 59-1
전화   02-716-1228
팩스   02-6442-9684
이메일   bookrecipe2015@naver.com | esop98@hanmail.net
홈페이지 www.bookrecipe.co.kr | https://bookrecipe.modoo.at/
등록   2015년 4월 24일(제2015-000141호)
창립   2015년 9월 9일

ISBN 979-11-90489-53-9 43840

종이 · 화인페이퍼 | 인쇄 · 삼신문화사 | 후가공 · 금성LSM | 제본 · 대흥제책